月光皎白

戴志刚 著

天天出版社

图书在版编目（CIP）数据

月光皎白 / 戴志刚著. -- 北京：天天出版社，2025.1. -- (新时代优秀散文书系). -- ISBN 978-7-5016-2479-9

Ⅰ．I267

中国国家版本馆CIP数据核字第2025Z6Z021号

责任编辑：赵 迎	文字编辑：李克柔
责任印制：康远超　张 璞	

出版发行：天天出版社有限责任公司
地　　址：北京市东城区东中街 42 号　　　邮编：100027
市 场 部：010-64169002

印　刷：成都市兴雅致印务有限责任公司	经销：全国新华书店等
开　本：880×1230　1/32	印张：9.5
版　次：2025 年 1 月北京第 1 版	印次：2025 年 1 月第 1 次印刷
字　数：252 千字	
书　号：978-7-5016-2479-9	定价：78.00 元

版权所有·侵权必究
如有印装质量问题，请与本社市场部联系调换。

自序：我们都是月亮的孩子

是去年夏天吧，那天回乡下老家看望父母，不知怎么就和弟弟聊到了孩童年代的一些旧事。聊天间，弟弟突然问了我一句："哥，你发现没，现在的月亮没以前亮了，我们小时候夜晚能在竹凉床上看书！"

我认真地想了一下，还真是那么回事。小时候我们住的那个小山村，民风淳朴，虽然各家各户的房子依山散落，串个门甚至需要翻山过水，但乡邻之间交往还是很多，特别是夏天的晚上，喜欢三五相邀，一起去到某家的鹅场上扯白话，一人摇一把棕叶蒲扇，说一些荤素不忌家长里短的话题，哈哈大笑声响彻山湾，一直到大半夜才散去。大人有大人的谈资，孩子也有自己的圈子。我们那个山湾小村庄，和我同时代的孩子有十多个，而且那时的孩子也不像现在有做不完的家庭作业，孩子们就趁了大人这疏于管教的当口，约在一起由着性子在田野里撒野，跳下水塘玩闹也是常有的事。有月光的晚上，田野清澈明净，哪里是可走的田埂小道，哪里是不能下脚的水洼泥坑，都看得清清楚楚，特别是下半月满月的前后几天，月光的清辉洒落大地，远近可见，有如隔了一层轻纱的白昼。

月光如水，一些往事就像浸泡在月华里的细软织物，似只要用手轻轻一拧，就会一股股流出来，淌得满心满怀都是。我家是半边户，父亲常年在外地工作。那时家里田地加起来十多亩，爷爷年事已高，奶奶是个盲人，我和弟弟年岁尚小，母亲的辛劳可想而知。我们挨过母亲很多责骂和责打，只是那时的我们不懂，只以为是母亲脾气不好。夏天晴朗的晚上，母亲让我和弟弟把竹凉床从堂屋抬到外面乘凉，我们兄弟俩一头一个躺在凉床上，母亲就搬一把木靠椅坐在旁边，拿一把大棕叶蒲扇给我们扇风驱暑，也一并驱赶蚊虫。当然，母亲心情好的时候，会给我们讲一些代代相传的老故事，而很多时候，母亲是沉默的。月光很亮，亮到能看清母亲脸上冷峻或者无助的表情，每每这个时候，兄弟俩也都不敢作声。现在回想，也不知道那时月光下母亲复杂的表情里到底是对父亲的思念，还是对父亲的怨恨。

外国人是很难领会中国人对月亮那份近乎偏执的情愫的，自古至今，我们赋予了它诸多寓意，它负载了我们过多的主观意愿。无论是创作故事还是吟咏诗词，无论是才子佳人还是平民百姓，无论是国家兴亡、民族盛衰，还是个人得失、情感起伏，似乎没有什么是不能借助于这颗本身并不发光的星球来表达的。如此看来，我们都是月亮的孩子，在千年万年里，习惯了向它倾诉，也习惯了将一切寄托于它，甚至在它面前放纵地哭泣喧闹，尽情地释放情感。这一切，我们视为天经地义，无须质疑。月亮万古苍凉，宛如神明俯瞰人间的一只眼眸，时而睁大，时而微闭。而人世的聚合离散，它其实都看在眼里，记在心里，只是未曾言语罢了。

月亮会有周而复始的阴晴圆缺，人生之路却是一条单向的旅程。一路紧赶慢赶拼命前行，当忽然间回看一眼，却不留神已是年过半百。检省半生来路，虽谈不上精彩纷呈，但也算丰富多彩。有完整的农村生活，虽然意外让我失去读大学的机会，但几年的军旅生涯又何尝不是一种补偿。打过工，经历过创业的艰辛，也有过如溺水者浮出水面爬上岸般的幸运眷顾。无论人生低谷失意，还是心情爽朗的时候，我都拉着天上这轮明月一起承受或分享过。十八九岁在部队意气风发时，我曾在月光下立下豪言壮志；而立之年南下广州找不到工作时，我曾在月光下思考自己的未来；跑业务在郑州睡六十公分宽的美容床时，我曾在月光下寻找慰藉；在西安创业失败后黯然回来时，我曾在月光下舔舐伤口；在东莞长安镇开米粉店身心疲惫时，我曾在月光下寻找希望的出口；加入中国作家协会后一舒胸臆时，我曾在月光下独自庆贺梦想成真。多年来，无论借酒消愁，还是对酒当歌，天上那轮明月，都像一位忠实的老友，陪我度过了人生中的每一个重要时刻。

弟弟不算一个特别感性之人，他提出这个问题，实际上是基于肉眼所观察到的月相变化。人的肌肤随着年龄增长会逐渐老化并出现皱褶，眼睛也会慢慢变得混浊模糊，我们便想当然地认为月亮也会如此。月亮的确会缓缓衰老，但相对于人类个体短暂的一生，这种变化几乎可以忽略不计。近年来，随着地球上工业化速度的加快，空气中的尘埃含量逐年上升，光污染问题日益严重，生活在地球表面的人类透过大气层，确实感觉到现在的月亮不再像过去那般明亮。如果我们置身于一个少有人烟的地方，会发现月光依如从前，但在我们居住的这个星球上，这样的地方已越来越稀少。

我的前一本书叫《凉月微弄》，带有月亮元素，这本书叫《月光皎白》，同样是月亮主题，算得上月亮姊妹篇吧。另外，我将我的书房取名"弄月斋"，还自称"弄月斋主"，散淡之气如月光洒落。而这些，似都不是刻意而为之。千帆阅尽，栏杆拍遍，我到底是不是真的偏爱这枚遥不可及，却又似触手可抚的瑶台镜，其实自己也不知道，一切都是自然发生。一路走来，很多时候在许多陌生城市的一隅,我宁愿一个人在月光之下静坐,独酌,沉思,理清一些纷乱的情绪后,再把自己交给一串串随意组合的文字。如此,便忘了身居何处,忘了光阴荏苒,也忘了在这个尘世里的种种挣扎。

又是阳春三月,地处湘北的这个农耕小县,处处繁花次第,这本散文集《月光皎白》,也算是开在此季的一朵小花。花开之后,遇阳光明媚也好,受风雨摧折也罢,我想,都是这朵小花所应该承受的命数吧!

东拉西扯,不知所云,是为自序。

作者

2025 年 3 月于弄月斋

目 录

上辑　人间有情

002　｜嗲嗲
016　｜母亲住院记
023　｜又到茶油飘香时
032　｜北瓜记
042　｜桂子一地红
051　｜德爷爷
057　｜春叔
062　｜母亲的隐言
074　｜八金九银
080　｜丫姐
087　｜若非前世相欠　何来今生相见
098　｜盖帽
102　｜简到极处情方真
106　｜邵丹的鼓　邵丹的书

下辑　大地有痕

116 ｜永州慢
125 ｜飞雪丹心天地鉴
131 ｜隐于泥土深处的时光
142 ｜不道衡阳远
155 ｜怀古宋玉陵
164 ｜春风拂过地坛的夜
167 ｜两个文学村庄的时代交集
176 ｜安乡行记
184 ｜母亲的北京
198 ｜北疆之旅
231 ｜鲁院随笔
239 ｜古今归路意难平
245 ｜与一条河流的和解

293 ｜后记：月光漫过纸页时

上辑

人间有情

嗲嗲

一

　　金色的阳光,从柔软的云层缝抖落下来,被枝叶裁剪成一缕缕一条条,在林子里洒了一地,梦幻而通透。一个腰身有点佝偻的老人,扛着一柄尖嘴锄头,走在斑驳的光影里。一个七八岁的孩子,提着一把泛着青光的篾刀,在光影里紧紧跟着老人前行。

　　在山路的一弯拐角,老人停下脚步,转向路边一棵小树。那是一棵黄檀树,大约一个成年人手掌握口般粗细,树干离地面半尺处,有一个隆起的天然树疖。老人伸出右手,握了握笔直的树干——嗯!是一根好锹把!于是挥起锄头,对准树的根部挖去,结果连挥三锄,也没伤着小树皮毛半分——嗲嗲老了,你来砍!孩子依言挥起篾刀,使劲一刀下去,树干绵韧的材性却一下子将刀弹了回来,刀背嘭的一声磕在孩子额头上,鲜血顿时从额头冒了出来……

　　我猛然惊醒,原来是一个梦,可前脑勺确实在钻心地痛。开了灯,摸了摸额头,鼓鼓一个大包,这显然是睡梦中不由自主地大幅度动作,碰到了床头所致。揉了好一会儿,神志和疼痛感才一并缓了过来。

　　三十多年了,我居然第一次梦见这个我叫"嗲嗲"的老人。

这个梦毫无征兆，而且是以这种真真切切痛彻体肤的方式出现，这非常奇怪，让我猝不及防。我捧着发昏的脑袋，使劲地想着一些事情。嗲嗲去世三十多年了，说老实话，如若不是每年清明和春节都要按习俗去山上祭奠先人，我真的差不多忘了他。难道这是在另一个世界的老人家，在提醒或者惩罚我对他事实上的将要遗忘吗？

一切不会无缘无故，也不会无迹可寻，哪怕只是一个梦。我脑袋里每一个细胞都飞速运转着。我好像从来没有这样用力用心地想过一个问题。我把近来说过的话，经过的地方，见过的物件，接触过与之有关的人，一一筛查过细，脑电波变成了一部雷达。当我把搜索的时间范围扩大到两个月以上后，一件事终于让我找到了这个梦的来处。

两个多月前的大年三十，按我们湘西北地区的习俗，得到逝去先人的坟前送灯点亮香烛，以表达对先祖的追思。在嗲嗲的坟头，我在插香烛的时候，发现祭台前有一棵很小的、还无法辨识出品种的树苗影响了操作，我甚至想都没想，顺手就将这棵树苗连根拔掉了。树苗太小，根系自然也浅，拔的过程很是随意，根本没有费力，也就没当回事。现在想来，从当时树苗拔出来后黄澄澄的根系判断，那应该是一棵小黄檀苗。嗲嗲生前对木质绵密的黄檀木一直情有独钟，他一些使起来称手的工具把柄，比如锄头、板锹、镰刀，还有一根龙头拐杖，都是黄檀木做的。那些工具在他经年的使用下，都有着岁月的包浆，光滑得好像用桐油刷过一样。

就这样，一个没有任何征兆的梦，如一支探进门缝的小尖钩，拨开了一道被时光尘封太久的木栓。我分明听到了记忆深处有一扇沉重的大门吱呀一声被推开。那个我叫嗲嗲的人，在岁月与情感的追光里，一点点显现，一步步还原，一层层丰满，从开始一个模糊的轮廓，到后来一张清晰的面孔，直至让我泪流满面。

二

湘西北农村地区，过去普遍把爷爷叫作嗲嗲，这和长沙地区泛称年长男性为嗲嗲不同。实际上，我的嗲嗲并不是我血缘关系上的爷爷，而是父亲的继父。父亲九岁那年，被过继给他无儿无女的舅舅，随之改名换姓，婚后生了两个儿子，俱承了继父的姓氏，撑下了门户，遂了当年嗲嗲过继他的初衷。

嗲嗲除了有一个书面姓名外，还有一个叫"木生"的小名。我知道他这个小名，是一个偶然机会，彼时老人家已去世多年。在他生前，我从来没听别人叫过他这个名字，这可能是因为我与他在这个世界开始交集时，他已经是一个受人尊敬的长者。一个人的年岁、阅历以及身份，是可以在别人对他的称呼上找到痕迹的。"木生"这个小名，应该好理解，要不是他母亲在一棵树下生的他，或者生他后，取一个认为好养的名字，希望孩子人生天养，不病不灾。树木生的孩子嘛，有风雨就长。那个年代，人们会把很多东西寄予天意。当我知道嗲嗲还有这样一个名字时，一点都没有感到突兀或者惊讶，甚至觉得他就应该叫这个名字。也恰恰是这个名字，让我找到了嗲嗲一辈子那么喜欢树木的密码。

在我看来，嗲嗲喜欢树木的方式很特别。一般人对植物的喜欢，体现在看它开的花长的叶是否好看，造型是否独特，要不就是寓意如何，或者在品种、栽培及研究方面有偏好。而嗲嗲对树木的喜欢，体现在它们的功能性上。也就是说，嗲嗲喜欢一棵树与否,是看这棵树是否具有实用性,能不能做成一件他认为合格的生活工具,也就是能不能用得上。比如,看到一段树干弯曲角度很大的苦楝树,他会说——嗯!不错,再长两年就能制得一架好木犁;看到一棵高大的杉树,他会仰头拍拍树干——嗯!要得,做堂屋的檩子刚好;若见得一棵水桶粗的椿树,他会围着转两圈,然后自言自语——嗯!打一对高立柜足料!再不济的树,就会说——嗯,在堰塘搭码头应该可以,或者说当柴烧烟子不大。我小时候跟嗲嗲一直跑,他判别一棵树好赖的独特方式也直接影响了我,以至于后来我每看到一棵有眼缘的树,总会从实用性出发,来表达自己的观点——这个适合做什么,那个可以做什么。前些年去川西自驾旅游,在大渡河边看到一处千年的冷杉林,树干粗圆端直,树梢高耸入云,喜欢喝茶的我,心里想的居然不是这种植物品种的珍贵、习性的坚强,以及气质的儒雅,而是在想——嗯!这要是能拉得一根回去,也能做得几个上好的茶台吧。

  中国自古隔代亲,嗲嗲对我也不例外,况且因为父亲是他继子,更是对我这个随了他姓氏的长孙欢喜得紧。在过去的农村,长孙在爷爷奶奶面前,一般是自带天然受宠优势的。父亲说嗲嗲是一个不苟言笑、非常严厉的人,他小时候挨过嗲嗲不少的揍,而我那时总觉得父亲是在说嗲嗲的坏话,是在挑拨我们爷孙关系——他可能是忍受不了老人家对我无原则的溺爱,从我来到这个世间见到嗲嗲的第一眼起,他就一直是一副笑眯眯的样子,脸上每一道刀刻般的皱纹里都藏着和蔼,每一根花白的胡须上都结着可亲,甚至有一次我把他一个装满茶油的油坛打破,他脸上都生气到抽搐扭曲了,也只是把右手食指和中指弯成钉锤状,在空中对着我的脑袋比画了两下。

多年后,当我再忆起嗲嗲那张沟壑纵横的面庞,再忆起跟在他屁股后面满山疯跑的情形,才知道这个世界上,有些人其实就是一株长在自己心里的树,根须盘满了所有的血管和神经。当某天你永远失去这个人,就是一棵树被连根拔掉了,不管时过多久,那种根须扯动的生疼感,仍然刻骨铭心,哪怕一点轻微的触碰,也会痛彻心髓,无语泪流。

三

　　在动荡的乱世,普通人就是一叶飘萍,进与退,生与死,全由不得自己。嗲嗲是个苦命人,出生在兵荒马乱军阀混战的清宣统末年,三岁丧母,七岁逝父,曾有一姐,不知所终。不过,正应了"木生"小名的寓意,他还真如一棵不知名的树秧秧,一个人孤零零地在战火、瘟疫、自然灾害中长大,后成家立业,到最后寿近杖朝,含笑而去,也算圆满。

　　嗲嗲没跨过学堂门槛,新中国成立前上无片瓦之家,下无立锥之地,他栖身于一个破败的城隍庙遮风挡雨,历经三朝,颠沛流离,吃过最苦的苦,受过最痛的痛。小时候先给大户人家当放牛娃,后做长工,饥饿、寒冷、受气是他童年和少年时期全部的记忆。成年后,他先是跟着一个从湘西下来的"排古佬"放木排,在浪高滩险的澧水河上拿着命讨过几年生活。后又做过担盐的挑夫,用一根榆木扁担,从重庆地界接货,翻越重重大山,面对豺狼虎豹,一直挑到洞庭湖畔的津市港上码头,九死一生。抗战后期,嗲嗲又做过两年轿夫,主要送一些国民党官员亲眷到重庆避难。那时国民党首都南京已沦陷,政府迁都重庆,很多大小官员先期随迁,安稳下来后,再写信让家眷前往。一些受了惊吓的阔太太拖家带口，携带细软金银，坐船沿长江逆流而上，经洞庭湖进入澧水，到津市港上岸，再由陆路去到重庆。他当轿夫走的路，实际上和以前做挑夫时走的是同一条，只是货与人的出发地和抵达点刚好相反。从津市到重庆地界数百里，山高路远，流血流汗不消说，还有些官员家眷平日耍惯了威风，根本不把轿夫当人看。嗲嗲的一顶木轿，抬尽了人间冷暖、世态炎凉，一生苦难，笔墨难述其详。

而嗲嗲的婚史，更是一把辛酸泪。新中国成立前的他，孑然一身，借居寺庙，哪怕是最穷的人家，也不会把女儿嫁给这样一个肉眼可见的穷光蛋。他一直到三十多岁，也没见动姻缘，怕是月老都忘记了人间还有他这个人。新中国成立后，分得一间原来地主家的房子和几亩薄田，算是有了家业。终于安稳了下来的嗲嗲，靠着乡邻公认的忠厚能干和也还靓爽的人才，月老也想起他来了。不久有人保媒，说二十里地外的火烧冲有个姑娘，因眼神差了点，三十多了没嫁出去，女方不要彩礼，还随一点被盖嫁妆。眼瞅要上四十的嗲嗲想，眼神差点不打紧，田里地里自己一把好手，家里有个人，干活回家有口热饭就行，当然还有更重要的是，不能让老戴家断了香火。媒人带着满心欢喜的嗲嗲到火烧冲看亲，他瞅对方姑娘端茶倒水也还灵泛，打着满口当场就应了婚事，反正他也没有人商量。半个月后，嗲嗲一顶花轿就接回了新娘。新婚大喜，岁近中年的他喝了个八开，也没觉得新娘有啥异常。第二天，酒醒的他才知道，新娘这哪只是眼神差了点，那是差太多了，下床找个鞋子都摸老半天，出门只能摸着板壁墙往前走——她的眼里只有一层模糊而微弱的光。嗲嗲当即明白，他抬回来的这个新娘被调包了。这个新娘，便是我的婆婆（湘西北农村很多人把奶奶称作婆婆）。

更糟糕的是，婆婆不只是眼神有问题，智力也有明显障碍，她自来到麻雀湾那一天起，就再也没有走出这个小山湾一步，甚至都没走开过自家房子十米的距离，她的娘家也从没有人来看过她，直到三十多年后去世。自知被骗了婚的嗲嗲，抱着黄连木敲门——苦到家了。但他没有悔婚，还是寄希望婆婆能给他生个一儿半女，老戴家不能在他这里走到了头。三五年过去，婆婆肚子终是没个动静。后来嗲嗲才晓得，婆婆不仅年龄上比他大几岁，以前还嫁过一户人家，但正因几年没有生养，才被赶回娘家，他当年在火烧冲看到的，是婆婆的妹妹。不过嗲嗲终究善良，想到自己苦出身，也就没有把婆婆赶回去，虽然有时也对婆婆发脾气，但最终还是选择了隐忍、包容、照顾这个同样的苦命人，直至后来婆婆安详地离开这个世界。

几年后，嗲嗲也步婆婆后尘而去。他在去世前头脑还清醒的时候，一再交代我的父母，死后一定不要和婆婆合葬。也许，这是一个认了命而又不甘于命的男人，生命里最后的倔强吧。他和婆婆共同生活了三十多年，但婚姻中的嗲嗲，一定是沙漠中一棵离群索居的胡杨，千年孤独，万古苍凉。或许，只有那些年里每个夕阳下拉长的树影，才读得懂他无法言说的内心。

四

如果非要找出记忆里第一次我和嗲嗲交集的场景，似乎就是穿行在一片树林之中。那时的他，是麻雀湾生产队的队长，同时还兼着护林员。我记事的时候，麻雀湾山上几年前新植的树开始成林成材了，于是就有人趁着月黑风高之夜，偷砍了几棵去。有时一大早上山放牛，看到昨夜刚被偷砍后留下的几个白惨惨树桩，心里也会觉得像被砍了几刀似的疼。

几岁的我，常常跟在背着一把板锹的嗲嗲后面，走遍麻雀湾的每一片山林。在那一片片山林深处，他教我认识了常见的枞树、茶树、杨树、杉树、栗树、构叶树、樱桃树、雷公树、鸟不踏树等百多种树，还教我认识了闷头花、亮亮果、冬果儿、鸡血藤、蛇梦儿、八月炸、鸡头苞、紫金钟花、打破碗花等五花八门的花草藤刺植物，当然还有野鸡、喜鹊、斑鸠、布谷鸟、猴面鹰、苦娃鸟、画眉、竹鸡等各种鸟禽。他教我使用一根细细的松针叶，在山上一些圆圆的小洞中钓一种叫"干虾子"的虫子；让我折了一根中空的草茎，吸食茶花蕊中沁甜的蜂蜜；还带我用新长出来尚还是白色的棕树叶，简单折叠裁剪后，做成可以飞的蜻蜓或者飞机；他还会扯出春天里新抽穗的芭茅秆，劈破后编织成玩具马、枪以及梭镖。那时候的我，感觉嗲嗲是一个无所不能的超人，是一个承包了我童年时期所有快乐的人，他去哪我都要追着、缠着、黏着，像一只围着他转的小蜜蜂。

江南农村，主人大都会在房前屋后种上各种树木和竹子，房子被一处处竹木绿荫掩映包裹，每当清晨和傍晚，袅袅炊烟就会从一团团绿丛中飘出来，山村里就弥漫着淡淡的木柴清香、锅巴饭的米香、辣椒炒蛋的呛香，而更多的，是一个古老民族千百年来魂系梦绕的乡愁。勤劳的嗲嗲，当然也会围绕着他苦心操持的家，以在房子周围种树种花的形式，生长着他的梦想和希望。春天的时候，他就带着我去就近的几个圩场赶集。我当然只是为解个嘴馋，集市上的美食才是我跟着跑的动力，而嗲嗲准会背上一捆树苗回家。他在屋后种的是杉树。杉树成材周期短，树干笔直，修房子可以当房梁檩条用；房子左侧种了红椿。椿树木性细腻，纹理漂亮，是做桌椅板凳的好材料；而在房子右边呢，则种着香樟。香樟材质坚硬，自带天然驱虫香味，当然是打衣柜箱子的绝佳选择；房子前面，因为打眼，就种了一些水蜜桃、柑橘、柚子、柿子等果木树，每到时令季节，都有果子尝鲜解馋。而在一些空地，还种了一些桂花树，甚至还有两棵蜡梅树——哪怕是现在，江南农村庭院植栽蜡梅都比较少见。那个年代，一座农村土砖屋，周围一年四季有花有果，想想就是一件惬意的事。可见，不善言辞的嗲嗲，其实骨子里是浪漫的，只是以前生计使然而被忽略。嗲嗲种得最多的是泡桐树。泡桐树长得极快，三五年便高达数丈，因其木质疏松，只适合做猪圈、牛栏、菜园篱笆这些易消耗的材料，也适合做房子的椽木。泡桐树的种法简单到极致，将树枝插进松软的土里就行。每年春天，嗲嗲就会折一些泡桐树枝，让我抱着，他插一根，我递一根。

嗲嗲种的树木，大多在他有生之年实现了栽种时的预设希望，那时家里木头制作的家具，都是他辛勤劳动的成果。20世纪80年代中期，我家建新房，四大间房子，所用的檩条椽木挂瓦条模板等，取材俱为嗲嗲多年前一手植下的林木。唯一没有实现他预设希望的，就是几棵柏树。他本指望那几棵柏树长大后，为自己割一副好寿棺的。民间认为柏木寿棺最好，那也是一个普通人最后的愿望。但嗲嗲没有等到那几棵生长缓慢的柏树成材，就离世而去。他其实知道等不到那几棵柏树长大，只是为自己种下了一个美好的心愿而已。

十年前，麻雀湾被征迁，拆老房子时，我看着那堆发黑的檩条，以及堆弃一处的那些老旧家具，就想起当年一个老人带着一个孩子，屋前屋后到处种树的情景。而它们，也和二十多年前那个老人的去世一样，逃不了尘归尘土归土的命运。可以肯定的是，多年之后，我也将和嗲嗲以及这堆木头一样，最终成为滋养树木万物的养分。人与树,表面上看,是两种完全不同层面的生命体,实际上殊途同归,从哪里来,最终就回哪里去,一切都要交还给最公正的大自然。

五

嗲嗲曾有两次改命的机会。一次是县城和平解放时,有一支解放军部队的指挥部就设在城隍庙,他帮着队伍打过柴做过饭,修过马掌补过行李箱,做事条理清晰稳重可靠,深得一个东北口音的大首长欣赏。一个多月后,那支部队继续南下,首长几次要他随队一起南下,但他婉拒了。那个首长走的时候,还送了他一根石楠木烟斗。第二次是新中国成立后不久,他以前做盐挑夫时,一个和他曾有过生死交情的小兄弟派人来找他,让他去湖北一个地方做事。原来那个小兄弟后来参加了红军,几十年出生入死,也成了部队的一个大官,新中国成立后主政一方,就找到了嗲嗲,以还当年过命之谊。这次嗲嗲仍然没有去,一则考虑自己年岁已近不惑;二则当时他刚刚分得房子和田地。可以想象,那时一个无家可归无田可种苦了半辈子的人,突然有了家业的感觉。农民嘛,有田有地才是硬道理。树挪死,人挪活,但嗲嗲一辈子挺直着腰杆行事做人,生命的根须早已深深扎在这块土壤里,他只愿做一棵原地挺立的大树,不仰人鼻息,不随波逐流,把自己站成了一棵宁折不弯的大树。

嗲嗲天性忠厚,赢得了麻雀湾几代人的信任,从20世纪50年代后期一直到80年代中早期,他一直当着麻雀湾的生产队长。在那个入党很不容易的时代,大字不识一个的他,还被乡亲们一致推荐,成为一名中国共产党党员。这在当时,可是无上的荣耀。他积极履行着一个中国农村最基层官员和一个底层最朴实党员的职责，日复一日年复一年，身体力行地带着乡亲们插秧割谷、开荒种地、兴修水利、植树造林，在岁月的风雨中，把自己从一棵壮硕光滑的白杨树，变成了一棵皱皮弯腰的老松树。

在嗲嗲年到古稀之际，一直在外地工作的父亲调回了县里，家里也因母亲精心操持，生活条件相较以前好了一些，日子算是过顺当了。步入暮年的嗲嗲，奔波劳累了一辈子，还能得以享了几年清福。彼时的他，喜欢独自到离家一里多地远的一片板栗林子中转悠。那片一百多亩的板栗林，是当年县城一所中学为了师生勤工俭学有个地方，借了麻雀湾的一片山种下的。哪晓得刘备借荆州——有借无还。后来在还没有卸任麻雀湾生产队长的嗲嗲的据理力争下，终于还是把这块山收了回来。这片板栗林，经过近二十年的生长，早已郁郁葱葱，如一片绿色的海洋，每年板栗成熟的季节，就是麻雀湾人的欢乐节。

那时的我，考上了县城里的一所初中，因为路程较远，需要寄读，一个星期才能回家一次。那时每次周末从学校回来，我准能在穿过板栗林中间的那条山路上，遇到"没事随便转转"的嗲嗲。那条山路，是麻雀湾上县城的必经之道，站在路口，可以居高临下看到很远一段通往县城方向的路。后来我才知道，嗲嗲并不是每天都去板栗林转悠，他一般只是星期六掐准了我放学回来的时间点才去。难怪每次刮风下雨甚至落雪的时候，我都能在林子里的路上巧遇"随便转转"的嗲嗲——我能想象得到，他每次远远地看到我出现在那条回家路上的欣喜。他一定是喜欢看我每个星期散学后蹦蹦跳跳回来的样子，喜欢我每周一次把他从那片林子里搀扶回家的感觉。他只是没有说出来而已。自知去日无多的老人家，不过是借助了这片不会说话的树林，来掩饰他享受天伦之乐的喜悦，来表达他对苦尽甘来生活的认可。他这一辈子，只有无声的树才懂他，树就是他最信任的代言人。

嗲嗲离世几年后，我去当了兵。从部队第一次探亲回家，却发现那片板栗林消失不见了，留下的是一排排一行行或锯或砍后的树桩，个个龇牙咧嘴，触目惊心。一截树桩上还连着一块一米来高的木屑块，那是一棵巨大的树不甘死去时身体撕裂的一部分，如古代战死沙场的战士，胸膛还插着一刃利剑般悲壮，我分明看得见它渗出的无色血液。后来才知道，原来当时是村里为了一万块钱，把这片林子卖给了一个烧炭的人。我愤怒地想，嗲嗲若是还在世，这片林子定然不会遭此厄运。那一刻，我突然觉得很悲哀。悲哀来自想起多年前，一个老人为了这片树林的回归上下奔波的操劳。悲哀在于想到一棵棵给麻雀湾人带来了无限快乐的大树，被剁头砍脚肢解后，还要塞进狭小的炭窑焚烧焦化的痛苦。悲哀在于我回家的时候，再也没有人借着一片树林的掩饰在路口迎接我。那个最懂这片树林的人走了，这片树林也就随之失去了灵魂，它们也就该走了。

谁也想不到，二十多年后，连同这座板栗林生长过的山，还有我居住了几十年的老宅，也在无可阻挡的城市扩容中，消失在了历史的进程之中。被迫搬迁他地的乡坊邻居们，也如一棵棵高矮不等粗细不一的树，拔离了原本最舒适的土壤，因水土不服，原本的枝繁叶茂，渐渐凋敝羸弱。几年里，一些老人纷纷离世，而年轻人远离故乡。甚至，那个叫麻雀湾的地名，也在后来乡村合并的行政区划改革潮流中，如一棵被雷电击中起火燃烧的树，彻底化为灰烬，最终风吹影散，没有了一点存在过的痕迹。

六

　　带走嗲嗲的病是肺癌，检查发现的时候，已是晚期。那一天，父亲把嗲嗲诊断的X光片子给我看，指着片子上一大块虚空无状的阴影，说那是无数肺泡失去了功能呈现出的影像。看着片子中间那块阴影，我突然想起多年前生产队晒谷场边一棵高大的杨树，平时看上去叶青枝劲，可是有天夜里，在一场风雨中拦腰折断，原来树干的中间已经被白蚂蚁完全噬空。嗲嗲的身体看上去一直是健康壮实的，七十多岁的时候还使得动犁耙，农忙季节一担百多斤的谷子仍然能挑一里地不换肩。他的肺部是什么时候出问题的，我不得而知，可能连他自己也不知道，就像一棵被白蚁盯上的大树，病菌吞噬他的第一个肺泡时，是感觉不到疼痛的，那是一个缓慢受刑的过程。嗲嗲很坦然地接受着这个结果，说自己一生从刀尖斧口走来，见过和经历了太多生死，能活到这个岁数已经是烧高香了。他坚持不住院治疗，他要死在自己最熟悉的麻雀湾。

　　从医院回家后，嗲嗲根本没把病当回事，生活方式和节奏一点没有改变，辣椒照样吃，烧酒照样喝，大家劝他听医生的话，他说树活千年，最后不也还是要死的嘛！他每天都会到麻雀湾的一户乡邻家中唠几句嗑，好像没事人一样，其实大家都知道，他这是在辞路。湘西北农村有辞路习俗，是指人在自知去日无多的时候，会到处走走，见见熟悉的人，该感恩的感恩，该解结的解结。他就是一棵被病菌噬空了的老树，看上去步履依然稳定，精神依然矍铄，但随时都有可能在生命的狂风中，轰然倒地。

　　一个多月后，我被父亲从学校接了回来——嗲嗲走了！那是深秋的一天，是家里屋前屋后果树丰收的时节。老人家没有卧一天床，走的那天早上还沽了二两烧酒，他真的是一棵空了芯的树，走得干脆自然，毫不拖泥带水。那天家里在收割晚稻，为防止麻雀和鸡鸭偷吃晒在鹅场的毛谷，已不能下田干活的嗲嗲，就帮着母亲看鹅场，赶鸡鸭。母亲从田里挑着一担谷子回来，发现嗲嗲靠在鹅场旁边的那棵大樟树下打盹，喊了两声没回应，过去一摸，才发现嗲嗲已安详离世。而那棵樟树，正是老人家当年亲手植下的十多棵同品种树中，长得最高最大的一棵，十多年来已枝虬冠浓，而就是这棵树，成了嗲嗲生命的最后一站。这个小名叫"木生"的男人，他的生命从一棵树开始，最后又在一棵树下结束，如果真要说有圆满人生的话，这个生与死都与一棵树相关的过程，应该就叫圆满了吧。

嗲嗲最后的归宿是一副杉木棺材，那是他在去世前十几年就为自己准备好了的。最后的封殓，当我看到那块沉重的棺材盖板一寸一寸地合封，最终把嗲嗲和我隔在了两个完全不同空间的时候，我才敢相信，我是永远失去了那个最喜欢我的人。出殡那天，按照本地丧葬风俗，我是长孙，得坐在棺材上压丧。我用这种方式陪着嗲嗲走过了最后一程。出殡的路不过几百米，我感觉却像经过了很多年，一路想着和棺木里的这个人，生命交集十几年的一帧帧一幕幕，心悸颤抖。就像清晨站在一棵树下，一串冰凉的露珠从树叶落下，滴进我的脖领口一样。

（原载《湘江文艺》2023年第6期，获第九届常德市原创文艺奖）

母亲住院记

母亲身体一直不太好，但活到七十多岁没住过一次院。这事别说您，连我这个当儿子的也觉得难以置信，所以当电话里弟弟说母亲要住院时，我一时有点惊愕，连着追问了两遍：到底是父亲还是母亲？

我的惊愕是有道理的，因为对于母亲住院，我们两兄弟都没有记忆，因而也就谈不上有经验可以借鉴。而如果是父亲需要住院，我们就可以用"驾轻就熟""游刃有余"两个词来形容了。父亲心也不好肺也不好，动辄头痛脑热，近些年住院频率年均三次以上，一般的搞法就是，兄弟俩任意一个先得知老头子病了，一个电话通知另一个，那边开车往医院送，这边在医院办手续，人到医院，不等不靠，病床铺好，医生找好，缴费检查一条龙。而在家里，母亲也按照程序将保温杯、毛巾、拖鞋、脸盆、体温计、牙膏牙刷、往常病历等父亲住院的生活必需品收拾妥当，只等这边一切办好，再接她到医院陪护。母子三人各司其职，像一部机器的齿轮咬合一样，配合默契，多年差错率为零。弟弟对于母亲住院显然也缺乏足够的应对能力，或者说根本就没有思想准备，语气里一片兵荒马乱，至少在收拾住院生活必需品方面缺乏有力的帮手。父亲是指望不上的，因为平常在家里，他就是那种洗澡后在浴室大喊澡巾在哪里、从外面回来就问拖鞋在哪里的人。果然，慌里慌张的父亲，只带了一条毛巾到医院来。

下午六点的时候，白班的医生已下班，只能走急诊通道。父亲说前天晚上母亲就病了，头晕恶心，浑身乏力，只以为是感冒，她也不让告知我们。母亲挨到这个时候终于给父亲说要去医院看看，我知道，但凡她身体还能撑得住或者忍得了，都断然不会主动提起"医院"两个字的。我太了解母亲了，她是那种特别能背的人，即使她的皮骨之内针锥刀绞，表面也会强忍如常。我记得小时候有一次，她在田间劳作时曾因消毒石灰水的浸咬，导致两腿皮肤溃烂至膝，涂抹药膏时牙帮子咬得咯吱咯吱脆响，我也没听见她叫一声疼。还有一年，她赤脚在山上铲火土时，一块碎玻璃片深深扎进她的脚底板，自己硬生生地拔了出来，为防止感染，当她用土办法往血肉模糊的伤口里塞羊油时，愣是眉头都没皱一下。十多年前，母亲胆结石发作，疼了两天两夜的她没给任何人说，最后就请了乡村医生打了一针止痛剂。我一直无法理解母亲对于肉体疼痛的忍耐力。

除却对肉体疼痛的耐受力，母亲对于生活的耐受力也非常人可比。我家是半边户，父亲长年远在数百公里的外地工作，一年难得回来几次，母亲二十多岁嫁过来落户农村后，就一直过着上照老下抚小的日子。我记事起，爷爷就得了肺病，做不得太重的农活，本来就患有眼疾的奶奶眼睛又完全瞎掉了，农忙时节连做个饭也指望不上，我和弟弟那时年纪尚小，家里七八亩水田五六亩旱地，基本上就凭母亲一掌百拉，尤其是七八月份酷暑高温的"双抢"季节，现在想想都不知道母亲是怎么熬过来的。即便是那样的年代那样的日子，也少见母亲表现出过多的不满情绪，没有对爷爷奶奶恶语相向，没有和父亲争吵抱怨，也没有对我们兄弟放任自流，一家老小的生活倒也还有条不紊。

月光皎白
YUE GUANG JIAO BAI

　　母亲坐在急诊科医生面前的小方凳上，身体无力地靠在我搀扶她的手臂上。我能感觉到她的躯体像一根在冻土层里长空了心的萝卜般虚弱，难以想象就是这个女人，将一对儿子都生养到了一米七几。她花白的头发有些凌乱，那是岁月残忍的标签。她呼吸急促，眉头紧皱，一对眼睛缩成两个变形的三角形，目光迷离，脸色蜡黄，牙关紧咬，却并没有发出那种病人应该发出来的病痛呻吟。我第一次看见母亲这个样子，这种在极致的痛楚中呈现出来的面貌，这种抗争之后无能为力的感觉，沉重又深刻。这个时候了，母亲还在调用身体里仅存的那点洪荒之力，控制着姿态和情绪，保持她素来的沉稳和优雅。她分明是怕她一时的放任和松懈，影响到此时如左右护法的两个儿子，还有她身边那个心脏脆弱得经不起一点惊吓的丈夫。母亲的这种隐忍，表现在她倚在我手臂上那个微微抖动的躯体上。这一次，她没有骗到我。医生问询着母亲病情的起始情况，她回答的声音短促而沉闷，仿佛每一个字都是好不容易挤出来的。这个时候说话应该最伤元气，可母亲还是一直规规矩矩地作着答，生怕漏掉了医生每一句询问，认真的样子，像极了多年前她在煤油灯下给全家人纳鞋底时的那份专注。甚至，她趁着医生在病历单上写写画画的当口，补了一句："我活到七十岁了，这可是第一次上医院呐。"医生眼皮都没撩，回了一句："那说明您老身体好呐。"

　　办了手续，缴了费，做了CT检查，留下弟弟等着拿片子，我搀着母亲去住院部。

　　冬天里老人心肺出问题比较普遍，内科病房都住满了，母亲只得被暂时安排在过道上的加床。我走到一边，压低声音与医生交涉，走廊晚上有点冷，试图能找到一个病房里的床位。母亲居然听见了，从病床上起身，朝我轻轻地招着手，说自己内火重怕热,走廊上还暖和,不要麻烦医生。我只得噤了声,反而为自己的行径羞愧了起来。年龄大了后的母亲耳朵平时是不太灵光的,有时一句话得重复两三遍才听得到,刚才扶她躺下时,还给她掖好了被子,明明连耳朵都给她掖进去了。想必母亲见我和医生鬼鬼祟祟的样子,把耳朵又偷偷张了出来,医院并不吵闹,适合她把所有感觉器官的火力都集中到听觉神经上来,连听带猜,搞准敌情。负责母亲病情的女主治医生目光柔和,语速平缓,是很容易取得病人信任的那种医生。已经躺下来的母亲,显得比刚才在急诊科放松了一些,说话语速没那么短促了,一句句顺着医生的话头回答着更加仔细的问询,什么吃的喝的拉的家族病史习惯爱好等一应俱全,每一句话末了都要使劲地喘上一口。我附在母亲耳边,吩咐她说话声音可以小一点,不用那么累,母亲却依然保持原分贝,说声音小了怕医生听不清,弄得我有些尴尬。耳背的人都这样,自己听不见,还以为别人也听不见。就在主治医生的首次问诊接近完成时,母亲又将自己七十年没住过院的料爆了出来。

　　查体温测血压上心率监测仪抽血取样上套管挂瓶等一整套繁复的程序折腾下来,虚弱的母亲终于得以休息。药水顺着透明的导管一滴滴流入母亲手背的静脉血管,再从静脉血管流入心脏,通过心脏的加压推送,扩展到她的每处血管末梢。药物会带着我们所有人的重托,杀死那些折磨母亲的病菌。我希望这一瓶瓶融入了各种药品的液体,是医生投向母亲体内的千军万马,它们滴滴身怀绝技,能够药到病除,而我也是其中的一滴。我还知道,那些病菌绝不会坐以待毙,定会殊死反抗,它们不会轻易放弃已经侵占了的母亲的心脏、颈椎、大脑、肠胃等局部阵地。睡着了的母亲,眉头依然打着结,脸部不由自主地轻微抽搐,手臂也有不易察觉的颤动，偶尔还会有一阵梦悸中不可抑止的剧烈咳嗽，那是她体内药物和病菌激烈拼杀的直接反应。它们把母亲的血液、脏器、肌骨作战场，反复争夺，冲锋与反冲锋，从集团作战转入单兵巷战，每地必争，逐寸较量。而七十岁的母亲，也是一直在人生的战场上，骑着时光的战马，提着生活的大刀，为她的梦想，为她的爱情，为她的家庭，为她的儿孙，毫不退缩，一路拼杀，一路艰辛，直至赢得尊重，赢得美满，赢得儿孙绕膝。

我坐在母亲的病床头，拿一个枕头立放在她头顶的空处，以挡住穿廊而过的凉风，我怕这丝凉风也成为侵害母亲的敌人。此时的母亲，实在太虚弱了，任何一点外来的侵略，都可能是她招架不住的洪水猛兽。我看着她花白且已稀疏的头发，它们曾经那么茂盛乌亮，也曾有过两只小辫的芳华；深浅不一的皱纹、或大或小的暗斑占领着她干燥的脸庞，这张面孔，也曾五官精致，皮肤饱满柔滑；而蜷缩在白色被褥里的母亲的躯体，突然让我觉得那么羸弱瘦小，让我无法相信就是这样的一具躯体，曾经丰腴活力，力量十足，以雷霆之风撑起了一个三代同堂的家。岁月过于喜怒反复，难以捉摸，既给过母亲许多美好，也给过母亲太多苦难。外婆生了四个女儿，母亲最小，小名"多妹"，意为多余的孩子。那个年代的农村，重男轻女思想极其严重，家里有儿子才光荣，而且儿子越多越光荣，外婆一连生了四个女儿没有生下一个男丁的事情，自然会被乡邻当作一个笑话传扬，而多余的母亲，就更加受到各方面甚至是父母的歧视。雪上加霜的是，母亲不到六岁那年，外公就去世了，留下孤儿寡母一大群，受尽了世间炎凉。母亲就是在这样的家庭环境中长大，自小在性格上打上隐忍、坚强、敏感的烙印也便毫不奇怪。如此追本溯源，母亲这几十年来，对于身体和精神上各种难以想象的疼痛都可以承受的这份坚忍，似乎便可以得到合理的解释了。七十年，除却多次劳动和意外带给母亲身体的外来创伤外，还有肾炎、糖尿病、肠胃炎、高血压、胆肾结石、颈椎增生压迫神经等或急或慢的内在疾病。这些外来创伤和内在疾病，随便拣出一样都是需要住院治疗的，但母亲每每都在强忍中度过了生命的一个又一个隘口，很多次病发我们甚至毫无察觉。

晚十点多钟，当天最后一瓶药水的最后一滴药液注入母亲血管时，我有一种一次战斗终于告一段落的感觉。如果说母亲的这次病倒是一场规模有限的战争的话，这类小型的战斗会延绵数天，每一次战斗我都希望我方取得胜利，最终积小胜为大胜，得来母亲的彻底康复。我一直都以这种战争思维对待父母的每一次病痛，大抵和我有过三年军旅生涯有关，总认为病痛和健康就是一种你死我活、非黑即白的关系，容不得摇摆和纵容。护士过来拔针时，母亲醒了，长舒了一口气，好像也有一场激烈战斗后的如释重负。母亲活动几下因吊瓶僵硬了几个小时的手腕，见我坐在床头，怕我冷，拍了拍被子，要我坐上她病床的另一头，让我把双腿双脚放进她的被子。我左右看了看医院摆满病床的廊道，有些尴尬地笑了笑，然后很听话地照做。被子里暖意融融，那是母亲的躯体几个小时经营的结果。母亲显然高兴于我的听话，把身体靠里挪了挪，给我的双腿腾出了尽量宽敞的一块地方。身高接近一米八的儿子，哪怕一双腿，占地面积想必也小不了。

我不知道那是一幅怎样的画面：一张素白的铁架病床，一头躺着消瘦而苍老的母亲，一头坐着高大且已步入中年的儿子，被子里四腿紧靠，彼此温暖。到底有多少年，一个儿子的身体和一个母亲的身体没有这样紧紧地挨在一起过了？我的记忆中是没有这种情况的，那大概都是我记忆萌生之前的事情。而母亲，大抵会回想起四十余年前的情景：一张床上，同样的两个人，一个裹着襁褓，嗷嗷待哺；一个丰腴健康，挡雨遮风。时光到底去哪了，这还眼皮下的事情，怎么眨眼就掉了个个儿，照顾方与被照顾方生生地换了位置。以我对母亲的了解，此时此刻一定会有这个念头飘过她的脑海，也许只是一瞬间。很多东西母亲从不说，但她的情感却是十分细腻的。几十年来，我外出求学、当兵、打工时，我失意、颓废、落魄时，我归来、得意、小资时，母亲迎送的眼神里那些无声的语言，我是可以看得懂，也读得明白的。

午夜十二点，病房、走廊的灯除留几盏照明，渐次地都关掉了。母亲用脚轻轻蹭了我几下，说自己真的好多了，再一次催促我回家去休息，还把手从被子里拿出来，举起使劲攥了几下拳头——看，有力多了！母亲的用意我心知肚明，若一整夜陪在这里，她心里定然是无法安稳的，她怕我累着，影响我第二天上班。我知道此时若拗着不顺着母亲的意思，反倒会徒增她的心理负担，只得依其言而行。当我一脚跨出医院大门，一股强劲的冷风倏忽就缠裹住了我，混乱之中，好像有一双看不见的手肆意撕扯着我的头发，还有几条鞭子轮流抽打着我的身体。猛然，一种透彻到心的痛感扩散到全身的每一个细胞。昏暗的灯影里，一种酸楚的液体也终于从眼眶里溢了出来。

（原载《中华文学》2020年第6期）

又到茶油飘香时

一

霜降时节，雁阵南飞。

工作在远离县城的乡镇，昨晚值了班我就夜宿在单位大院。乡村的夜晚宁静清寂，久居县城的我，一夜无躁无梦，睡眠格外酣畅，早上不到七点自然醒来，神清气爽，居然没有平日的恋床慵懒。穿衣起床，借晨练之名，我来到院后的小山转了一圈。

这是一座以山油茶树为主要植被的小山，连日晴好，薄雾与炊烟在山间混合成一层令人着迷的气霭，唤醒着我来自孩提时代的记忆。山径弯弯，朝露湿脚，路旁的黄色野菊，耳边的小鸟清唱，一切熟悉而又遥远。初冬季节，正是山油茶树开花的时候。油茶树寒露节后开花，农村有"母子相会"一说，意思就是油茶树果实成熟的采摘期与开花期正好首尾相连，非常形象。我走到一处高地，环顾四周，但见满山的油茶树花开四野，千万朵洁白的茶花缀开在远远近近青绿的树叶间，好像林间歇满了无数只待飞的白鸽，似乎稍有点动静它们就会振翅高飞。

我不禁童心翻涌，凑到一棵树前，和其中一朵茶花相互对视。它毫无保留地对我袒露心迹，最大限度地舒展着五片椭圆花片，花片上有几粒露珠，晨风拂过，随时都可坠滴。花片中间托着蛋黄色的花蕊，蕊心还有一滴昨天傍晚小蜜蜂酿制的蜂蜜，在微风中颤抖着。我折了一茎茅草，掐头去尾，制成一支中空的吸管，含在嘴里，探进花蕊，轻轻一吸，那滴晶莹的蜂蜜水瞬间就穿透了我的全部味蕾。时空倒转，这种感觉让我回到了儿时那个狗都嫌的年纪，也是这样的时节这样的清晨，和一群年龄相仿的小伙伴在麻雀湾山上放牛时，每个人都会稔熟自如地折上一根草管，围着一棵开着花的油茶树，逐朵吸着花里的蜜水。

那一刻，我突然忘记了自己已逾不惑的年龄，用儿时的剪刀步在林间轻快地跳跃，在花中撒着欢奔跑，将最原始的身心交给了这片恣意的空间，任清凉的露水湿了我的衣襟和头发。而那些与油茶相关的往事，也呼应我身体的动作，在脑海里跳跃着，奔跑着，就像一部一镜到底的电影画面，清晰，自然，毫无做作矫情。

二

晨曦微白时分，母亲一把掀开我和弟弟的被子，炸雷般急躁的声音惊醒一串好梦："快起床，赶紧到火烧湾去，去迟了茶籽都要被别人薅完了！"兄弟俩甚至都来不及揉揉惺忪的睡眼，迷迷糊糊就蹿下了床。我们知道，非常时期，但凡动作稍慢点，母亲功力几十年的铁砂掌就到了屁股上。

火烧湾有一块我家的油茶山，走过去差不多两里多地，得过一段田冲三口池塘还有一个小山岗。在母亲的催促下，我和弟弟用最快速度，套起长衣长裤，抄起比我们身体还长的简易木钩，斜挎起缝了一根绳子的蛇皮袋，一人接了一个母亲塞过来用以早餐充饥的饭锅粑坨，一头就扎进露水湿发的清晨鱼肚白，深一脚浅一脚地出了门。

那时农村刚实行家庭联产承包制不久，原来集体的油茶山也和水田一样，分到每家每户。油茶山分下户的时候，生产队会根据山势、树龄、路程远近、历年结果出油等情况综合分析，肥瘦搭配，好赖相间，用抓阄的土办法达成协议，因而每家的责任山都是东一块西一块，有的家庭甚至有七八处。到了油茶采摘季，为防止别家在责任山搭界地顺手牵羊，一般同时段在每一块自家责任山都要安排人采摘或巡护，有的家庭责任山块多的，甚至会连三五岁的孩子都要安排上阵。

采摘油茶果是一件比较辛苦的事。火烧湾的油茶树都是二三十年的老树，林密树高，采摘非上树不可，母亲正是考虑我和弟弟年龄还小体重较轻，适合爬树，所以把这块山交给我们兄弟俩，弟弟一般采摘站在树下就能够得着的果实，我就爬到树上采摘高处的果，手够不着的就用木钩把枝条拉近了摘。枝条上的油茶果结得很紧实，得一颗一颗地摘，偷不得半点懒。有一年，我爬上树后，站在树上一顿猛晃，想把油茶果晃下来，却招来母亲一顿呵斥。原来油茶和别的树不一样，花期与果期几乎重合，晃树枝会把花晃掉，来年就会歉收。油茶树的树枝很有韧性，很细的枝条也能站上去，如果没站稳掉下去，只要身体尽量大面积地一扑，随手就能抓住树枝，一般不会摔到地上。油茶树枝干表层有种脱皮后氧化的灰，沾在皮肤上很痒，皮肤不好的人容易过敏，那时我们采摘时身上再痒也不挠，不然一挠就红肿一大块。采摘油茶果还有一个危险，那就是防蜂，说不定哪个树枝上挂着一个山蜂窝，一不小心捅着就麻烦了。很多人都中过招，我就碰到过一回，当时只听到"轰"的一声，我知道糟了，赶紧溜下树来，脸贴地紧紧趴在地上，一动不敢动。尽管这样，头皮上还是被蜇了两下，疼了好几天。有一年我伯母也中过招，鼻青脸肿了个把月。

油茶果采摘一般分两个阶段，第一阶段是各自采摘各自的责任山，这个阶段有着严格的地界区分，各家不可越雷池半步。在农村，油茶那可是金贵之物，每家每户一年到头做菜下饭就指着金秋季节这点收成，家家都像宝贝一样护着，平日里和睦相处的乡邻们，常常也会在油茶采摘季里，为搭界地顺手薅果的事起争执。也就三五天吧，第一阶段完成后，就进入了不分地界的打扫战场的第二阶段。在第一阶段的采摘过程中，或因视线问题，或因树枝太高，或因荆棘缠树无法采摘，树上的油茶果总会有遗漏，过后几天，太阳一晒，那些遗漏的茶果就会自动爆开，油黑的茶籽落到地上草丛中，乡邻们都会三五结伴上山去捡拾这些天赐珍品。每年这个季节，天大的事，母亲都先放一边，上山捡茶籽是金秋头号工作重点。很多城里没有责任山的人，就等乡下人家责任山采摘完后上山去捡茶籽，眼神好的动作快的霸得蛮的，一天收成十多斤不是问题，一季下来能榨上五六十斤茶油，可解决大半年做菜用油问题。我们以前读小学搞勤工俭学，全校师生都要上山捡茶籽，每人有五斤任务。

油茶果从山上采摘下来后，得摊在鹅场晒几天，直到果实全部爆开，形成壳籽混合体，然后进入壳籽完全分离的"择茶籽"阶段。"择茶籽"的做法，通常是每人一张筛子，扒满一筛子油茶果的壳籽混合体，用手一粒粒把茶籽从中择出来。那段时间我和弟弟放学回家，第一件事就是"择茶籽"，择完两筛子母亲才允许我们去玩。十天半月后，"择茶籽"程序完成，再将纯茶籽过两个大太阳，就可以拉到油榨坊榨油了。那时的油坊用的都是木榨，油坊香飘十里。方圆十里就一个榨坊，集中开榨那个把月，榨坊歇人不歇家伙，昼夜连轴转，柴灶里的火苗照得每个人脸上都亮堂堂的，屋子里热气腾腾，甚是热闹，如同过节一样，远近乡亲们难得有个机会在一起热闹一段时间。榨油是一个过程比较长的事情，上一榨就得几个小时，有家里人多山多收成好的，就得上好几榨，那样小半天就过去了，所以大家有个先来后到的规矩，有的一等就是好几天甚至十来天。那时的农村民风淳朴，也没太多娱乐活动，乡亲们并不计较迟个半天几小时的，有时还你谦我让，也还落个偷闲看热闹。就在排队等待的过程中，一些有段日子不见的老友还会趁此机会割点卤菜弄点小酒在榨坊享受一下。

当轮到某家上榨时，乡坊们会主动上前帮忙，有抬蛇皮袋的，有帮过秤的，还有内行一点的帮着炒籽或压饼。当自家的茶籽经过称重、熟炒、碎磨、灌压、上榨、压制等一整套程序，最后看到金黄亮色的茶油从一滴滴到一股股从木榨的缝隙里流下来时，围观的无论大人还是孩子，那种劳动转化为成果的获得感，由衷地洋溢在每个人的脸上。油榨完后剩下的籽粉饼我们叫"枯饼"，那也是好东西，家家户户会一个不少地带回去。冬天太冷，山上也没有青草可以放牛，每家的牛只能待在栏里吃储存的稻草。但水牛长期吃枯黄的稻草会营养不良，于是每隔两天爷爷就会搬一块枯饼出来，用柴刀砍成小块放在一个大木盆里，再用"老天锅"①烧一锅水，用热水将块状籽饼泡软泡散了给牛吃，这样喂的牛即使一冬没出门，也会养得油毛水光，不掉膘不卸力，还长了精神，为来年开春备耕做足了准备。茶枯饼除了喂牛，还是农村老把式种瓜果最好的肥料，那时母亲种菜瓜时下的底肥就是枯料，结出来的瓜香甜脆口。那种纯正而天然的味道，现在也

---

① 老天锅：湘西北农村地区过去称煮猪食的生铁大锅。

只能在回忆中寻找了。

三

  山油茶为山茶科常绿小乔木，是我国江南丘陵地区最重要的食用油料树种，已有两千多年栽培史。油茶树的适应性很强，耐贫瘠，抗干旱，种下树苗后，基本上就不用管了，农民只需在果熟蒂落时忙上一阵就行，不像田地作物一年四季需要人精心照料培管。

  我的家乡是湘西北临澧县，地处武陵山脉与洞庭湖平原过渡地带，全境千余平方公里，俱为典型的丘陵地貌，四季分明的气候条件，酸碱适度的红色土壤，成为山油茶——这种树最惬意的生长家园，是湖南省油茶产业主产县之一。我打小就是在一股油茶的馥郁香味中长大，可以说，是油茶滋养了我健康的身体，赋予了我为人处世的智慧。它给了我完整而快乐的童年和少年时代，它给了我人生最初的力量和胆魄，它让我心正目明，它让我敢于面对所有的人生风雨。

  小时候，老屋后面那片油茶山就是一个四季营业、项目丰富的生态乐园。趁着捡干柴的闲暇，我和小伙伴们一起在林间追逐打闹，有时衣服被枯树枝剐破，回家被父母一顿竹笋爆肉，第二天照样不长记性地林间疯玩。那时油茶树下都很干净，掉落的树叶都作柴耙捡回去，树下有一些圆溜溜的小洞，里面有一种我们称作"干虾子"的软体状小虫，扯一根枞树针叶，抹一点唾液插进小洞，一会儿针叶就上下晃动，我们手疾眼快把针叶一下子提起来，一只"干虾子"就被钓了出来。就这个游戏，如果不是到了饭点大人喊回家，我们可以玩一整天也乐此不疲。那些高高矮矮姿态各异的油茶树,对童年的我来说,是一些有着各自不同名字的伙伴,有的叫"歪脖子",有的叫"一边倒",有的叫"油节疤",有的叫"大蔸",而它们会在四季不同的时节里,花样百出地表演各种让我们欣喜的节目,比如单就一个蘑菇类节目库就让人目不暇接(我们那儿把蘑菇叫菌子)。接连下两天雨后,树下会长出一大片看上去水光滑溜的"涨水菌",老人说有毒,一般没人吃;"笑呵菌"的表层带着一点红色,据说人吃了之后就会傻笑不止,我们是不敢尝试的;至于"伞把菌",能长半人高,真像地上撑了一把小伞,看上去亭亭玉立的样子,其实有剧毒;最搞笑的是"灰泡菌",刚钻出地面时像一个看上有点萌的小白球,长大后像一个面包,一踩上去,就冒出一团黄色的灰;还有什么"剥皮菌""牛屎菌""石灰菌"等不一而足,这些菌要么不能吃,要么不好吃。能吃的有丝茅菌、茶花菌、绿豆菌等,最好吃的是一种我们俗称"雁鹅菌"的蘑菇,学名叫"重阳菌",深秋时节才有,这种菌现在市面上卖到一百多元一斤。我们小时候家家户户都有道家常菜叫"雁鹅菌醅辣椒面糊",如果母亲午饭要做这个菜了,就会吩咐我或者弟弟"去后山上捡几个菌子来",这后山也从来没让我们空手而归过。除了这些,还有其他一些好玩的节目,比如春天的时候,油茶树发新叶结新果,有些新叶新果感染一种真菌后,会变异得又厚又大,叶片肿起来就像人的耳朵一样,我们叫"茶耳",新果像吹起来的一个泡泡,我们叫"茶泡",吃起来都是脆脆甜甜的。那时一群小伙伴早晨在山上边放牛,边寻茶耳茶泡,时间不知不觉就过去了,直到炊烟升起,母亲扯着喉咙喊我们回家吃饭。

而山油茶树价值最大的就是果实榨出的油。山茶油有"东方橄榄油"之称,较之其他食用油,在口感、香味、营养等方面要胜出不少，且富含多种珍稀有益物质，《本草纲目》中记载山茶油有"润肠清胃，杀虫解毒"之效，农村人说茶油还有明目功效，现在想想，那时农村孩子基本没有近视眼，可能是家家户户都吃茶油的原因吧。

那个年代，家里餐桌上的菜品并不丰富，但母亲总能用几调羹茶油，就做出至今都让我味蕾记忆深刻的菜肴。平常里，母亲做得较多的菜是茶油煎蛋，色泽金黄，一口下去，回味无穷；每年中秋节，母亲必定要做一道茶油炸仔鸡，外焦里嫩，唇齿绕香；母亲还会将大米磨成粉，和剁碎的红辣椒混合，上坛腌制十天半个月，就成了酢辣椒，"茶油炒酢辣椒"是我们家乡一道特色佳肴，越回锅越好吃，只要闻闻，就会让人垂涎三尺……有时实在寻不出一碗像样的上桌菜了，母亲会把几个辣椒切碎，用两勺茶油炒至将焦未焦，趁锅底快要烧红的时候，吱的一下倒入大半葫芦瓢的水，加点盐，撒点葱花，待水开之后盛上来就成了一碗辣椒汤，油花椒花葱花浮于汤面，氤氲的热气和香气扑鼻，挑动着食欲，你根本不会想到那其实不过是一碗水。单就这个辣椒汤泡饭，我那时都能干三四碗饭。要是桌上连一碗菜一个汤都没有，母亲就用茶油炒饭，一粒粒米饭被爆炒到金黄，在滚烫的锅里炸响跳跃，往往饭未出锅，那种让人无法拒绝的喷香就已经弥漫在了那座简陋的土砖房，也弥漫在我整个童年和少年。贫瘠的年代，简单的餐桌，勤劳的母亲不过用几勺茶油，就过出了一个烟火人家有滋有味的生活。

四

时代在发展，一切事物也在时代的涌动中焕发出新的生机，包括一枚小小的油茶果。这枚大自然馈赠给人间的精灵之果，过去仅仅只是解决人们的口腹问题，伴随着科技发展和市场需求，现在除了茶油的品质和食用价值得到更大提升，一些精深加工企业还利用山茶油及其副产物，加工成食品、保健品、护肤品等延伸产品，引领和带动油茶精深加工，最大程度提高了油茶的附加值，成了很多地方引领乡村振兴的产业。这枚原本看似不起眼的小青果，也从寻常百姓小小的餐桌上，走向了无比广阔的市场。

多年以来，无论我在何处，脑海里总有一幅采摘油茶果的劳动场景，它没有随着年龄增长而淡化，也没有随着远离故土而模糊。而儿时母亲那碗茶油炒饭的香味，也一直飘荡在我的记忆深处。在茶油飘香中，我一次次走向远方，又一次次毅然归来。

（原载 2023 年 12 月 30 日《人民日报》副刊，《林业与生态》2023 年第 12 期）

北瓜记

一

我在湘西北农村出生长大，慢慢就品得了这一方水土独特的趣味。而让这块生我养我的土地变得有趣的，丰富的语言体系是最重要的一个方面，可以说是趣味的灵魂所在。别的不讲，单说那些千百年来流传下来的民间老语俚语，就有意思得很，其中喜以瓜果作物入喻打比的一些话，往往让人禁不住笑出声来，比如形容一个孩子长得瘦弱，乡坊就说"长得像根黄豆秧儿"；如果不开心，拉着个脸，就会遭到"板起苦瓜脸，像个背时相"的讽或斥；你若赶洋气弄顶鸭舌帽戴着吧，却成了"顶起半边芦瓜瓢，以为个人几好看"；上桌打牌输了几个钱，一句"黄瓜打锣，去了一截"就聊作自嘲了。

而在如此俏皮的瓜果作物系的民间语境中，有一样瓜果的戏份儿很足，它叫"北瓜"。比如，说某件事比较稀奇，叫"芦瓜藤上结北瓜"；说一个人没太大出息，就讲"脚盆里种北瓜"；要是哪个四五十岁了还生儿得女，会被打趣说是"结了个秋北瓜"；谁总给人一种大事做不到小事搞不好的印象，一般会以一句"北瓜汤一碗，上不得正席"嗤之；最有喜剧感的是某人受到严厉斥责或被老婆一顿臭骂了，一句"像刮老北瓜皮滴"的台词，想想就似有一种顿可即视的现场感。

我的童年和少年时代，就弥漫着这样一股浓郁的北瓜味道。几十年过去了，这种纯正的味道依然附着在我的生命中，抹不掉，挥不去，忘不了，而且愈久愈香，铭心刻骨。

二

一直没弄明白，这种所有地方都叫作南瓜的作物，为什么在我们这里被叫成了北瓜。就像大部分地方都称作香菜的一种蔬菜，到了我们这里，偏偏就成了每个人嘴里说的臭菜。如果这里是北方某地，倒是可以从地缘上做个解释，可不管怎么，我们也算是江南之地，南辕北辙，未免有点无厘头的感觉。

清明前后，种瓜点豆。布谷鸟的第一声鸣啼后，大地转暖，在灶头火塘边憋了一冬的母亲，就迫不及待地出门忙活开了。田间地头，山边林下，才是最能体现母亲勤劳持家风范的战场。一柄挖锄，或一把板锹，是那个年代的母亲留在我心里永远的烙印。

母亲很善于利用土地的边角余料，种一些瓜果豆物。方方正正算到人头的田或地，是要种植正儿八经农作物的，比如水稻、油菜、棉花、小麦等，这些都是战略性的作物，关系到国计民生，得用好水好肥还有精细的劳作侍弄。而瓜果豆物这些战术性的作物，便可以随形就物，见缝插针了，比如在田埂上种一溜黄豆或绿豆，在禾场的角落点几蔸菜瓜或芦瓜，在屋旁几棵枸柑树间牵几藤扁豆或刀豆。而最能体现母亲大人战术思维的，毫无疑问便是种北瓜了。可以说，母亲将对北瓜种植的偏爱，甚至是偏执，提高到了艺术的高度。

屋前的路边种上几蔸是不消说的,打眼,方便培管,隔个十来步便点上一处,北瓜结子的时候也容易看得到,不用费太多气力。屋旁边的羊坑边也一定会植上两株,毕竟这地儿潮湿扯肥,又在家门口,省去许多施肥浇水的麻烦,有时赶急做饭,出门就是一个菜,不用去两三百米外的菜园,快当省时。后山脊岭的那块旱地两头是母亲种北瓜的常规根据地,那里是烧火土肥的好地方,种上几蔸,免去了挑肥的辛苦。靠山边的塝田坎边也定会有母亲的几处杰作,农忙季节在田里劳作收工时,只需踮一踮脚,摘一把北瓜花,或者掐一把北瓜藤,顺便就捎带回了一碗时蔬小菜。最让我和弟弟小时候无法理解的是,母亲每年都会在前山的一处坟地上种上十来蔸,任北瓜茂密葱郁的藤蔓爬上那些上了岁月的坟头。现在想来,也许是母亲认为那些带着阴气的坟头覆盖上一层蓬勃的浓绿,心里头感觉会好一些吧。

三

母亲是读过书的,高小毕业,虽然我一直没问他们那个年代的高小是个什么概念。总之母亲识字,在那时的农村妇女中算是有见识的,平素会看一些书报,比起乡邻平素里东家长西家短的胡聊,母亲看书看报的形象自然就显得有点高大上了。正因为此,母亲连种几蔸北瓜也显得与众不同,两个字:讲究。比如路边的,她会种得特别整齐,北瓜苗从土里钻出来时,隔着第一蔸拿眼一瞄,一溜儿全在一条直线上。比如后山脊岭旱地两头,每头必种三蔸,三蔸必成等腰三角形,用尺子去量,一定八九不离十。再比如在前山坟地种北瓜,必定是清明节给那些坟挂过纸燃过鞭炮之后才下种——尽管那些坟头已岁月久远,早成了无主的坟包，而且结瓜后摘的第一个瓜一定会置放在最靠前的那个坟头，任其腐烂，不会拿回家。

当然，母亲的讲究不只体现在种几蔸北瓜上，还比如她用过的锄头铁锹一定会擦洗得锃亮如新，不带一点泥巴；再比如下雨天穿套鞋劳作，一定要把裤管认真地卷起，不会胡乱往鞋筒里一塞了事。母亲对待农作的这些自觉或不自觉的行径，比起那个年代大多数农村妇女对于农事粗放随意的态度，自然就显得精致而又优雅了。当然，这也是一开始母亲嫁到我们那个山湾时被诟病的话题：搞事就是搞事，哪有那么多臭讲究。不过后来，母亲用她的为人和勤劳扭转了人们最初的偏见，以至于再后来母亲的这种精致和优雅，成了大人们训斥孩子的标杆：搞事毛手毛脚的，就不能像某某一样讲究点吗？某某就是我母亲。

北瓜这玩意儿泼皮好种，对环境条件适应性强，无须投入很多精力，对水肥要求也不高，甚至土质相对贫瘠一点，北瓜甜度还会更高，味道会更好，因此那时农村家家户户都种北瓜，只是种多种少之分，而像我母亲这样遍地撒网的并不多。种北瓜需要底肥，农村叫火土肥。头年冬天里，母亲会在一些阳光特别晴好的日子，找一些前山后山向阳且草质较好的地方，用板锹铲上一些草皮，趁着连日的太阳翻晒，待草与土都晒干得差不多时，拢成一堆，里面加点棉花梗或者稻草点燃，捂着闷烧两三天，便成了火土。烧火土是农村把式的必备功课，会烧的，一次就能烧过心，土块会呈现出熟板栗般的黑褐色，这才叫火土；不会烧的，就会烧个半生不熟，生土块多，熟土块少，白的白黑的黑，一般还要返工烧第二回。母亲烧火土是个好把式，即便天气不好，也鲜有返工时。火土烧好后，一堆堆扒拉成火山口状，挑来几担人畜粪倒进去，将火土回翻拢堆，再用一块大薄膜盖上捂紧，沤上一冬，让火土自然浸汲肥分，来年开春揭开薄膜，将土拌匀，就成了点豆种瓜必需的火土肥。别小看这一堆堆火土肥，那可是几千年来农村老百姓劳动生产大智慧的结晶，天然有机，消毒杀虫，肥力持久，不破坏土壤结构。

四

一年之计在于春，在春天逼人的节拍和鼓点里，母亲紧赶慢赶地四处挖着北瓜窝，生恐误了时节。北瓜叶阔藤长，从土里一钻出来就大手大脚，颇占地方，和种黄豆绿豆钻个窟窿就能点种不同，种北瓜得刨上至少米筛大的坑，刨松后多出来的土往坑边四周围一圈，活像一个个鸡窝，我管它叫北瓜窝。北瓜藤牵蔓延展可达十数米，因而每两个相邻的北瓜窝至少得相距十多米。母亲挑来沤了一冬、肥力十足的火土肥，倒进挖好的北瓜窝里，和窝里的生土拌混均匀，每个窝里丢上十来颗饱满精壮的北瓜种子，覆好土层，浇上几瓢水。这个程序对一般人家来说，便是基本告一段落了。但是母亲种瓜会比其他人家多上一道工序，那就是在土层上还要覆上一层钻了许多小孔的塑料膜，防止倒春寒冻死种子和幼苗，起保温作用。正是因为多出来的这道工序，母亲种的瓜果豆作成活率基本百分之百。

一颗颗原本失去了水分的种子，惬意地躺在土壤温暖潮湿的襁褓里，在肥力的催化和雨露的滋润下，一天天膨胀晶莹起来。十来天后，像拍着一对巴掌的幼苗破土而出，不两天便会长成剪刀手的样子。北瓜的生长期较长，从丢下种子到开花结果，需要四五个月。在此期间，母亲也会间或去做一些除草、浇水、压藤、掸巅的事情。我和弟弟大了一点后，除草、浇水等粗放性的活就交给我们了，至于压藤、掸巅等技术活，非得母亲亲自上手才行。头个把月，北瓜苗竖着朝天长，后来开始抽藤，向着四周匍匐前进，并且还会长出龙须般的卷须。我那时经常观察那些神奇的卷须，发现它们原来是北瓜的手指，如果说那些藤蔓是北瓜手臂的话。遇到树干或灌木，卷须先行依附上去，就像手指一样先钩住依附物，藤蔓后来才跟着爬上去。小时候的我，有时甚至可以盯着某根即将抓住一个小树干的卷须，一看就是一两个小时，想弄明白它究竟是怎么抓住树干的。人肉眼的观察力自然无法观测到它们的细微活动，所以每每都是徒劳而回，但等第二天大清早我再去看那根卷须，它已然绕上那个树干大半圈了。有一段时间，我这种观察甚至到了走火入魔的地步，梦里居然常常有那种数百条飞龙的龙须浮动，活灵活现。

  北瓜开始爬藤后，就开始对家里的餐桌有贡献了。应该是为促进产量吧，母亲会掐掉一些她认为没有多大价值的藤蔓和瓜叶，叫掸巅，就是掐掉藤蔓前端最新长出来的一截。掐下的藤巅和瓜叶非常嫩绿新鲜，自然不会丢弃，连藤带叶洗净切碎，只消放一点油盐，猛火小炒，无须任何调味品，便是那时我们最喜欢的一道时鲜菜肴。而稍老一点的藤蔓，撕掉一层带着绒毛的表皮，用刀切成小截，放一点辣椒爆炒，脆爽滑口，又是另一道无法言说的美味。除此之外，北瓜花也是桌上菜品。夏天过半，茂盛的藤叶之间就会竞相开出一大朵一大朵黄色的花来，骄傲显摆，格外惹眼。母亲隔三岔五就会采摘半篮子北瓜花回来，不用切，洗净后在锅里用开水烫一下，再在调成稀状的面粉糊里拖一下，让烫过的北瓜花裹上一层面糊，然后用烧滚的茶油一炸，用烧箕盛着，金黄亮色，香溢满屋，热吃冷吃俱可，或当下饭菜，或当零食，那个美味啊，难用笔墨描述。

夏天最热烈之时，在一片片硕大绿叶的遮蔽掩护下，舒展着腰身的藤蔓终于悄悄结出了一个个绿油油的子北瓜，若不仔细寻找，很难发现。屋前路边和屋旁羊圈边的几蔸是专为吃子北瓜而种的，这个季节，家里吃子北瓜只隔顿，没隔过天。那时农村物质不太丰富，肉鱼一般来说是逢年过节的稀罕物，鸡蛋还想赶场时拿到集市上换几个零钱回来，所以平时的桌上就是几个随季的时令蔬菜，黄瓜出来吃黄瓜，白菜出来吃白菜，你方唱罢我登场，各领餐桌数十日，这些季节菜集中在一个时段成熟，不吃就是浪费。母亲甚是贤惠，怕家里老小天天吃一个菜腻了胃口，愣是将子北瓜的做法变出了花。今天切丝，明天切片，一顿炒着吃，一顿煎着吃，一会儿放点青椒姜丝，一会儿放点干辣椒壳，要不就将子北瓜放两天蔫一点再吃，或者用刨子将子北瓜刨成片后，大日头底下晒几天再吃，母亲甚至还别出心裁地尝试过凉拌做法。那样物质匮乏的日子，一张小小餐桌上的几样自家小菜，居然也让母亲折腾得花样百出，日子过出了有滋有味的感觉。

五

交秋后不久，在某个露水还没有收净的早晨，母亲会突然一边做早饭一边对我和弟弟说："去！拿上箩筐和扁担，把后山地头那个熟了的北瓜抬回来！"于是我们知道，在这今后相当长的一段时间，把母亲在春天里种下的希望用箩筐抬回家，将是我们兄弟俩的主要工作之一。

第一个真正成熟了的北瓜躺在一张张蒲扇大的绿叶下，表皮已呈黄色，不过还镶着青色的花纹，不认真扒拉，还发现不了。我不知道那时母亲种的北瓜是什么品种，一个个大如磨盘，皮厚棱深，小的三四十斤，大的有六七十斤，箩筐都难以装进去，抬回来总弄得一头大汗。与现在洋气精致的楼房相比，那时农村的民居基本格局都差不多，正中间是堂屋，两边是厢房，再两边是偏屋。一头偏屋的前半部分是灶房、谷仓，后面一间用以存放老人寿木及农具，冬天还可能围一个火塘；另一头的偏屋是牛栏、猪栏和茅厕，也堆柴火。堂屋靠后山墙部分通常会隔出一间小房子来，以作油、米、蛋等母亲认为比较精细的农副产品储存之用，那时管这间小房子叫"倒屋"。因我家屋后的山坎较高，倒屋的气温就比较恒定，冬暖夏凉，适合存储农副产品。油在缸里，米在坛里，占不了多大的地方，抬回来的老北瓜也就存放在这里。开始是隔一天两天地抬一颗熟了的老北瓜回来，一段时间后每天都会收两三颗回来，而吃掉的速度远远跟不上收获的速度，堆放北瓜就只能一层层往上码了。一个秋天下来，可以码满半间倒屋，像砌了一道北瓜墙。

也就是从第一颗北瓜成熟的日子开始，老北瓜在我家的餐桌上就有了雷打不动的位置，或煮或蒸，或块或糊，或碗或钵，这种日子一直会延续到来年开春，差不多会有半年时间。初吃一两个月尚可，随着日子向冬天深处推进，心里便对顿顿都吃老北瓜有了抵触，甚至有了心理阴影，以至于现在去餐厅饭店吃饭，有时有人说点钵老北瓜吧，降压化脂，我便会无奈地笑笑。不过好在，老北瓜这东西实在，可菜可饭，当菜吃伤了，也可煮北瓜饭，摇身一变成为主食，而今很多人都特别怀念当年北瓜饭的味道。北瓜饭是否好吃，关键在于挑的瓜甜不甜。母亲对北瓜的鉴赏力独步天下，那种棱沟较深、黄皮带青、肚脐眼小而圆的北瓜一般来说较甜，适合煮北瓜饭。老天锅里的米煮到完全软化后，用烧箕沥了米汤，在锅底放上一个漏眼蒸盘，先把切好的北瓜块放上去，再将沥干了的半成品饭覆于其上，盖紧锅盖，猛火急烧，香味慢慢就从锅盖边溢出来。一般只需往灶孔里添两个干枞毛草把，饭便熟了。揭了锅盖，母亲用锅铲先把锅底的蒸盘铲出来，再使劲地将已蒸软至熟的老北瓜和米饭反复翻炒，至完全混合，拢好饭堆，重新盖好锅盖，往灶孔里再添半个枞毛草把，锅里便吱吱地响起来，那是锅底结锅巴的声音。火萎后，焖上几分钟，锅盖揭开的一瞬，热腾腾的蒸气和香喷喷的味道一下子就弥漫了整个灶房。蒸气散开，一锅黄澄澄热乎乎的北瓜饭已大功告成了。盛上一碗，味甜滑爽，入口即化，仿若整个世界的幸福都装在了这只碗里。可惜的是，如今的农村，家家户户都是小锅小灶液化气了，想再尝尝当年北瓜饭的味道，已成一种奢望。

六

那时的农村，牲畜都很金贵，所以，北瓜不光只能人吃，猪也是分享者。冬天里，冰天雪地，草木凋敝，太冷的时候，也就懒得下堰塘打猪草，母亲就会要我们搬一颗老北瓜出来，用柴刀剁成一块块的，再与萝卜缨子一拌，倒进石槽，原本叫得撕心裂肺的两头大肥猪看见这等美味，一下子就安静下来，扑扇着大耳朵，边拱边吃，舒服得哼哼唧唧的。

北瓜除了藤、叶、花、果可吃，籽也可当零食吃，而且是闲暇时刻打发时间或逢年过节招待客人的好东西。老北瓜切开后，把瓜瓤先抠出来，放进桶里一两天，待瓜瓤有些腐烂起涎，再往桶里倒满水，用手将瓜瓤搓揉成汁，瓜子便自然脱瓤沉入桶底，用烧箕过滤后，在堰塘里反复清筛几次就可以了。一颗北瓜有数百粒瓜子，洗净后呈现出浅浅的绿黄色，小拇指甲大小，晒晾几天便变成了暗白色。家里吃完十来颗北瓜,瓜子便也积满了一米筛,除了极少数留作种子,母亲会在某个空闲的晚上,将晒干了的瓜子倒进老天锅,文火小炒一两个小时,不糊不炸,至熟出锅,冷却后装在两个专门的瓷坛里。那时,不管是去上学,还是上山去放牛,我都会习惯地在瓷坛子里抓两把炒熟的北瓜子,装进裤袋,一边走一边像只小老鼠嗑着,嗑着少时的快乐,嗑着母亲的温暖,也嗑着缓缓流淌的岁月。

(原载《湖南文学》2017年第8期)

桂子一地红

一

单位大院有两棵桂花树,俱为丹桂,树高冠大,形如擎炬,相对植立于进门大道两侧,一看就很有气象。每年农历八九月间,约好一样齐刷刷开花,满院馥香,风过一地落红,塞满嗅觉和视觉,让人舍不得挪步。

七年前,因事业单位改革,我原工作的单位人员分流,有多个单位可选择。原单位人多矛盾多,那次分流,对一些想调出去的人不失为一次机会。当时也有几个单位希望我去,因人过中年,只想做个散淡之人,打算老死原地。后来一领导说,还有一个单位你可考虑,新成立的一家景区管理机构,单位离县城二十公里,环境很好,你应该可以接受。于是在那个五月,我过去看了看,一进大门,第一眼便看见这两棵桂花树,彼时虽未到开花的季节,但其枝繁叶茂,树冠如球,勃勃生机的样子,让我一下就有了恋爱般的感觉。那个领导应该是懂我的,这也算是两个男人之间的一种默契吧。当时我虽没有言语,但三天后,我就到现在的单位报到了。

"桂"与"贵"同音,寓富贵,因此在中国民间,人们自古对桂花情有独钟,庭前院后,总要植上几棵桂树,连月宫嫦娥的家,也得帮着植上一棵。似若换成另外一棵其他品种,就不足以表达人间的相思。试想,如果苏东坡心中的月宫,是种着一棵苍劲的青松,或者一棵笔挺的白杨,他怎么会有感觉在远离家园的异乡,邀风对月,执杯问天,吟诵出"明月几时有,把酒问青天"这样苍凉又柔情的千古文章呢?

陶渊明喜菊,周敦颐爱莲,白居易痴桃,王安石钟梅,皆为文坛佳话。而水陆草木之花,桂花才是我之最爱,说出来,恐有自攀风雅之嫌。其实桂花入诗入文,无论数量,还是气度,并不逊于菊莲桃梅,李白、王维、朱熹等古代文化名家均有咏桂的名篇佳句,而在中国千年灿若星辰的文人之中,最喜欢桂花的,当推有"千古第一才女"之称的宋代词人李清照。李清照爱花,世人皆知,花在她的笔下,被赋予了各自不同的灵魂。李清照所有入词的花中,首推第一的就是桂花,有《鹧鸪天·桂花》一词为证:"暗淡轻黄体性柔,情疏迹远只香留。何须浅碧深红色,自是花中第一流。梅定妒,菊应羞,画阑开处冠中秋。骚人可煞无情思,何事当年不见收。"你看,桂花在易安居士眼中才是"花中第一流",甚至在桂花面前,梅花会生出嫉妒之意,菊花也会羞愧不如。

但我对桂花的欢喜,并不源于这些风雅的诗词歌赋,童年时代的印记,才是我钟爱桂花的根源。

二

爷爷出生于乱世,自幼父母早逝,旧社会给地主家当过长工,放过排拉过纤,一个人孤零零在战火、瘟疫、自然灾害中长大,甚至婚后也没有生得一个子嗣,后来才过继了我的父亲。新中国成立前,爷爷借居在一个破败的寺庙栖身,新中国成立后才分得以前地主家的一间偏屋和几亩薄田,算是有了家业。但即便这样,他也从来不曾想到会有一天能住上自己修的新房。80年代初期,在外工作的父亲和爷爷商量,决定修新房子,年过花甲的爷爷终于实现了住上自己修的新房子的愿望。新房落成后,爷爷就像绣花一样,不时从山上觅得一些如香樟、红椿、喜树等树苗回来种在房子四周。春天赶集时,也总会背一捆柑橘、柚子、水蜜桃的树苗回来种上。爷爷过去没有一所真正属于自己的房子,也就只能将一些人生梦想积压在不为人知的心底。当这个看似木讷的老人终于有了自己的新家,或许唯有这种在房子周围种树种花的形式,才能表达他由衷的欢愉。而其中,我记得最清楚的,是老人家种桂花树的情形。

  那天周六,读了半天书,我散学回到家,看见爷爷正在新房子的北厢房前挖坑,一脑门子汗。我问爷爷又准备栽什么树,他笑呵呵地说让我猜,我一顿乱猜,大都说的是水果树,爷爷却卖了个关子,说明天你就知道了。第二天清早,爷爷把我喊起床,让我跟他一起去后山。我跟在推着鸡公车的爷爷身后,走在露水湿脚的山路上,心里充满好奇,一路问东问西。走了好一段,爷爷带我拐上一个没有了路的山坡,终于在一棵一人多高的树前停了下来。我一看,这不是一棵桂花树吗?爷爷说这棵桂花树可不一般,你看这树形,是不是像一把撑开的伞?最重要的是,这棵桂花树开的是红花,香得很,我找了几年才找到这么一棵桂花树。那时我看到别人家屋前的桂花都是黄色的,红色的我还真没见过。爷爷取下鸡公车上的锄头和铁锹,忙活了老大半天,才把这棵树挖出来。我帮着爷爷把树抬到车上,心里喜滋滋的,上坡给爷爷拉车时都显得格外有劲。几个月后的秋天,爷爷栽在屋前的这棵桂花树开花了,真的是红色的花,那时还不知道这种桂花树叫丹桂,虽然花还不是很多,但依然惹得一些乡邻过来,在议论纷纷中欣赏那棵开红花的桂树。

爷爷屋前屋后栽种了很多树,但似乎对这棵桂花树最上心,不允许我们在树上打钉子,也不能在树干上系绳子。这棵树也在他的精心培育下,一年一个样,长得很快。每年春季,这棵桂花树的整个树冠都会均匀抽出一尺多长的红褐色新枝新叶,像一头染发。那时中国已走在改革开放的路上,很多新潮的女性开始染发,春天的桂花树,也似是赶了潮流,添了强劲的活力。初夏时分,新枝新叶返绿停止生长,爷爷就会搭着木梯,给桂花树修剪树形,我和弟弟戏说那是爷爷在给桂花树剃头。树长得太快,不几年爷爷搭着梯子也不能给它剃头了,但它始终按着爷爷最先设计的"发型"生长,五六年就齐了屋顶高。椭圆球形的巨大树冠,在夏天将屋前遮出一大片阴凉之地,爷爷坐在树荫下,吧嗒吧嗒抽着烟袋,树下清凉的阴影,庇荫着日渐衰老的爷爷毕生对于家的理解。每年中秋节前后,桂花开放,细密的花粒就沾满了所有的枝条,一枝枝,一簇簇,香气四溢。爷爷站在树下,任花粒雪花纷飞般落满肩头,他抚着花白的胡须,笑得脸上的沟沟壑壑里,全是溢出来的满足和幸福。

几年后,爷爷在一个桂花开放的季节里去世,这棵桂花树成了老人家留给我们这个家庭最好的礼物。此后多年,我们都在一年一度桂花开放季的清香里讲着爷爷的故事。慢慢地,我参加工作,然后结婚生子。我的儿子,我的侄女,也在这棵桂花树下长大,读书,再走向远方。而我的父母,在这棵桂花树下,也在日渐老去。这棵桂花树,记忆着一个家庭四代人的生命密码。爷爷去世二十多年后,我的老家划入县工业园规划区被拆迁,一个做活立木生意的树贩子看中了我家那棵桂花树，问我母亲要多少钱。母亲说，我不要你的钱，但你要给这棵树找一个好的人家。挖树那天，树贩子找来一部巨大的吊车，当长长的吊臂把这棵桂花树轻轻松松提起来吊在半空中时，远远观看的我，眼前的世界突然一片模糊。

三

幸运的是，我当兵的经历也和桂花树有所关联。十八岁那年，我掷笔从军，部队在山水甲天下的广西桂林。桂林嘛，自然是一个桂花树成林的城市，而我们部队营区，每一条道路两边确也都是成行成列的桂花树，棵棵高大葳蕤。每年国庆节前后，桂花开放，香溢军营每个角落。年轻而浪漫的战士，总也禁不住诱惑，折一枝插在搪瓷口缸中，置于宿舍一角，清纯的花香顿时洋溢在整个小房。那时，我们连队食堂前就是一排桂花树，战士们都习惯蹲在树下吃饭，饭后再喝一碗"涮锅汤"。这排桂花树中，有一棵与众不同的丹桂，我最喜欢蹲在那棵树下吃饭，桂花开放的季节，总会有几颗浅红的花粒掉入碗中浮于汤面，我称之"桂花汤"，抿一口，咂巴几下，似真加了某种神奇调味佐料般香美。桂花开放的季节里，年轻的战士给亲朋或者女友写信时，总会在信封中夹上几颗盛开着的桂花粒，我们美其名曰"桂花信"。当时我们郑重地寄出那一封封香牵千里的桂花信时，心中的情感也如一阵风过后的花骨朵，悠悠扬扬。

今年八月份，我们战友入伍三十年周年聚会，大家选择了重回桂林。来到三十年前挥洒青春和汗水的部队驻地，大家感慨万分。当年服役的老部队在前些年的军队改革进程中早已不知调防何处，甚至连改编后的部队番号也无从知晓，原来那些石头墙的老营房已基本拆除，老司令部也被夷为平地，站在硕大的练兵场边，想起当年在这里的摸爬滚打流血流汗训练的场景，耳旁又依稀响起那时会操时各个连队此起彼伏的口令声以及整齐雄壮的拉歌声。当年少年郎，今日半百归，叫我们如何不感伤呢？而让我们足以欣慰的是，当年那些见证我们青春的满营桂花树还在，它们没有像我们一样在三十年的风雨中老去，反而更加葱茏蓬勃。它们依然整齐笔挺，生长在营区道路的两侧，好像一直列队等着我们回来。我来到当年连队饭堂前那排桂花树下，饭堂早已被拆除不见，但这排桂花树仍然是当年挺拔站立的姿势，其中那棵丹桂显得尤为精神。我在丹桂下蹲了下来，遥想那几年蹲在这棵树下喝"桂花汤"的情景，它一定是还记得我的。当年曾在树下一起打闹的来自五湖四海的战友们，多年不见，不知道他们回到家乡后，是否也会像我一样，如此怀念着一棵桂花树。

四

五年前，我有幸被录取到毛泽东文学院，参加湖南省第十八期中青年作家班的学习。文学是我学生时代以来一直的追求和梦想，但因当年无缘大学，没有系统的专业学习，创作一直无法突破，因此我特别珍惜那次学习机会。

入院学习是国庆节后，报到那天，当我一脚踏进毛泽东文学院的大门，就有一阵幽幽的清香入鼻入心——哦，桂花！我的精神为之一振，于是循香觅树，很快就在文学院报告大厅的楼后小花园找到一棵丹桂，顿时就有了一种家的感觉。彼时正是花开季，浅红的小花骨朵簇拥成一小团一小团的，紧紧抱着根根枝条，浓淡相宜的花香恰到好处，像药引一样催开着的我文学之梦。

在毛泽东文学院学习的二十多天，那阵桂花香每天都会透过敞开的玻璃窗飘入教室，弥漫四角，滋养着我们一众文学追梦者的每一根神经和每一个细胞。在那股桂花的暗香里，我如饥似渴地学习，认真聆听每一个老师的课，如花朵的绽放一样拓开自己原本固封的思维，完全感觉不到已然四十多岁的年龄。毕业后几年，我将学之所得转化为创作动力，写了一些突破自己之前创作瓶颈的作品，还加入了中国作协。现在想来，那些文学创作的动力，那些追梦路上的激情，竟然是不经意里，一树桂花带给我的内生力量。

五

还有一棵桂花树，我必须郑重地记下来。因为有了这棵树，我感觉我的生命才完整。

我的祖籍在湘东茶陵，大革命时期，我血脉上的爷爷三兄弟都参加过井冈山革命根据地游击队，爷爷为躲避反动派追剿，被迫逃离家乡，最终流落到湘北临澧安家，而他的哥哥被抓杀害，弟弟不知所终。当年爷爷的去世很突然，没有给儿女留下太多关于老家的具体情况，因此茶陵寻亲一直是父亲兄姊几个的心愿。退休后，父亲和叔叔数次到茶陵寻找亲人，2010年终于寻亲成功。一年后的深秋，我陪着父亲第一次踏上茶陵那片红色的土地。

完成在茶陵的所有行程任务后，返程那天，父亲带我到祖祠拜谒。刚一下车，我就闻到了一股再熟悉不过的桂花香，心里不由一阵激动。我发现，在离祖祠边墙不到一丈的地方，长着一棵至少有五米高的丹桂，虽然彼时已过盛花期，一地落红已枯暗，但残香依然。随行的茶陵亲人说，我爷爷当年的老家就在这棵桂花树生长的地方，那时是就着老祖祠的一堵边墙，搭的三间偏房遮风挡雨。20世纪80年代，老祖祠坍塌被拆，那几间老房子失去依附，也就消匿无迹了。我问这棵桂花树是什么时候种的、谁种的，亲人们都说不知道，应该是风吹来的一颗桂花籽，然后自然就有了这棵桂花树吧。父亲接了话——有没有可能是先辈怕我们回茶陵后找不到家，故意长了这棵桂花树做个标记。我朝父亲竖起了大拇指——有道理！

六

不知不觉，我来到现在工作的单位已有七年多。七年的寒来暑往，我在这几棵桂花树的注视中上班下班，坐在树下思考，和它们说话，面对它们毫不掩饰地释放着自己的喜怒哀乐，尽管它们默然不语。我在这里兢兢业业工作，这棵丹桂树无疑给了我莫大的精神慰藉，每年桂花开放的季节，我总有一些意想不到的收获，这或许是我命中注定就应该有的一种心理暗示。这两棵桂花树，隐隐里总让我有种由内到外的安然、愉悦和情绪稳定，甚至常常会有某种莫名其妙的感动。每每我靠在窗台，这两棵桂花树就会成为我不由自主的视线所系，四季如是。

某一刻，我突然检索自己的生命轨迹，猛地发现，我的心里其实一直都长着一棵桂花树。茶陵祖祠边的那棵桂花树，是我血脉基因的原乡；童年少年时代爷爷种在老屋前的那棵桂花树，是我生命起源的故乡；三十年前军营里的那棵桂花树，是我第二故乡的标志；四年前毛泽东文学院内的那棵桂花树，是我文学的梦想家园；而今天单位院中的这棵桂花树，是成就我社会价值的工作之家。这五棵桂花树的生长之地，都是值得我倾心付出的家，也是我情感和意愿上甘心回归的地方。上苍的安排，命运的注脚，我生命的几十年，居然一直都在和一棵桂花树纠缠不休，这到底是一种偶然，还是一种必然？就在我如此遐思的时候，植在心里的那棵桂花树倏忽间就开了花，一阵风过，香溢心头，落红满地。

（原载《天津文学》2023年第6期）

德爷爷

晚霞正艳的时候，父亲打来电话："德爷爷走了！"语气平淡，不像亲戚的感觉。也难怪，八十来岁的老人了，走了叫白喜事。

不过，我的心里，还是刮了一阵风。虽只一阵，但动静还是不小，因为这个叫德爷爷的人，在我的印象里，曾经认为是这个世界上最聪明的一个男人。

德爷爷是我爷爷没出五服的族弟，比我爷爷小十多岁。二十多年前我爷爷去世后，德爷爷就成了田氏家族留在麻雀湾这支人里辈分最高的长者，相当于族长。三十多年前，麻雀湾还是田姓为主，他姓辅之。后来，一则湾里自然条件的恶劣，二来改革开放的和风吹拂，一些田姓人家陆陆续续搬了出去，进县城或落城郊，还有两家整体搬去了青海、四川。出去的每户都是拖家带口的十多人，麻雀湾人口锐减，最后湾里就剩了我爷爷家和德爷爷两家田姓火种。麻雀湾，就像一丘无人打理的稻田，稗草丛生，主作物反倒无关紧要了。

德爷爷育有四子三女，其中幺女早折。他的幺女，我叫幺姑，实际比我只大三四岁，那年她刚考上初中，开学时因学费问题被德爷爷训斥几句，结果跑到人迹罕至的老鸦湾一个无主水塘跳水自尽，两天后才被人发现。至今我都还清楚地记得当年德爷爷和小叔跳进水塘，把浮在水面的幺姑尸首拉上来的情景，捶胸顿足，自责不已。

　　德爷爷没读过书，连自己的名字都难写得拢，但并不影响他在我心里是一个"最聪明的人"。记事时起，我便看着德爷爷用他的聪明能干，将一大家十多口人的日子打理得有条不紊。农村必需的把式活那是规定动作，什么耕、犁、耙、锄、扒，样样精通。布谷声声的时节里，那时年富力壮的德爷爷，自家的十几亩水田便是他表演的舞台，犁铧翻飞，牛鞭脆响，整出来的水田又平又聚水，长出的谷子茁壮高产，传为十里八村的农事典范。除却规定动作，他的自选动作最让我记忆深刻。他会篾匠活，削出来的篾条像一根根又细又长的面条，均称绵劲，收出来的箩筐、撮箕口光滑漂亮，纹路清晰，织出来的烧箕精巧耐用，米筛网眼均匀。他会木匠活，斧头、刨子、锯子、凿子、墨斗就像他驯养的一群宠物，在他手里格外套顺听话，大能上梁，小能雕花，打柜整床，桌椅板凳，无所不会。小时候我有一件特别喜欢的事情，就是在天气好的时候，看德爷爷在禾场上的红砂岩上磨斧子凿子，或者用一根磨条校锯齿。他会泥瓦工活，家里做个偏房猪笼屋的，根本不用请别人动手，自己带着几个儿子不声不响就完成了。他还会烧砖窑，由他掌作的砖窑烧出来的青砖大小如一，色泽青亮。他还会熬麦芽糖，做年粑粑，甚至还能掐会算，农村里的活，好像就没他不擅长的。在我的眼界只能局限于那个小小麻雀湾的年纪，德爷爷简直就是神一样的存在。

　　德爷爷身材伟岸魁梧，声如洪钟大鼓，说话中气十足，语气里就透着一股毋庸置疑的威严，走起路来如阵风刮过，干净利索，步步如钉。每次看到他肩扛板锹，昂首阔步从我家门前的山堰堤上走过，都有天神下凡的感觉。刚刚实行联产承包的年代，我家劳动力匮乏，尤其男劳力奇缺，这在讲究实用主义的农村，并不是一件光彩的事情。爷爷年事已高，很多需要气力支撑的农活已无力胜任，奶奶双目失明，父亲在外地工作，我和弟弟年幼无知，家里六七亩田地的农活基本上由母亲一肩挑。从大集体时代突然转型为包产到户，农民劳动热情空前，各家各户之间劳动力的富足与匮乏，在劳动效率面前凸显得淋漓尽致。双抢季节，别人家的晚稻秧苗插下田几天，田里的秧苗都缓过神来返青了，我家的早稻还没有收割完。而德爷爷，那时就像一个所向披靡的无敌大将军，身先士卒，指挥着他一大溜儿子女儿媳妇女婿，二十多亩水田，以秋风扫落叶般迅雷不及掩耳之势，不到一个礼拜便进入休假模式了。最后一株秧苗栽下田后，德爷爷便摆净两腿黄泥，以一个胜利者的姿态，架着一根长长的旱烟斗，从这家那家的田头走过。那些还在田间挥汗如雨的户主，只能接受他这种居高临下的态势，羞愧而谦卑地接着德爷爷的话头，有一搭没一搭地陪着聊一阵。每每，德爷爷"巡视"到我家田头时，年迈的爷爷便加快了做事的频率，装作没看见他似的，一边催着我们快点做事，嘴里一边嘟囔："又来显摆了！又来显摆了！"

农村的乡里邻间的关系其实很微妙，都穷得叮当响的年代，家家户户荤的素的都相处融洽，相互帮衬，反正大哥不笑二哥。要是某一天，哪家哪户开始冒尖了，一些小农意识的毛毛虫就开始在心里拱动了。德爷爷无疑属于麻雀湾里最先冒尖的。这也难怪，家里人多力量大，一走一条浪，在山外的世界还没有光怪陆离的时代，家里人口的多少，是家庭条件从量变到质变最直观的决定因素。于是，德爷爷成了麻雀湾里第一个买抽水机的人，第一个买耕田机的人，第一个买电视机的人，第一个买手扶拖拉机的人，第一个买家用打米机的人……这些"第一"，这些"机"，除却满足德爷爷自己家里的需要，自然也对外租赁收取一定劳务费，成为他家一件件发家致富的宝贝疙瘩。德爷爷，这个在社会变革时期找到了自己人生舞台的男人，用他的聪明才智，用他的勤劳务实，在这个山湾里书写着属于他的传奇。于是，致了富的德爷爷，便成了一个"神气"的人，一个"投机取巧"的人，一个"为富不仁"的人。而他的一些多年前人们也曾同样津津乐道过的修桥补路、接济乐施等热心行径，就自然淹没在他现时的光鲜富足之下了。

我一直相信，如果德爷爷出身于书香门第，能够接受到良好的教育，他一定会是一个非常有成就的人，至少会成为一个发明家。比如对于机械，他有着异于常人的敏感。抽水机扬程不足，捣鼓几下，就会马力十足；耕田机犁不到田角，加几个自制零件，无死角覆盖；打米机出米细碎，稍加改装，打出来的米粒饱满晶莹；电视机信号不好，出去将像雷达似的自制天线转个方向，图像立马清晰无比。只是当时社会和个人都没有专利意识，不然德爷爷很多机械改装的技术一定可以申请专利。那时德爷爷声名远播，许多山湾外的人家，甚至还有一些县里的单位机械设备出了故障，都会跑来找德爷爷帮忙处理。那几年时间，德爷爷外在的风光和内心的荣耀，我想实在是难用笔墨描述的。

德爷爷脾气急躁，甚至可以说是暴躁，一屋老小，他享有绝对的权威。按农村的说法，上一代过于强势，下一代就势必弱一些。受自己文化知识的制约，德爷爷注定无法看到更远的未来，认为农村里只要有人做事就行，当年对那么多儿女的读书问题便没有战略眼光，一般小学念几年就辍学回家务农了，唯一一个想念书的女儿还因为学费问题寻了短见。其实我那几个叔叔姑姑也俱是灵泛之人，甚至还有一两个我认为可青出于蓝，但因为书念得少，一直搁置在这个小山湾，从而在后来风起云涌的资讯决定成败的时代，失去了家族继续发展的后劲，渐渐地被一批当年不入他法眼的他姓人家全面赶超。至后来，竟是家族式的窘迫了。

德爷爷性情执拗，一辈子没说过软话，包括对自己的儿女。年轻的时候，身强体壮，开山劈水，如霸王转世，命运尚可攒在自己手里。后来年纪大了，也不愿跟着成了家的儿女一起住，宁愿与老婆子偏居一隅，习惯了他一辈子强势的老婆子便成了他怨天尤人感叹世道变了的一碗下饭菜。又过了几年，被他数落了几十年的老婆子先他而去，于是，连一个争吵的人也找不到了的德爷爷变得沉默寡言。两个儿子怕他老年痴呆，曾劝他跟他们一起住，但碍于当年和大儿子吵架时一口唾沫一口钉说过的"死也不靠儿女"这句话，老爷子始终没有低下他高傲的头颅。那一年，麻雀湾因国家重点工程建设整体搬迁，修新房子前，大儿子征求老爷子意见，搬迁后是否跟着他住。提议被老爷子斩钉截铁地否定，最后住进了养老院。

麻雀湾没有搬迁前，每次我回去看望父母，都会去那间已发黄的土坯房看看德爷爷。麻雀湾拆迁之后，德爷爷住进养老院，看望他的次数就少了，有两次在大街上碰到他，甚至苍老得不敢相认了。听母亲说，连续几年过春节，儿女想接他回家住几天，德爷爷从没答应过，看来是铁心要和当年扔下的那句话死扛到底了。

今年春节后几天，父亲告诉我，德爷爷回来了，住大儿子家。我吃了一惊，心想老爷子是想明白了。父亲陪着我去看望了他。房子里烧着节能铁炉，暖烘烘的，德爷爷却穿着棉衣，后背用棉被垫着斜靠在床上，一双腿齐膝盖以下裸露着。我无法描述我看到他那双腿时的心情：一种夸张到近乎卡通动画般的浮肿，

月光皎白
YUE GUANG JIAO BAI

两只脚像两个水泡了几天的馒头，脚指头肿到了有点晶亮的样子。我按了按他的腿面，那个半天都没有恢复的人体组织凹坑，像一个在岁月深处缓缓诉说的火山口。一种酸楚倏忽就弥漫了我所有的感官。他叫了我的小名，欠了欠已病入膏肓的身体，粗重的喘息声告诉了所有的人，这位饱经沧桑的老人，已行将不远。我实在无法相信，眼前这位连挪动一下身体都已难以做到的老人，居然是当年那个在麻雀湾里叱咤风云的人物——几十年过去了，我现在一回想起那个已经不存在了的山湾，脑海里就是一幅德爷爷驾驶着动力十足的"铁牛"，在湾里的大小水田轰鸣呼啸的场景。

他的大儿子——我的叔叔告诉我，老爷子是糖尿病综合征，已请了医生用了药，而所有的人心里都像明镜似的清楚，这只是自我安慰的权宜之计。那天，我这位喝了点酒的叔叔，说话如做报告似的高声大嗓，口无遮拦，当着所有人和老爷子的面，"揭露"着一些当年他们父子之间的芥蒂。他"做报告"的样子，活脱儿就是他父亲几十年前的翻版。床上的德爷爷听着儿子的"控诉"，眼眶里充盈着一些浑浊的液体，轻轻地摆动着沉重的脑袋，一言不发——他的听力其实尚可。那一刻，我知道，他已臣服于岁月。

（原载《大理文化》2020 年第 8 期）

春叔

如果不是前两天和春叔的二丫头在街头的一次偶遇，春叔——这个已经离开人间三十多年的男人，极有可能不会被我主动地再记起来。时间更多的时候是扮演一个黑洞的角色，会吞噬很多我们人生的过往，让记忆稀释，让情感淡漠。而被淹没的某些部分，曾经是那么的美好。

春叔去世那年，虚岁三十六，听说是肝癌。按当地农村风俗，三十六岁在民间有颇多讲究，一般得宴客摆酒，以示冲灾治妄。春叔原本也是定在下半年某个日子摆酒的，但他没有等到那个日子，这也似乎更加证实了神秘三十六岁的民间说法。我之所以记得春叔走的那年三十六岁，也大致是因为他去世后，大人们在一起总把这个三十六当作洪水猛兽般地议论。

春叔在我们当时那个贫瘠的麻雀湾，是个颇为特别的存在。他的特别在于两个字，高和帅。他当年是湾里个头儿最高的人，这毋庸置疑，平时乡邻们一起出工做事，他身姿挺拔的样子，用"鹤立鸡群"这个成语形容一点都不亏。至于"帅"，那个年代似乎还没有赋予这个汉字以形容一个人气质的概念，我今天把这个字送给他，是源于我的印象里，他周正的面相、优雅的笑容以及总是干净的穿着，与周遭乡亲们总有种泾渭分明的感觉。我想如果时空穿越，青年时期的春叔出现在现时的每个男女面前，大家定会有"帅哥一枚"的暗呼。他的二丫头在前两天和我的谈论中,也用"好帅"一词表述了她父亲在她记忆里的模糊印象。她说她已记不清父亲一些具体的事情,但她说父亲"好帅"时明显骄傲的神色,与我记忆里对她父亲的印象是完全吻合的。

按理说,我对春叔的印象应该也是模糊的,因为我和他二丫头同岁,他去世那年,我们都只有七岁,脑力还没有完全发育。但在谈论中,我发现我好像比他二丫头记住她父亲的具体事例还要多,好些事情,她基本没有印象了,但我却还有些基本清晰的轮廓,只是没有细节的支撑。这当然就有点奇怪了。晚上我躺在床上认真地想这个问题,临近天亮时终于想明白了,原来我一直记着的,是春叔的好。

春叔不只是人长得好,性格也很好,说话又不像麻雀湾里其他汉子那么粗鄙,对我们这些当年的孩子,总是满面春风,欢喜得紧。春叔三个女儿,没有儿子,家境在当时的麻雀湾并不是太好,应该处于下游水准。那个年代,农村还在搞大集体,他家吃饭人多,做事的人少,挣工分当然也少,连吃饱饭都比较困难,但这并不妨碍每次我们去他家玩,还总能吃上一碗鲊辣椒面糊拌饭,或者一顿水煮红苕之类的食物。那时年少不知事,只知道谁家大人好,就喜欢到谁家玩,到了饭点也不回家。麻雀湾和我年龄相仿的孩子很多,每去春叔家玩耍的,总有四五个甚至更多。春叔家有一个煮饭沥米汤的大黄钵,每次我们到了饭点还没回去的话,他就要凤婶和上一满钵鲊辣椒面糊。开饭后连他家三个女儿总共七八个孩子,一个个吵着闹着往碗里舀上几勺鲊辣椒面糊拌饭吃。等孩子们吃完,他和凤婶上桌时,黄钵早就狗舔似的干净个底朝天了,于是只能吃光饭。这样的事不在少数,春叔从来没有表现过不快或者驱赶我们,甚至我们在桌上吵吵闹闹争饭抢菜时,他还呵呵笑,好像在看一场什么有趣的节目。麻雀湾里二十多户人家,家家都有孩子,我们并不是在每一家都能像在春叔家那样吃上饭。有些人家因为怕有成群的孩子到家里混饭吃,明令禁止自家娃娃和我们一起玩耍。而有的人家到了饭点,就会或暗示或明示要我们回家去。当然,厉声驱逐我们的人家也会有,只是从此我们再没到那些人家玩过。现在想来,那个大家日子都过得紧紧巴巴的年代,湾里每家每户其实都没有太多的余粮,乡邻当时所做的一切都是理所当然。只是我们这些顽劣的孩子,当年那些不懂事的行径,不知给人家造成了多大的窘迫。

和春叔的二丫头聊起这些事,她笑说她父亲对我们这些孩子的喜欢,是源于重男轻女思想,他对她们三姐妹的管教还是比较严格的。或许春叔确实有这种思想,一连生三个丫头,在当时的农村,总有让人脸上挂不住的时候。我还记得有一次春叔在我家串门聊天时,半开玩笑说要将他的三丫头和我弟弟调换,我母亲居然还当了一回事似的和他探讨了这个问题。但要用这个观点来看春叔纵容我们经常在他家胡吃海喝的行径,是站不住脚的。毕竟那个年代吃饱肚子是头等大事,我们在他家胡闹一顿,他家接下来上有老下有小的生活定然会困顿很多。如若春叔没有对孩子真正的欢喜,断然就不会有那些对我们一而再再而三的纵容,况且,他也一直允许几个女儿和我们一起玩闹,从不见呵斥过她们。甚至,连他家的猫和狗,也少见他呵斥。农村里,指狗骂猫的事情常有。而他家对待猫碗和狗钵,也是农村罕见的——每每畜生吃过之后,还被春叔洗得干干净净,且归置在灶头,绝不会犄角旮旯里的随脚一踢。

春叔算是个手艺人,木匠,能做得一些小家小件,上梁打床的大活可能差点。他没有拜过师,听说完全是看别人做活时的瞟学,凭着聪明，做出来的桌椅家私也还精致得有模有样。分田下户后，农村里一些有余钱的人家开始想着怎么添置一些实用的物品来改善家居条件，一些手艺人也总算能凭一技之长赚些家庭补贴。春叔瞟学的木工手艺终于是有了用武之地，隔段时间就有周边乡邻接请他去帮打些实用的家私物什。春叔也从不虚言妄为，自认能拿得下的活就接，拿不下来的就拱手致歉。他家虽是湾里仅存的独姓户，家里又没有儿子——那时的农村，谁家没有儿子大抵会被人欺负——但春叔凭着得体的谈吐、谦逊的处世，倒也赢得了一些口碑和尊重，没见谁家明里暗里地对他家使过绊子。

那年，母亲认为需要打一个多层的水缸架，除保护那个硕大的水缸外，还能搁置厨房杂七杂八的物品，于是把春叔请到了家里来。春叔那天扛着装着斧子锯子凿子的工具箱来我家时，依然穿着一身干净的白衬衫，不像是来干活的，倒像是来走亲戚。我的印象里，春叔四季的衣服似乎都是浅色，稍热起来后的时节，基本上就一袭白衬衫了，哪怕是七八月最为炎热的"双抢"季下田干活，也总穿着一件背心，绝不会如其他农村汉子一样光背亮膀，这在当年的麻雀湾也是独一份的存在。春叔在我家做活的那两天，总有如我等几个小伙伴围着他转，看他把一截截原始状的树筒子，以劈刨锯凿等各种动作，慢慢变成有棱有角的可用之材。春叔对孩子似乎有天然的吸引力，他在干活的时候会和我们说一些打趣的话，也不介意我们动他的斧子摸他的锯子，甚至还会叫我们给他递工具，这是我们乐此不疲的原因。而更让我们觉得好玩的是，他弹墨线时，会让我们围观的孩子轮流参与。很多人都想不到，那种两个手指头捏着细细墨线，然后轻轻拉起，再突然放手，"嚓"的一声轻响，看着那条细线在平整白净的木头上弹现出一条笔直黑线时的感觉，是何等的愉悦。在这种近似春叔带着几个孩子做手工的欢乐氛围中，材料终于凑成了成品，可当春叔要把架子套上我家那个大水缸时，可能是他在和我们这些孩子的互动中疏忽了某个榫卯的角度，却发现围水缸的围架做小了，根本套不进水缸。他讪讪地笑了几声，只得拆了围架部分进行返工。活干完了，当母亲给春叔工钱时，他却死活坚辞不收，只歉声说东西没做好，浪费了东家的材料云云。春叔去世多年后，我家重新修房子，处置那个水缸架时，母亲重提此事，爷爷在一旁还突然说了一声"好人呐"！

没过多久，和春叔几个丫头一起上下学时，就隐约听说她们父亲得了毛病。人吃五谷生百病是件很正常的事，况且当时我们年少无脑，也便没当回事听。又没过多久的一天，春叔几个丫头都没上学，晚上散学回到家里，我就听到了春叔去世的消息。春叔没有葬在麻雀湾，说是葬回他的姓氏祖地。出殡那天正是周末，麻雀湾所有的人都加入了送葬队伍，包括我们这些受过春叔恩惠的孩子，一直走了很远很远。春叔养的那条小黄狗，也一直跟着出殡队伍，在春叔的棺前棺后钻来跑去。春叔下葬后，那条小黄狗却再不肯跟着同去的人同回，趴在坟前总不起身。后来就再也没见过那条小黄狗。

春叔去世一两年后，凤婶带着三个丫头改了嫁，由此搬出了麻雀湾，慢慢地就疏于联系了。十多年前，在县城遇一高挑美女，似在哪见过。待她叫了我，报出名号，才知是春叔的三丫头，春叔走的那年，她不过三四岁。如今，她的个头，她周正的五官，她眉宇之间的神韵，像极了当年的春叔。

（原载《湖南散文》2020年第2期）

母亲的隐言

一

几年前一个冬日的下午,母亲打来电话,让我下班后回乡下老家一趟。我问是不是有事,母亲说,你回来再说。我一听电话那头母亲显得有些庄重的语气,就知道指定有她老人家认为比较重要的事情。遂推了一个几个朋友小聚的晚餐约定,驱车出城,回了乡下老家。

到家之后,看到弟弟也被母亲叫了回来,兄弟俩对视一眼,就知道这事不小,心里不免些许忐忑。母亲已做好了几个菜,居然还炖了一只鸡。都说喜欢妈妈的味道,我和弟弟也不例外,而母亲做的家常土鸡钵,是我们兄弟俩几十年的最爱,虽然我们已各自成立家庭二十多年,但老母亲一手独特的厨艺,是已经刻在我们的味蕾深处,也流在我们骨血里了的。我们像往常回来一样吃饭说话,别无二致。至于什么事,老人家不说,我们也不问,保持两代人之间一种多年的默契。母亲虽是一个地道的农村妇女,但在生活中,却一直是一个颇有些仪式感的人。泥土、锄头与灶台,只是佝偻了她的身体,老去了她的容颜,老人家骨子里的小资和矜持,其实一点也没有在岁月里枯萎和凋零。此时母子之间的心照不宣,不过是在等待一个重要时刻的到来。当年,我婚后拆户分家时，就是这种感觉。

吃完饭，洗了碗筷，擦了锅台，母亲净了手，一声不吭地走进堂屋，在中间的藤制沙发上端端正正坐下来。平素我们晚上回来，吃完饭一般都是随意地陪着二老在外面走走，顺便聊天。父亲见状，朝我们一努嘴，我和弟弟会意，噤了声，也赶紧亦步亦趋随着母亲来到堂屋，一左一右挨着她坐了下来，等待老人家发话。气氛已拉到这个点上，老人家不发话都不行了。母亲显然也感受到了，朝坐在一旁的父亲瞟了一眼，没有说一句啰唆话，开口就仪式感十足："今天把你们两兄弟叫回来，是商量我和你爸爸买墓地的事情！"

大事，确实是大事。人来世上，所历万事万物，但般般桩桩，哪一件能大得过生死？一个人的出生可以说是一次无可选择的被动，而可以预见的死亡，有些方面是可以主动选择和安排的。几千年来，国人之待生死，总把死看得比生大，帝王将相如此，达官显贵如此，贩夫走卒如此，布衣百姓亦如此。母亲言毕收声，我的心里咯噔一下，全身血液轰的一下子就燃烧起来，眼眶也蓦然热了。

这一天，终究还是无可避免地到来了。

二

印象里，母亲是一个对死亡很忌讳的人。甚至可以说，母亲是一个怕死的人。湘西北农村地区有人去世后在家说鼓书的习俗，叫鼓盆歌，也有称湘北大鼓的，故事性和表演性很强，特别是一些有名气的鼓书艺人，会把这种"白喜事"场合变成一个欢乐剧场，往往十里八村的人都会赶去听书。但母亲就很少赶这样的热闹。她认为一个人不管多大年龄去世，总归是件悲伤的事情，而活着的人以此为乐，是对逝者的不尊重。那一年，老家不远曾发生一起弑母命案，周边几乎所有人都跑去看稀奇且津津乐道，唯有母亲没去围观，还独自到土地庙给土地神敬了三炷香。母亲的这种忌讳，也扩展到对动物死亡的态度。记忆里，母亲从来没有杀过鸡，家里来了重要的客人，杀鸡都是父亲的事，而母亲在抓鸡的时候，嘴中总会念念有词："鸡儿鸡儿你莫怪，你本是人间一碗菜。"那时候生活在农村，每年腊月间宰年猪，母亲必不会站在看热闹的人群里，她说见不得血，也听不得牲畜绝命的哀嚎。甚至是剖鱼这样的事，母亲也甚少上手。

　　母亲生在新中国成立前夕，基本上算共和国同龄人。外公外婆都是大字不识半个的传统农民，先后生了四个女儿，没有儿子，母亲最小，所以小名叫"多妹"。从这个小名就知道母亲生下来后显然不受外公外婆待见——那时的中国农村，家里没有男丁是一件挺让人抬不起头的事。新中国成立后，开始实行全民文化扫盲，而且提倡男女平等，这样母亲小时候得以念过五六年书。她自己说是到高小毕业，而且念书成绩很好，这在那个年代已经算知识分子了，这也许就是她骨子里一直有着点小资的根源。我的三个姨母在旧社会出生长大，都没有上过学堂，那时母亲整个家族也没有入仕从商的人，外公外婆的认知也不可能给母亲带来小资的土壤和氛围。

　　湘西北农村人说话比较粗放，特别是那个年代，说话更是口无遮拦，平素聊天或是骂人，总绕不开关于和"死"沾边的语言，哪怕父母和子女说话也一样，这是大部分人的一种口头禅，大家一般也就见怪不怪。但母亲平时说话，就会巧妙而自然地规避这类字眼和意思。可以说，"死"这个字眼，成了母亲的一个隐言。比如别人说某人死了，母亲就会说"走了"或是"过了"。还比如我们兄弟俩小时候什么事情老学不会，抑或考试成绩老上不去，别的家长一定会骂孩子"蠢得要死"，母亲则会用"蠢得像猪"来替代。她自己不说与死相关的话，自然打小就告诫她的两个儿子也不要说这种伤人的话。小时候我们有时无意间说了带"死"意思的话，比如天气炎热会说"热死了"，吃饭吃撑了会说"胀死了"等，母亲就会提醒我们要说"热坏了""胀坏了"，还要我们连拍三次嘴巴说"呸呸呸"。我们依母亲的改了口并拍了嘴巴后，也会嘲笑她的迷信，说她怕死。而母亲每每也并不恼，还表扬我们听话。但要是在过年或者什么重要的日子说了这样的话，母亲就会毫不客气地责骂我们，并要求我们给神灵道歉。正因为母亲打小在这方面对我们耳提面命，我和弟弟多年以来说话都还比较得体，很少有出言不逊的时候。

母亲这样做，自有一套她朴素的唯心主义理论。在她的认知里，一个人不管有意还是无意，不管是对家人还是对他人，说出以死为咒的语言，都是一种粗鄙而恶毒的行径，至少不是一种善良的行为。她说人活世间，要积德行善，而语言的平和委婉也是一种善行，同样也是积德。

三

乡下老家麻雀湾，十年前因列入一个工业园建设而被整体拆迁。过去在我们湘西北农村，老人一般年满六十岁后，都会备上棺木存放在家，俗称"万年屋"。老家房屋征拆后，经过争取，政府曾允许各家原址保留一个存放棺木的小砖棚。父母的婚姻，带有深深的时代痕迹，那就是当年所说的"半边户"。有一段时间大兴买城镇户口之风，父亲也想给母亲农转非，以此摘掉半边户帽子，也摘去母亲一直隐隐存在的卑微感。但母亲思索再三，决定不办，她说要保住她的那份田地和山林，万一政策变了，全家还有回旋之地，她和父亲百年之后还能有块地方埋骨葬身，不用买地求人。一语成谶，幸好有母亲当年明智的坚持，不然连保留这样一个小砖棚的机会都没有。地征完后，工业园实际建设却迟迟未启动，这样小砖棚现象持续了四五年。老家房子被拆三年后，我曾偷偷回过一次我的那块生命起源之地。那个傍晚的场景，至今回想起来，都让我疼痛不已。

晚风挟着久违而熟悉的泥土清香，斜阳拉长着我沉重而忐忑的身影，四野无人，鸡犬不闻，我如一个熟门熟路的偷窃者，孤独地行走在那片已荒芜多年的田野上。时已初夏，正是草木蓬勃的时节，田埂和池堤已被快意恩仇的杂草和小灌木完全占领。依山的缓坡处，一大堆一大堆的瓦砾砖块触目惊心，那原本是一座座房子，如今却是堆堆废墟。才一千来天的日子，这些遗留的老屋场便爬满了各种藤蔓植物，一些连虎皮色笋壳都还没来得及脱落的新竹，也倔强地从这些遗弃的宅基地中破土而出。这原本就是它们的地盘，只是被人类借用多年。没想到一场工业活动的浩劫，却帮助它们收复了主权。走在这里，居然有史前之感，沧海桑田，恍若隔世。

这便是我的故园了，一个代表我童年和少年的地方，一个我曾闭着眼睛都不会迷路的地方。人便是这样，一些融入了骨子里面的东西，会随着时间的流逝，而愈加怀念。眼前这堆杂乱无章的废墟，让我无论如何也无法将它和三年前那间三正两偏加小院的一家精致农村小平房联系起来：母亲总是将房子里面拾掇得整洁有序，而父亲则永远将小院装点得花香怡人。几株酸叶草的刺藤已骄傲地占领了废墟的最高地，一蔸野生的南瓜藤也在这废墟里有了自己的地盘。为了土壤里的养分和天空的阳光，屋场前那片已无人打理的柑橘林也只能与随季疯长的杂草杂木有心无力地竞争着生存的空间。废墟的一角，还留有一个极其简易的砖棚，掀开权且作门的那张黑幔，一具黑漆"万年屋"赫然出现在眼前。

我像被神魔鬼怪施了定根法，半天动弹不得，除了一时短路的思绪，还有无法控制住泪水的狼奔豕突，以及在每一根毛细血管每一个细胞里横冲直撞的痛感。这个虽然已蒙上一层薄薄灰尘，却依然遮不住黑色带来沉重感的木匣子，将是母亲多年之后身体的归宿。我无法，也不敢想象那个一定会到来的日子，狠心舍弃了儿孙的母亲，冰冷而孤独地躺在里面的情形。那种天人相隔的锥痛，一定会百倍于我此刻已然泪流满面的痛。可是，那又必是一个客观的到来，人类繁衍生息的必经，如海浪的推涌，非人力可以阻拦。亦似山里的茅草，一岁一枯荣。这种隐忍的痛，实实地已如一个多年的顽疾，特别在父母每次生病住院时，这种痛就会加重三分。古人说"父母在，不远游，游必有方"，我想，当年这位先人心出此语时，定也是中年之后罢。

也就那次偷回被拆的老宅后不久，移民安置区被划为殡葬改革区，推行火葬，于是那一段时间政府派员上门给老人做思想工作，动员各家各户把棺木上交，顺便也推掉那些保留的小砖棚。母亲的"万年屋"被收走后，郁郁寡欢了一阵，后来在我们说"万年屋都收走了，说明您可以长生不老了"的糊弄中，才勉强过了心理关。

四

　　母亲告诉我们买墓地的事，并不是要我们兄弟俩出钱或者出主意，她所说的商量，不过是传递给我们一个确切的信息——他们老了，老了就该做老了的决定。我说我们还是出点钱吧，母亲表示不用。父亲一个月有四千来块钱退休金，作为失地农民，母亲当年也缴了失地保险，以至于现在一个月能拿到接近两千块钱养老补偿费，二老生活上比较节俭，手上有些存余也正常，我也就没再问他们这件事。而等我知道他们所购买墓地的进展情况以及具体地址，已是两年之后了。

　　那是又一年的清明节，我们来到拆迁区散坟集中迁葬地，给逝去的亲人们挂纸点烛表达追思之后，母亲笑着说还要带我们去看一个地方——不远，走过去几分钟！当时我的心里不以为然，没想到母亲带我们穿过一个小树林带后，呈现在我眼前的是一幅别有洞天的景象，让我有些愕然。

　　显然，这是一块公墓地，上下一溜从高到低呈阶梯状立着十多排整齐的墓碑。也许是有意为凸显此处与其他散坟区的不同，故用一圈柏树林带围了起来，在外面倒看不出有什么端倪，这让我想起城市里那些圈地起楼的高档住宅小区，不过一个是住活人，一个是住死人罢了。后经了解，这里的公墓和民政部门主导的公墓还是有本质区别的。方圆几个村划为工业园区后，园区划拨了这个名叫鸭鹅岗的小山，以解决征迁区原有老坟迁葬及今后村民去世后的坟葬问题，这也是当年征地拆迁时，村民反复交涉的一个重要条件。中国几千年的生死文化里，死无葬身之地往往比活无居身之所更为重要。于是这个鸭鹅岗所在村委会便发现了商机，为增加村级集体经济收入，便从中圈了一块据说风水最好的地，来满足征拆区内一部分村民的需要。因为价格相比民政部门主导的公墓来说便宜不少，且没有烦冗手续程序，就是一手交钱一手交货，据说首批试水市场的八十套产品刚放出风来，便呈现出了供不应求的状态，我的父母就是首批产品订购者，相当于买的是期房。当我来到这里看到眼前一切的时候，首批公墓建设已完成，并且赶在这个清明节前全部交付客户，而二期一百套开发建设刚刚启动。母亲带我们来是看她前几天才交付的新房子的——"你知道不，二期价格在一期基础上涨了百分之二十，还得找关系才买得到，划得来不？"母亲偏着头捂着嘴在一边这样悄悄告诉我。彼时，旁边刚好有一拨前来看二期"期房"施工现场的人经过。看来母亲是为当初她精明的判断、眼光的敏锐以及决策的果断而发自内心地高兴。

母亲选定的墓号为三十三号，即从上往下数的第三排左起第三个。从一排排外观整齐款式一样的黑色墓碑林中穿过，每块墓碑上都刻好了主人的姓名，一般都是夫妻同碑，好多名字都是我认识的，有我的亲人，比如我的伯父伯母等，也有我的邻居，还有小学同学的父母，甚至还有一个英年早逝的儿时玩伴。我默默地在心里辨识着这些墓碑的主人，大部分都如我父母一样还是健在者，也有一部分已有一个主人先行入住了。已经下葬了的墓碑上的文字都描成了红色，有的还贴上了照片，没有下葬的墓碑上的文字就没有描色。母亲对选定的墓址似乎特别满意，或者是她怕我们不满意，当她把我们带到三十三号墓前后，就开启了喋喋不休的"炫墓"模式，不知道的人还以为她是一名墓地销售员。"你们看，三十三号，这号是不是很好记，到时你们来给我们挂清明拜年，就不会记错找错是吧。你们前后左右再看看，后面住的是姨父姨娘，前面住的是伯伯伯娘，旁边是喜叔两个，涛爷爷两个也就隔几步路，一期只卖给拆迁区几个村，都是熟人，脾性都晓得，下去后大家都认识，一起打个麻将聊个天也还热闹，不得搞起意见。二期的就不同了，只要给钱都可以买，大部分都是城里的人，下去以后住一起哪个都不认得哪个，那有什么意思。还有一个更主要的，这里干净整洁，环境好，四周都是树，空气也好，鸟语花香，关键是没泥巴，交通也方便，以后你们带孙子来看我们，就不得像以前逢年过节上山拜祖坟遇到落雨天，深一脚浅一脚搞得满身都是泥巴，几得好。"

　　母亲的重点其实就在这第三点。母亲虽然生活在农村，但不妨碍她一直是个极其爱干净整洁的人。那些年代里，母亲即便是下田地干活，也必会把头发梳得称称头头，把裤管卷得整整齐齐，田间劳作收工回家，再晚再累，也要把水靴裤腿洗得干干净净，绝不会带一脚泥巴回家。小时候家里住的是土砖房，地面也是土地面，但不管是怎样的农忙季节，母亲也愣是随时把地面打扫得一尘不染。母亲还有一个习惯，就是喜欢隔一段时间就将家里的家具调整一下摆放格局，那时我读书寄校，常常某个周末回家，就发现家里各个房间的柜子箱子床铺进行了空间转换，顿时就觉得有一种新鲜感。母亲菜园子里种的辣椒茄子什么的，也是蔸蔸株株对得齐齐整整，大有横看成岭侧成峰的感觉。也许正是她骨子里的这种洁净感，让她放弃了对火葬的偏见，选择了这个她说的"变成一坛灰"的地方。而同时，母亲还是一个从来不愿意给别人添麻烦的人，哪怕是自己至亲的人，哪怕是她死后，这里的干净便捷，也符合母亲这个性格。

　　我却无法在母亲这种近乎调侃的轻描淡写中轻松起来，不敢想象父母将来只是以一坛子灰的形式安放在这块墓碑底下，一时胸口如压了一块石头般又闷又沉。我在想，一个曾经那么忌讳死亡的人，怎么就变成了一个能面对刻着自己名字的墓碑谈笑风生的人？她好像不是在说一个与自己死亡密切相关的话题，而是在聊一件从别人那里听来的十分有趣的事情。这当然与勇气无关，也与宗教无关。母亲其实不是一个善于聊天的人，我的印象里，在和乡坊邻居或者姊妹亲人扯白话的场合，她从来都只是配角，一般以听为主，偶尔插几句话，她今天的话确实密了些。她这辈子虽然吃过许多苦，但没有经历过生死关，还不至于把生死看淡。她不是哲学家，她甚至是一个对死亡怀有深深恐惧的普通农民，当然也不会把生死研究得那么通透。她不过是用这种故作轻松，让我们提前做好没有她和父亲后的心理准备。我能想得到，在这之前，她和父亲已经无数次来过这里，一起商量选哪个墓号，墓碑上怎么刻字，甚至互相打趣猜测谁先住进去。她选择在清明节把隐藏了两年的谜底呈现在我们眼前，也许是在预演一种将来也是这样的日子，我们也拖家带口来到这个地方的场景。如果这些都不是，那么，母亲她要表达什么呢？是的，母亲一反常态，主动作为这场聊天活动的发起者和主角，她一定是在掩饰什么，或者是要给我们传递一种什么信号。那些她隐藏的话，还有那些她不愿示人的小心思，或许只能在未来许多年后的某个傍晚，我独自一人来到这里，抚摸这块被落日余晖暖热了的石碑的时候，才能得到真正的破译。

五

那个清明节之后，母亲似是解开了心头的一个结，每每回老家看望二老，发现她和我们说话的语气和神情显然是松弛了许多。这之前我们回去，总觉得老人家有稍许的拘谨感或不自在，有时还呈欲言又止的状态。很多事情还是秘密的时候，会让人产生一种压不住的诉说欲，自然也会带来一种紧张感，而一旦解密，便会让人失去探究的欲望。我们都很坦然地接受了母亲对于身后事的安排，而且都一致认为她安排得很好，想得很周到，这也许让她感到宽慰。母亲这一生，就一直活在别人对她的感觉里，她很少为自己而活着。

面对死亡这个主题，母亲是释然了，我却陷入了迷茫和纠结，我开始忌讳"死亡"这个词，甚至是惧怕。人过中年，越活越怕，这种怕在我看来，更像是一种病，有时参加了某个同学或朋友父母的葬礼回来，这种病情就会加重。其实我应该是庆幸的，在已至半百的年纪，父母还双双健在。尽管他们的身体像两部被岁月摧残的机器，内部零件多少有些磨损、锈蚀，但毕竟骨架还立在我的眼前，声音还响在我耳边。我还能回到乡下老家，享受几十年来最可口的饭菜，也还能坦然笑对他们鸡毛蒜皮的争执。但内心里，我真的害怕这一切的美好在某一天戛然而止。我尽量不想有那么一天，但只要一想到将来那一天的场景，我便心如刀绞，泪流满面。也就是说，我活成了母亲年轻时怕死的模样。

在很多个深夜，我在认真地想，我是个唯物论者，自以为是个豁达的人，什么时候却变成了一个连"死"这个字眼都不敢提的人。这个字眼也成了我的隐言。我是真的只是在害怕父母的离去吗？不，绝对不是，我只是不敢直面死亡而已。我知道，人最终都是要归去的，但在生命面前，父母就是挡在儿女和死亡中间的一堵墙。有这堵墙挡着，儿女就看不到死亡，感受不到死亡的气息，认为一切都还可能缓缓，当疾风骤雨来袭的时候，我们还可以躲在墙后遮风避雨，天塌下来还有父母顶着。但一旦这堵墙倒掉之后，我们也就顺递变成了直面死亡的那堵墙，风雨就会直接侵袭泼洒在自己身上。所以很多人说，父母在，人生尚有来处；父母去，人生只剩归途。我变成一个忌讳死亡的人，只是因为我不想过早地变成那堵墙，如此看来，我只是需要父母这块抵住死亡之箭射向自己的挡箭牌。说到底，我是自私的，也是胆小的。

母亲四姐妹，三姨母因癫痫病，在四十岁那年就溺水而亡；大姨母四年前去世，享年九十岁；二姨母尚还健在，今年八十九岁了，除了有较严重的帕金森病，倒也还算得上耳聪目明。母亲今年不过七十七岁，除了有点慢性病，其他身体机能尚可。基因使然，我相信母亲应该是长寿的。俗话说，世上只有瓜连籽，哪里见得籽连瓜。到了这个年纪的母亲，早已不关心儿子在单位干得怎样、儿媳经营的生意如何、孙子学习成绩是否还好这些问题了，她的关注点从过去这也问那也问，转到了现在只关注一点，那就是后代的身体是否健康。我有时因事一段时间没回老家，母亲必会打来电话，一一询问家里每个人的身体情况，她甚至能从我说话的语气语调中判断我是否哄了她。有两次我身体确实有恙，尽管我尽量以正常语气语速和她说话，但她电话里一听就判断出了我是装的，然后在千叮咛万嘱咐之外，还要跑去土地庙烧香上供，口中念念有词，让神灵佑护她的后人免去病妄灾祸。多年以前，母亲的这种疑似迷信的举动，曾被年少的我示以不屑和当面嘲笑。现如今，此举却如一股温热的水流，缓缓而无声地浸润在我柔软的心头。

（原载《桃花源》2024 年第 3 期）

八金九银

　　海爷十八岁结婚,然后十六年里生了七个丫头。其实兰婆婆在那十八年里,当了八次月母子,第五胎是个儿子,但生下来三天就莫名其妙殁了。那时海爷的娘还在,在兰婆婆生下第六个丫头后,曾找了一个比较有名的先生算过命。先生连卜三卦,一言不发,分文不取,摆手就让海爷的娘打转身回去。不久后,一个来自先生那边的手艺人来麻雀湾做事,无意中说起先生和别人聊天时,曾透露过海爷娘算命的事。意思是海爷今世命里无子,即使有儿子,也不得成器。

　　海爷打小就是个犟打卷,偏不信邪,越老越犟。那时正年富力强,血气方刚,不生个儿子誓不罢休。兰婆婆也因不能为海爷续上香火耿耿于怀,不想成为乡坊邻里的笑话,也攒着一肚子的劲配合。兰婆婆比海爷大三岁,生下第七个女儿后,担心年纪大了,差点没了信心。海爷的娘给儿媳妇打气,说养儿不怕丑,生到四十九,还差得远哩!那时的海爷不信鬼神,但为鼓励兰婆婆,硬是雇了辆驴车,跑到五十里地外的太浮山金顶大庙拜菩萨,说赌最后一把,再不济就认命。神奇的是,第二年兰婆婆就给海爷生了儿子,而且是双胞胎。

　　祖坟冒了青烟,老天开了慧眼,海爷一扫多年的郁闷,满月酒狠狠地隆重了一把,说话底气明显厚实了几层。取名字时,海爷思索片刻说，先出来的那个叫八金，后出来的叫九银。大家一听都说好，这确实是金银都换不来的。那时的农村，儿子可比金子银子金贵得多。

那年，海爷刚好三十六岁。湘西北农村里，说三十六岁是道坎，要么好，要么歹，反正有大事发生。海爷这道坎，迈得那叫一个豪横，穿林海，跨雪原，气冲霄汉。兰婆婆，这个三十九岁的高龄月母子，也终于体验了一把翻身农奴把歌唱，把压箱底的笑都绽在了脸上。八金九银，就这样在历经七个姐姐浓墨重彩的铺垫之后，众星捧月般开启了生命之旅。

20世纪60年代中期的中国，刚从三年严重困难中走出来，百姓物质生活可想而知。八金九银在这个时候来到人世间，其实并不是幸事，况且他们降临的，还是一个人数庞大的家族。大致一是产龄相对大了点，二是经过了前七轮的资源掠夺，兰婆婆的母乳入不敷出。海爷一家上老下小十多口，能在那个年代一个不少地撑过来，全靠海爷一身本事。海爷自小聪颖敏捷，记性过人，什么艺道一看就会，一学就精。木匠瓦匠篾匠农村三大基本手艺全齐活，打柜织筐，砌墙盖房，皆是精品。十多岁时，一个外地游医给海爷的爹治痨病，就跟着跑太浮山上挖了几次草药，居然把游医的本事偷学了个有模有样，加上后天钻研，二十来岁就成了能出诊的草药郎中。海爷还会弹棉花、制豆腐，居然还吹得一口极富感染力的唢呐。海爷正是凭着这些实打实的技能手艺，再配上兰婆婆的苦心操持精打细算，生生地让一家十多张嘴，在那个年代还能每天喝上几口粥，终是熬过了最艰难的日子。八金九银，更是全家食物资源优先配置，长得白白胖胖。

除却喝奶吃面糊和屎尿急胀之外，襁褓里的八金九银基本不哭不闹，一天二十个小时用来睡觉，大人省心，乡邻也夸俩娃好带，不操心。老话说"七坐八拿"，到七八个月时，孩子应该是要会坐会爬了的，但无论七个姐姐怎么逗怎么弄，八金九银就是不闹腾，迷离的眼神，一副总睡不醒不开窍的样子。到了快一岁该牙牙学语的时候，海爷这俩掌中宝也没有开口学话的苗头。有天三姐带两弟烦了，嚷了一句你俩不会是俩苕宝吧，惹得兰婆婆满鹅场追着将三丫头给暴抽了一顿，边打边骂，我让你胡说，我让你嚼蛆。其实海爷和兰婆婆早发现了一些端倪，只是一直没有说破，三丫头不过是当了一回戳破皇帝新衣的那个孩子。自那之后，七个姐姐对这个话题噤若寒蝉。外人当然也有揣着这样的疑问，逗弄八金九银，兰婆婆自然以营养不好，抑或早产为由给搪塞了过去。

八金九银串通好了似的，四岁才开始走路，五岁才开口说一些含糊不清的话，呆滞的眼神，长长的鼻涕，越来越将一个秘密公之于世了。亲朋好友乡邻们也都不约而同，当着面配合着海爷和兰婆婆的轻松和自然。而背地里，海爷已不知多少次借酒消愁，兰婆婆则在无数个静夜里以泪洗面。两个傻小子刚出生时，海爷和兰婆婆当时那些豪情冲天的举动，倒成了许多乡坊嘴里的笑料。

好在八金九银倒不是那种完全意义上的傻子，只不过是脑壳里缺了一两颗零件，要不就是搭错了两根筋而已。走路迟一点，后来不也还是会走了吗？说话晚一点，八九岁时不也能说利索了吗？该吃吃，该喝喝，该玩玩，该做事做事，一路紧赶慢赶，总之还是赶了上来。待到十来岁时，外人与之闲谈，三两句客套话上，八金九银倒也应答自如，无异于常人。不过，当地人知道，三句话之后的八金九银，便是高一句低一句，难得着调了。大集体时代,乡坊都在一起劳动,闲暇时逗弄八金九银,故意会在一些咸咸淡淡的话题上下一点套,两个傻小子就顺着套往里钻,惹得麻雀湾的田间地头常常哄笑一片。开始海爷兰婆婆还颇为尴尬,日子长了,也就由了两个傻小子去。生性豪爽的海爷甚至会主动戏谑八金九银,一样随着大家乐呵。中国农村几千年的日子,就是在这种豁达与疼痛中走过来的。

养儿不读书,不如养头猪。尽管自知八金九银的天然条件,但海爷还是将兄弟俩送进了学堂。十一岁多启蒙的八金九银,和六七岁的娃儿同一个教室,在身材上如巨无霸一般。和他俩同时启蒙的娃儿们,小学五年都读完去了乡初中,兄弟俩还在村小学里上下求索,以至各博得了"校长""副校长"的美誉,箩筐大的字倒也学了几担回去。十九岁那年,村小学撤并,八金九银的书也就读到头了。那些年的海爷,每逢乡坊添丁酒宴,半斤苞谷烧上头,就会对敬酒的东家说,可千万别学我家八金九银喽,把学堂都读没了。后来别人也看明白了,别的酒海爷不醉,添丁酒必醉。酩醉的海爷,每次都由八金九银四仰八叉抬着回去。兰婆婆说,他这是享儿子的福哩!

农村联产责任制后,海爷家嘴多的劣势,一下子转变为手多的优势。农忙时节,在麻雀湾的田野上,海爷像一个骄傲的船长,指挥着一大仗女儿女婿在田间上下翻飞,生活迅速走出了困境,再加上一身的手艺,成了远近有名的"万元户"。这个时候,八金九银从年龄与个头儿上也成了大人的模样,兰婆婆就开始操心两个宝贝儿子的婚事了。儿子嘛,终究是得承担延续香火职责的,不然当年费那么老大劲干吗呢。兰婆婆放出风声后,周边有些热心人也热络了起来。歪锅锅对瘪灶灶,有经济基础垫底,八金九银的婚事也并不是桩难事。不久,邻村火烧湾一个聋哑姑娘给八金撮合拢了，而九银则和十里外老虎冲一个智力上旗鼓相当的姑娘对上了眼。那年腊月十八，海爷六十寿辰，八金九银同在这天大婚。喜宴上，海爷提着酒坛，挨桌打了一整圈，吆五喝六，精神得很，愣是没醉。海爷啥时醉啥时不醉，谁知道呢？

一年之后，八金首先报了喜，生了个女孩子。海爷和兰婆婆嘴上不说，心里其实不悦得很。那时计划生育政策抓得紧，八金媳妇儿生娃不久就被政府拉去结了扎，续香火的事只能指望九银了。兰婆婆也就搂草打兔子，顺便将一家子洗衣做饭等日常琐事由八金的聋哑媳妇儿接了棒。

九银那傻媳妇儿过门了三年，肚子硬是没点动静。兰婆婆眼瞅着奔古稀而去，心里着急啊，和海爷商量，也像当年一样，雇了辆车，拉上九银媳妇儿上太浮山金顶大庙拜了菩萨。世间的事情就是这么神奇，第二年，九银媳妇儿肚子就争了气，生了个大胖小子。母凭子贵，而兰婆婆也找着了老佛爷的感觉，愣是将八金媳妇儿使唤成了九银媳妇儿的佣人。

时间是杆秤，来不得欺假。八金的小妮子见风就长，聪明伶俐，可海爷和兰婆婆就是不待见。九银那小子眼瞅着都四岁了，还不会走路不会说话，一副八金九银小时候的翻版。可是，海爷和兰婆婆偏偏心肝宝贝给护着，好吃好穿的都匀给孙子。那年兰婆婆七十寿诞，四方亲戚来贺，九银那小子也奇怪，居然就在那天下地走路了。兰婆婆见状，高兴得哈哈大笑，头一仰，笑声还在空中，人却再也没有醒过来。兰婆婆去世后，海爷天天苞谷烧，不到一年，就在肝病的折磨中与老伴相会去了。八金九银自此也分锅拆户，成了两家人。

十多年后，一条高速公路规划经过麻雀湾。麻雀湾在历经两百多年历史存在后,终在时代变迁中被征拆消亡。八金被大学毕业后考了公务员的丫头接进了县城居住,而九银则以五保户的名义,被安置进了养老院。

(原载《散文百家》2020年第9期)

丫姐

麻雀湾两百多年历史，来来往往的人数以千计，丫姐在其中只能算一颗流星。她在湾里不到三年的时光，仿佛只是一条河流里一块再普通不过的小石头，不，小石子，没有对水流的急缓、流向产生任何影响。尽管，她的姓名，曾经实实在在以户口簿的形式，镌刻在麻雀湾的村民名册之中。

不单是丫姐的名字，我甚至都忘记了她的姓氏。这其实一点也不重要，因为她的名姓，她的来去，和我没有任何关系。如果非要说有关系的话，她和我，都曾是麻雀湾的人，同饮一口塘的水，同砍一架山的柴，仅此而已。我突然要写她，是因为前几天回乡下看望父母，看见一似有些面熟的小伙朝我笑了笑，问母亲，才知是丫姐的儿子小虎。时间太快，快到曾经朝夕相见的人，再见已形同陌路。快到自己都开始老了，却还浑然不知。

圆盘大脸，身材壮实，声音洪亮，走路带风。这些我印象里丫姐的特点，以如今的审美眼光，似一点褒义的意思都没有。但在当年的农村，特别是我们麻雀湾，这都是持家女人响当当的标准特点。那时的麻雀湾，家家户户都有十来亩田地，媳妇过来若没几把刷子，镇不住场，也堵不住嘴。

丫姐那年嫁到麻雀湾清水哥家，全湾的人，特别是全湾的妇女同志们，在那段时间都似乎被打了一针兴奋剂，真像一群麻雀，利用各种机会聚在一起叽叽喳喳。他们的兴奋在于，从丫姐的身材、面相、嗓门、动作等可视可感的初步特征判断，应该是一个撒得开、收得拢，颇有些能力和手段的女人，绝非等闲之辈。麻雀湾好多年没有如此符合乡邻们审美眼光的过门媳妇了。大家叽叽喳喳的一个重要话题是：清水哥的娘，也就是丫姐的婆婆大人，这次应该是遇到对手了。

　　清水哥的娘，在那时的麻雀湾算是个角色，持强好斗，能言善辩，吵架可以三天不重复台词。对外如此，在家也自是绝对权威，老头子自是她日常一碗下饭菜，一对子女也任由拿捏，清水哥二十多岁的人了，也绝不敢在他娘的面前造次半分。这样一个人，乡邻们自是希望有一个能与之抗衡的人。于是，这个抗衡的人，就在麻雀湾所有乡邻们的期冀之中，自然而且只能历史性地落在了丫姐身上。可以说，丫姐从嫁到麻雀湾的第一天起，就被大家定位在了一个勇士的心理位置，全湾的人都好像是她无形的同盟者和支持者。只是这种同盟和支持，在后天残酷的现实中，被证明是徒劳和不起任何作用的。

　　丫姐的到来，最明显是改变了清水哥家被乡邻们有意无意地孤立。山湾里的人喜欢串门拉家常，谁家有事搭把手都是再正常不过的事情。但多年来，甚少有人上清水哥家，他家的人也基本不上其他人家。全湾那么多户人家，也就他家一个屋场独门独户，其他都是一个大屋场几户人家屋挨屋地住在一起。大集体劳动时代，民风及劳作制度使然，乡邻们尚且还能摁住内心各自的小算盘，做到表面的团结合作。后来农村包产到户后，就物以类聚人以群分了。因为清水哥娘的脾性，大家就自然而然地对其家敬而远之。甚至有几次的黄昏，清水哥的娘纳着鞋底，刚刚走近某个乡邻家热闹的鹅场，大家就以家里还有猪没喂、娃没洗等众多托词，纷纷起身而去。

丫姐新嫁的时候正是农闲季节，她在回门的第二天就成了麻雀湾麻雀群中的一只。那是一个很适合麻雀群聚的傍晚，温度和气氛都再适宜不过，男男女女十多个乡邻在满伯家的鹅场上天南海北地闪经。吃过晚饭的丫姐，在清水哥的陪伴下，端着一升子炒熟的花生，从那个独门独户的屋场走出来，穿过堰堤，走过田埂，就到了满伯家的鹅场。那也是一个很有仪式感的傍晚，一群闲聊的人纷纷起身，和丫姐打着招呼递着椅子，这和她婆婆当初到来时大家纷纷起身的情形完全掉了个个儿。这是清水哥家的人第一次在麻雀湾受到大家一致的欢迎，也是清水哥家的人第一次融洽地进入麻雀湾核心朋友圈。丫姐挨个给大家伙儿抓着花生，然后像一个老熟人般坐下来接受大家的调侃，荤素不惧。倒是她的夫君，像一个倒插门的初来乍到者，坐在人群中手足无措。闲聊中，丫姐爽朗的大笑不时响起，飘过田冲，飘过堰塘，当然也飘到了对面直线距离不过百八十米的她家屋场，也一定飘进了她待在某个角落的婆婆如无线接收器一样尖着的耳朵之中。

丫姐直爽随和，说话一是一二是二，有事不藏着掖着，这和她婆婆大人老喜欢阴一句阳一句的语言风格完全不同，不消十天半月，湾里的人家就从心底完全接纳了她，俨然就是清水哥家一个外交大臣。清水哥家那个很少有外人过步的鹅场，随着丫姐的到来，也慢慢有了些人气。逢集赶街，那些老资历的媳妇会过去邀上丫姐做伴，谁家拍了一酢甜酒，或炸了一锅油货，也会扯起喉咙吆喝丫姐一起打秋风。一切都似乎顺理成章，一个孤悬一处、游离麻雀湾主流数年的人家，因一个外姓女人的注入，慢慢地进入了正常的人情世故轨道。那个一直生活在母亲羽翼之下、以前处处不受人待见的清水哥，也在丫姐的影响下，开始如鱼得水，脸上渐渐地堆上了自然的笑意。世间有一些积久成疴的事情，有时只一个不经意的外因，往往会起到病去如抽丝的功效。

丫姐无愧于她的一副好身板，田间地头确是一把好手，栽秧割谷样样在行。自古娘强子弱，因倚靠娘老子的强势庇护，清水哥打小就性懒力虚，空得一副男儿身，庄稼农事一点也不在行，犁田打耙的事情都指着他老子，农忙时节下田干活也都由着老娘催着赶着。丫姐嫁过来之后，这种催赶工作就自然落到了她身上。每天大清早，麻雀湾总能听到丫姐催促夫君下田地做事的声音，她那副独特的能够绕山三圈的大嗓门，甚至都成了湾里某些人家早起的闹铃。清水哥家的田地农事，有了丫姐这样一个生力军的强势加盟，无论进度还是质量，都得到了明显的提升。

好景不长，不出半年的某天夜里，清水哥的家里传来了争吵的声音，似还夹杂着打斗的响动，不久就听见了丫姐嘤嘤的哭声。山村的夜是静谧的，间或几声狗吠，反倒更添几分夜的清寂。那个夜晚，我相信整个麻雀湾的人都听到了从那个独门独户屋场传出来的动静。丫姐的哭声，让麻雀湾那个夜晚的空气变得十分凝重。我还相信，那个夜晚麻雀湾很多人都压抑住了去扯劝的冲动。他们都见识过清水哥娘的本事，半夜三更过去扯劝，无疑是引火上身，况且还有"清官难断家务事"这句古训管着哩。麻雀湾其实还算民风淳朴，平日里要有别家发生扯麻纱的事情，还是有人执言充当和事佬，当事方也会乐个就坡下驴。而眼下这家是个一旦招惹有如小鬼缠身的主儿，那张比闹药还毒的利嘴，惹不起躲得起。人类是一个避害就利的物种，总会自动权衡事情对自己的损益。明哲保身也好，事不关己也罢，反正那个夜晚，丫姐平时在麻雀湾的阵线联盟者们，集体在夜色的庇佑之下，选择了精明的装聋作哑，在各怀心事里，或真或假地睡着了去。

次日见早,麻雀湾里数十双眼睛就像探照灯一样,聚焦在了那个独门独户的屋场,大家心照不宣,用真实的农村生活掩护着拙劣的演技。丫姐依然在每天同样的时间开了门,提着一篮子衣服,腆着已然几个月身孕的身子,下到屋前堰塘的枞树码头浆洗衣裳,远远地根本看不出异样,"嘭嘭嘭"的棒槌捶衣声依然如平时一样,有节奏地回荡在麻雀湾的山梁田间。没有人上前去问询丫姐昨夜的遭遇,因为她的婆婆大人,也借着一筛子晒裂了的油茶掩护,端坐在屋场中央,一双猎豹般的眼睛环顾四周,大有猎物一出现就迅捷出击的架势。这个不甘于老去,也不甘于被儿媳妇抢了主角和风头的女人,要用她的处世方式和生存哲学证明她的存在感。

有些事情只要开了头,就会朝着不确定的方向前进。自那天以后,丫姐的哭声便会隔三岔五在夜里响起来,下田地干活,人们会看到她脸上明显的淤青。许是家丑不可外扬吧,有人问及丫姐情况,她也总是一声"冇事"就应付了去。还有人邀她赶集上街,喊她闪经聊天,她也以身孕不便慢慢地退出了麻雀湾的主流朋友圈。几个月后,丫姐产下一个男婴,取名小虎,成了一个母亲。赈酒那天,大家前往贺喜,也鲜见她的脸上露出初来麻雀湾时那率性的笑容。似这个地方,从一开始就从来没有给丫姐带来过快乐,或者,从来没有真正接纳过这个苦命而又可怜的女人。湾里人们对丫姐的认可,或许只是潜意识里,把她当作了一个能够代替自己对一些隐形的强权进行反抗的工具。

在农村,当同一个家庭的内部矛盾成为一种常态,人们就成了见怪不怪的看客,甚至到后来,这一家的事情,都进不了湾里人们在鹅场闪经的谈资范围。其间丫姐的娘屋人也来过麻雀湾几次，开始还兴师动众地来了一大仗人，色厉内荏地给丫姐撑腰，婆娘两家都差点打起来。后来几次，来的人就越来越少，娘家态势也从一开始的气冲霄汉，慢慢变成无可奈何，再变成央告乞饶。最后一次，只来了丫姐的娘一个人，在一番声泪俱下的规劝自己女儿"嫁鸡随鸡嫁狗随狗"的传统女德教育后，抹着眼泪就回去了，一直到丫姐生命终结之前，再也没有出现在麻雀湾。那一两年，清水哥的娘终于重新找回了多年前"与人斗其乐无穷"的快意，那张堪比百万雄师的刀子嘴，也终于重新有了用武之地，每每看到儿媳妇和亲家那边臣服脚下丢盔弃甲，唤猪赶鹅的音调都提高了几个八度。

那一年风调雨顺，麻雀湾的年成比往年要好许多，湾里的秋天到处都充盈着丰收的清香。那个独门独户的屋场，又发生了一次暴风骤雨，随后就惯例般传出丫姐嘤嘤的哭声。那天的哭声，无论高低，还是气韵，在那个秋天的那一夜，并没有显得与以往有什么不同。如果说有不同，那就是持续的时间更长一些，甚至断断续续了差不多整个下半夜，似还伴随摇篮的节奏声。只是湾里的人们对她的哭声已失去新鲜感，大家在各自香甜的梦乡中觉察不到罢了。天现鱼肚白的时候，那个独门独户的屋场，突然传出清水哥恐怖的号叫，如一颗炸雷，一下子就炸开了麻雀湾的宁静。炸醒并猜知出了事的人们，趿鞋撒袜地就奔向了清水哥家，距那个屋场还有好一段距离，一股浓烈刺鼻的农药气味就冲了过来。丫姐在麻雀湾的故事，就此画上了一个惨烈的句号。

丫姐之后，清水哥独自抚养小虎好几年，其间倒是有人给他介绍过一个寡妇，但因其母威名，麻缠几天后就一拍两散了。几年后我当兵回家探亲，听说他带着小虎倒插门去了另外一个地方。再几年后，又听说清水哥老子去世的消息，而她那个声名在外的娘也瞎了眼睛。又过几年，他那个孤身一人瞎摸了几年的娘也在一个冬天的夜里，无声无息地离开了人世。有人发现她时，身体已有异味，应该是去世了几天才被发现。这个女人，逞强了一世，终究没能逞强过时间。那个独门独户的屋场，从此没有了人烟，不过一两年就墙垮顶塌，屋里屋外被荒草爬藤完全占领。丫姐的故事，也随着一些老人的离去和一些新人的出生和长大，慢慢荒芜在了岁月的淡然之中。就好像，她从来没有来过麻雀湾一样。

若非前世相欠　何来今生相见

——写在儿子成年礼的一封信

吾儿：

今天是 2018 年农历腊月二十二日，你十八岁的生日。你的父亲思想有些守旧，总认为你应该过农历生日。这个日子，意味着你的成年，过去是一个家庭的大事，也是一件值得庆贺的事情。从法律意义上来说，你成了一名具有完全行为能力的公民，我作为你的监护人的使命也就完成了，我的话对你不再具有约束力。尽管你已经是一名上了半年大学的大学生，但我作为你的父亲，总还是有一些话想对你说。毕竟父子之缘，就那么短短几十年，那是上苍给予我们的恩赐。有人说，今生的父子，其实是前世的仇人，因而父子之间的沟通一般都存在或多或少的障碍。鉴于此，我觉得还是选择书信方式比较适合，尽管近一二十年，电子信息化高速发展，书信已成为奢侈品，希望你也能接受这种交流方式。

一

我先要用比较长的篇幅，给你扒扒你的祖上三代。一个家庭

月光皎白
YUE GUANG JIAO BAI

的传承，离不开家史教育，不然就是无本之木无源之水。《西游记》里唐僧逢人就说"贫僧唐三藏，自东土大唐而来，去往西天拜佛取经"。话虽只一句，理却深似海。这实际上也是一个哲学问题：我是谁？来自哪里？要去哪里？每个人穷其一生，其实都是为了弄清这三个问题。但是为父今天不是要和你探讨哲学，就是字面意思理解，让你知道自己来自哪里。远了不说，都来自猴子，我就让你了解一下你的祖上三代，前后也就一百来年，差不多就是你高中阶段学的中国近现代史长短。

先说说你的曾祖父。你有两个曾祖父，一个是亲的，一个是有亲的。道理很简单，因为你的爷爷是过继的。你的亲曾祖父姓李，所以从血脉上来说，你是李家后代，祖籍湘东的茶陵县，战争年代九死一生流落到临澧开枝散叶。李家曾祖父经历很传奇，也很曲折。你学过近代史，知道井冈山革命根据地，当年茶陵县就是井冈山革命根据地的六县之一，中国第一个苏维埃政权所在地，你的老爷爷三兄弟那时就是毛泽东领导建立的井冈山革命根据地的红军游击队员，他们见证过著名的"朱毛会师"，是中国共产党革命星火之中最初的一批火种，谓之革命先驱也不为过。当时国民党为扑灭井冈山的革命火种，前后五次大军围剿，最后红军失利，被迫撤出井冈山地区，于是井冈山根据地的六个县便被国民党疯狂报复，茶陵县首当其冲。你曾祖父三兄弟因为只是游击队员，不是正规红军，就没有随部队撤退，当然也是被剿杀的对象，只能逃跑，但只有你曾祖父和他的弟弟两兄弟逃出来，你曾祖父的哥哥被抓住杀害，头颅还被割下来示众三天。你曾祖父两兄弟隐姓埋名靠卖苦力为生，但是抗日战争爆发后又被抓了壮丁当了国民党军，两兄弟自此分散，后来你曾祖父的弟弟牺牲在了抗日的战场上。你曾祖父应该算是一个机灵聪颖的人，在国民党部队是一个电线兵，有一次趁架线时又逃了出来，最后落在了现在你所在的临澧县，凭一手早期学到的裁缝手艺度日，生了三儿一女。新中国成立前不久，你曾祖父一个同为裁缝的朋友死前托孤，把五六个子女都托付给了他，家庭负担骤增，这也是你的爷爷被过继的主要原因。应该说，你的血脉里有着光荣的红色基因，希望你能延续这种独特的生命气质，成为一个有自己理想和追求的人。

再说你的戴家曾祖父，实际上是你爷爷的舅舅，勤劳朴实，省吃俭用，热心助人。戴家曾祖父是典型的无产阶级，家无片瓦，目不识丁，新中国成立前给地主当过长工，做过挑夫。他的妻子，也就是你的曾祖母，是一个盲人，还弱智，没有生育能力，一辈子没走出超过家里一里地。你戴家曾祖父在新中国成立后分到两间旧房子和几亩薄田，这对他来说已是特别幸福的事情，所以他把一辈子的热情交给了土地，是十里八村有名的农活好把式，哪怕是去世前几个月病魔缠身的时候，也要拼着老命下田地干点农活心里才舒坦。

二

再说说你的爷爷奶奶。你自小是爷爷奶奶带大，你可能会认为了解他们，其实不然。你的爷爷出生在1942年，抗日战争最艰苦的那年，也是一个大灾年，日寇在那年打到临澧，所以你爷爷出生没多久就被你李家曾祖母带着躲日本兵，有一次躲在一个堰塘坎下的草洞子里，你爷爷哭出声来，你曾祖母为了乡亲们，只得狠心把你爷爷的口鼻死命捂住，待日本兵过后，你爷爷已经没有了呼吸，乡亲们拍拍打打十多分钟，你爷爷才缓过气来，捡回一条小命。你爷爷九岁那年，因为家里负担太重，被过继给他的舅舅当儿子，改名换姓。过继，就是借给别人当儿女，这在那个儿多母苦的年代是件很普遍的事情，很多没有子嗣或者没有儿子的人家，会在一个儿女较多而又家庭条件窘迫的人家借一个孩子给自己家当儿女，这种过继关系在叔伯兄弟表亲之间较多。你的爷爷就是这样过继给你的戴家曾祖父的，姓也由李改戴。你戴家曾祖父过继一个儿子的初衷，一是为了撑门户，二是能有一个劳力来帮着做家里的农活，所以你爷爷一过继，小小年纪就成了家里的主要劳动力，栽秧割谷放牛打柴无所不做，还常常被脾气暴躁的养父打骂。

你爷爷小时候很聪明，书读得很好，但因为过继，只读到三年级就被迫辍学，这也是他一辈子最大的遗憾。十五岁那年，一个国有煤矿下来招工，你爷爷不甘于命运，背着养父报了名，从此走出了农村。在煤矿工作期间，你爷爷经历过坠井、瓦斯爆炸、电击等事故，九死一生。你爷爷是一个学习能力很强的人，虽然只上到小学三年级，但在长期的工作中一直坚持自学，青年时期被评为煤炭系统的"学毛主席思想标兵"，离开煤矿后，又胜任过国有航运公司的电工和民兵教练，后来调回临澧后，又自学财会，是单位一个非常合格而且敬业的财务人员。你的爷爷虽然经历过很多苦难，但他一直坚持自己，不埋怨不愤世，为人正直诚恳，工作兢兢业业，在任何单位都是连年的先进工作者，在任何地方都受到他人的尊敬，这不是一般人能做到的。更难能可贵的是，你爷爷并没有怨恨没有让他读书的养父，非常孝敬你的戴家曾祖父，一直都像亲生儿子一样，直到他寿终正寝，在当地传为美谈。

而你奶奶的身世也是一把血泪史。你奶奶家无男兄，排行四姊妹中的老幺，小名"多妹"，意思是多出来的一个。在重男轻女思想盛行的旧社会，四个女儿的家庭本来就是一个笑话了，排行第四的女儿的地位就可想而知。更不幸的是，你奶奶四五岁的时候父亲就去世了，孤儿寡母，本就不宽裕的家境更加雪上加霜，吃着百家饭长大。她十八岁参加亚洲最大的水轮泵青山工程，是当年有名的青年突击队成员，挑沙打钎，无所不为。和你爷爷结婚生子后，你奶奶一直待在农村，上奉公婆下顾俩儿，家里还有十多亩田地打理，吃的苦三天三夜都讲不完。

  我之所以要把你的祖上三代扒出来给你看看，是因为我想让你知道自己的根在哪里，你应该以一种怎样的态度面对你以后的工作和生活。你也看到了，你的三代之上，没有当官之人，没有发财之实，都是自力更生，不等不靠，勤劳朴实，全凭双手和智慧存身立世，安家置业。今天，接力棒传到你这一代，只能说你是赶上了好光景好时代，物质产品琳琅满目，精神生活丰富多彩。你们这代人，必须心存对国家和时代的感恩之情，因为是国家和时代给了你们这个稳定的大环境，让你们不必为生命安全而担忧，也不必像你的祖上三代一样被饱暖生计束缚手脚。你们可以充分放飞自己的理想，发挥自己的才能。你已经开始的大学生活，实际上是给你一个自由腾飞的平台。你不能因为现时的安逸而忘记了你骨子里应该有的勤劳务实基因，做任何事情，不可眼高手低好高骛远，脚踏实地亲力躬为才是根本。

三

  轮到说说你的父亲母亲了。仅仅从面容装扮来说，你自然是认识你的父亲母亲的，你的身体发肤，都源自我和你的母亲，近十八年的朝夕相处，对你有照顾，也有责骂，你甚至都烦了我们。而你父亲母亲经常的争吵，或许伤害了你，我知道很多时候，你都恨不得变成一只自由的鸟儿，早日离开我们的视线。但我今天要说的这个"认识"，还不是视觉意义上的认识，而是你对你的父亲母亲从人生经历到情感诉求到底了解多少，让你正确理解父母在你人生成长过程中的影响和价值，或者说有利于你今后在人生路上无论是生活、事业还是情感方面，都有一个对照和拿捏。这种对照和拿捏，不管对你是积极的，还是尴尬的，我都希望你能在心底真正地珍惜。

　　你的父亲——我，一个正在谢顶的中年男人，在你的眼里一定是老气横秋的，就像当年我如你的这个年纪看你的爷爷一样。但是时间是个最神奇的魔术师，它会把前一辈人的角色让后一辈人原原本本地复制，这也是人类生息繁衍亘古的规律。我出生在20世纪70年代中期，我记事起刚好中国开始改革开放，虽然那时物质生活并不丰富，但基本没有挨饿的记忆。没挨过饿不代表没吃过苦。我五六岁就跟着你的戴家曾祖父和你的奶奶下田地干农活。那时农村刚实行联产承包责任制，按家里人口分田到户，家家都需要劳动力，要是家里精壮劳动力不足农活就干不动。我们家看似有六口人，其实真正干活的精壮劳动力就你奶奶，戴家曾祖父已进入人生暮年，你爷爷是国家工人，一直在外地工作，前一封信里给你说过，你戴家曾祖母不仅弱智，还是个盲人，连做饭都帮不上忙，我和你叔叔那时才几岁，所以每年"双抢"季节，常常是生产队其他人家的晚稻秧苗都插下田了，我家的早稻谷子还没割完。这在当时的农村，是会被人笑话，甚至是瞧不起的。所以你的父亲虽然才几岁，也不得不下田帮着大人做些力所能及的农活，比如抱禾把、提秧把、拖斗把、打厢厢，年纪更小的华叔就帮着在禾场晒稻谷，或者送茶水。

　　有必要给你解释一下什么叫"双抢"。简单说来就是"抢收""抢插"，那时稻谷一年种两季，叫早稻和晚稻，早稻收割和播种晚稻刚好首尾相连。稻谷是个对气候季节很敏感的植物，所以就要像"抢"一样忙把成熟的早稻收割，然后又像"抢"一样把晚稻的秧苗插下田去，不然误了时节，晚稻就会减产，甚至绝收。而这个首尾相连的季节刚好在一年最为酷热的夏天，你根本就想不到那种劳动的辛苦，往往都是早上天不亮就起床，晚上天黑尽了才收工，中午田里的水简直可以把皮肤烫起泡来，那时农村每年都会有人在双抢时中暑死亡，所以我那时读书最怕就是放暑假。大约十二三岁，我就成了家里的主要劳动力了，栽秧割谷、铲坎取沟、挑水耙田等，无所不做。那时的农村远不止"双抢"这些田里活，比如还有每天早上天麻麻亮就要起来放牛，还有扯猪草、耙柴火、摘油茶、捡棉花等。那时家家农活都多都重，父母可就没有现在的父母那么耐心，孩子基本都是在被责打中长大的。你还怨过父亲打过你，你可知道，你的父亲被你爷爷和奶奶责打的次数可能是你的百倍，但我也从来没有怨过他们。

　　你父亲读书成绩其实一直还不错，但高中二年级时，为一个同学被人欺负而打抱不平，惹了社会上一些不务正业的人，而遭受到长期的现在所说的"校园霸凌"，没了读书的心思，被迫去当了兵，很遗憾没有上大学。当了三年兵，回来安排的单位本来还可以，但几年后单位改革，被分到了一个效益不太好的单位，终于连生计都成了问题，又被迫出去打了几年工，还做了几次生意，都亏得一塌糊涂，举了很多债，那些辛酸和折磨不是一两句话说得清楚的，欠的债务直到去年才还清。你读三年级时，为了你能身心健康地成长，我放弃了在外发展的机会，一边上班一边带你,陪伴你慢慢长大。而你的父亲,就在陪你成长的光阴里,逐渐褪去了一头青丝,也逐渐失去了自己的棱角。

其实差一点就没了你,你还是个一两个月的胚胎时,你母亲为了保住你,卧床静养了差不多一个多月,三十多天不下床不出门的日子可不好受。生下你到你半岁,你夜间总哭,你母亲基本上就没睡好过。你半岁断奶后,你母亲因我们家庭经济窘迫,先于你父亲被迫外出谋生,在外一待就是十几年,直到你初中三年级才回来。这期间,你母亲做过很多工作,没有一样是轻松的,比如车间倒夜班,比如本来就晕车的她做一些不得不出远差的工作,坐车坐到苦胆水都呕吐出来。我和你母亲还做过又苦又脏的餐饮生意,除了身体上极致的累,还有心理上极致的累。有一次中午和你母亲送外卖后,又热又累,实在撑不下去了,就强行关了手机,在东莞一个叫长安镇的大街一个石椅上休息了半个多小时,醒来后相拥而泣,现在想来都心如针扎。而那十多年你母亲最大的痛苦和煎熬,就是对你的思念。你无法想象一个有了孩子而又无法陪伴孩子的女人的内心世界,在外十多年孤独的夜晚,你母亲不知道揣着你的照片哭了多少回。但生活的重压让人无奈,为了能给你的成长打下物质基础,我们不得不担起生活的重担,特别是你的母亲的付出,更是十倍于你的父亲。

你的父母都出身于最为普通的平民家庭,祖上均无浮财,现在能安居乐业,让你一直没有后顾之忧地长大、上学,全靠艰苦打拼、自力更生,一路走来,多有不易。我今天给你说这些,不是对你进行忆苦教育,也不是要你心存感恩,我只是想让你了解一下你父母的一些经历,知道我们过往的一些真实生活。虽然你所处的时代不一样,但你以后要实现自己的人生价值,也应该和你的父母一样,一切都只能靠自己,成功没有捷径可走,不然等待你的，就是将来生活的灰暗和无奈。

四

好了，现在该说说你了。只能说，你们这些"00后"的孩子，赶上了好时代。当下的中国，是历史以来最好的中国，物质和精神资源都无比丰富。你能在不愁吃不愁穿的日子长大，得益于这个时代的伟大。其实爸爸不是说教，只是想用四十多年人生经验，或者教训，为你的人生提供一些参考，今后或许少走一点弯路。

这么多年，爸爸最有体会的，就是要正确认识自己。人最大的迷茫，往往是无法真正认识自己。有一句话很有道理：知道得越多，才知知道得越少，认识自己，方能认识人生。每个人心里都住着一个感觉良好的自我。古往今来，平庸的人往往都是坚持心里那个感觉良好的自我，甚少自我反省。而真正的智者，都是能正确认识自己、具有自我批判意识的人。我希望你能做后者，真正体现出自己的人生价值。

在我的眼里，你无疑是一个优秀的孩子，有思想，有胆识，爱阅读，有责任感，有组织能力，尊敬长辈，心存善良，有很多传统美德闪现，比如大学期间经常和爷爷奶奶视频，寒假回来去看望过去的老师，这是一种懂得感恩的行为，须大赞特赞。但同时，目前来看你的缺点也相当明显，这会对你的人生走向和事业发展产生决定性的影响。古人说"不积跬步，无以至千里"，任何人、任何事业的成功，都是点滴的积累，时间长了就叫积淀，万丈高楼平地起，所以你一定要正确认识到自己的不足之处，在大学的学习过程中有意识地改变。父亲相信你能做到，也一定做得到。

俗话说"当局者迷，旁观者清"，我作为你的监护人，实际上是一个离你最近的旁观者，对于你的不足，我简单归纳了一下，主要有三点：第一点就是做事过于理想化，有好高骛远之嫌。这一点，和爸爸年轻时比较类似，或许需要时间和人生各种碰撞才会理解和检省。第二点是遇事计划性不强，欠缺必要的恒心和毅力。在这一点上，我和你都要向你爷爷学习。第三点就是有些懒散，自律性欠缺。一些生活细节还需要改善，比如个人卫生习惯、口头禅习惯、走路弓背习惯，这都是影响你气质气场的因素。如果可以，我希望你大学阶段或大学毕业后，能到部队锻炼两年，那不仅是一种全新的人生体验，也是个人素质全面提高的一个机会。

其实每个人，都应该对自己有一个清晰的认知，包括自己的才貌、学识、性格、能力、经验、爱好、思想、行为、贡献以及自己在别人心目中的地位等。只有正确地认识自己，才能对自己做出正确的评估，知道自己需要加强什么，朝什么目标努力。一个理智而能成事的人，对自己的各个方面都是有一个客观的、正确的评价和定位的，在任何时候、任何情况下都不会高估或低估自己。绝大部分人一生碌碌无为，实际上就是终其一生都没有弄明白自己到底需要什么，所以随波逐流。人生的道路是曲折的、不平坦的，人生的航船也并非是一帆风顺的。事业的不顺，生活的坎坷，逆境的缠身，不幸的降临，婚姻的苦恼……但你不能因此而垂头丧气，也不必怨天尤人，更不要自暴自弃，因为人生的道路是可改变的，遇到的困难是可以克服的，生活就是一个"山重水复疑无路，柳暗花明又一村"的过程。不管什么时候，别人认为你是什么样的人、哪一种人都不要紧，要紧的是自己认为你到底是什么样的人、哪一种人。坚持，比任何一碗心灵鸡汤都重要。

爸爸曾经多么向往大学的那个象牙塔，那是一个多么神圣而美好的地方啊，你能上一所还不错的大学，其实爸爸比你更高兴。半年前送你去昆明上大学，其实那哪是送你，那是你带着爸爸去了一个圆梦的地方。大学是一个人的世界观形成的最关键阶段，是可以基本决定你人生走向的几年，当然也是你正式离开父母的视线，开始独立学习和生活的开始。大学还是真正考验一个人今后立世能力的阶段，在那里，你的每一次放纵，可能就是今后生活给你的响亮耳光，而你的每一点努力，都是将来你理想生活的积累。爸爸不再会交代你不要玩手机游戏，妈妈也不再每天催你起床和学习，大学老师也不会像初中高中老师那样严格要求，一切都是你自己主宰。你会遇到很多和以前完全不同的老师，遇到很多来自完全不同地域的同学，面对很多以前想都想不到的诱惑，你还会面对很多无法预知未来的选择，会遇到一些新的朋友，会碰到一些新的理念，你应该还会恋爱，或许还会创业，这都是你人生丰富的际遇，一切都会考验你独立的判断力、决策力和行动力。而我希望的是，你能主宰的几年大学光阴，不会成为你大学毕业后漫长人生光阴的遗憾。如果多年以后，你在某个落日寂寥的傍晚大发感慨"我要是当年读大学时多努点力就好了"，那么，这封信就失去了爸爸的初衷。

好了，拉拉杂杂几千字，也算是老爹一份苦心吧。很骄傲你健康而茁壮地成长，也很骄傲在这个人世能成为你的父亲。帆已满，风正劲，青春刚好，希望你做好自己人生航船的舵手，劈波斩浪，毫不畏惧，一直航行在自己最喜欢的生命风景线上。

父　二〇一九年元月二十七日夜

月光皎白
YUE GUANG JIAO BAI

盖帽

贾乙丁爱打篮球,水平在业余选手中尚算上乘,别看他个头不过一米七多点,但爆发力好,弹跳不错,特别是一手盖帽功夫,在滨河县草根篮球圈颇有名头。

贾乙丁是名公务员,单位档案局就在县委大院。那年他报考档案局公务员时,一个说不上台面的原因,就是发现县委大院有个高标准的灯光篮球场。当年,县委大院的篮球场是滋县唯一的塑胶球场,尺寸标准,钢化玻璃篮板,四盏雪亮的大灯,四周还有高高的绿色围栏。多年来,只要天气尚可,单位没有加班任务和必要应酬,晚上下班后,贾乙丁都要在球场上出一身汗才舒坦。球场靠近路边,县委大院单位多,人也不少,他在球场上的英姿,县委大院里的人基本都熟悉。特别是前些年,县里每年组织机关篮球赛,各单位系统组队,贾乙丁每次都是县委机关队铁打的主力,除了担任攻城拔寨的急先锋,也是球队主要的防守基石,特别是他防守时每盖掉一次对方的投篮,都要模仿当年NBA球星穆托姆博摇几下食指,因此还赢得了一个"滨河穆托姆博"的名号。

当年和贾乙丁同一批考录的公务员,有一个叫甄子午的小伙子,在文联工作,也是篮球爱好者,不过球技比他差点。经常一起打球,共同的爱好,两人就成了朋友,而且是无话不谈的那种。年轻人刚刚走入社会，有共同兴趣爱好者很容易成为好朋友，再加上两人是同届公务员，又都未婚配，更有英雄惜英雄的感觉。

贾乙丁不只是球打得好，工作能力也相当不错。他头脑灵活，记忆力好，口才不错，参加工作不久就成了单位的业务骨干，第三年就作为业务尖子，代表市里参加全省档案专业知识竞赛，获得第二名，为市县填补了空白，争得了荣誉。市县两级电视台还专门报道过他，他成为了滨河县年轻公务员队伍中的佼佼者，前途可期。

那次无人不知的"盖帽事件"就是贾乙丁获奖回来不久发生的。那天天气挺好，温度和湿度都适宜户外运动。贾乙丁约了甄子午，下班后直奔球场。为不耽搁打球时间，他们平时都放有一套装备在办公室。县委大院球场对外开放，因为天气好，那天打球的人很多，分了五组。按约定俗成的规矩，打半场，按先来后到顺序，四人一组，采取坐庄制，每庄五球，不分三分两分，先进五球的组继续坐庄，负者下场，公正透明，多年来并无异议。为多坐几庄，场上大家态度都很认真，真攻真防，磕磕碰碰争争吵吵是常有的事，崴脚见血的事也时有发生，但事后大家都会相互理解，几年来并无不快的事情发生。球友之间的友谊都是纯粹的，很少有人将场上的纷争带到生活和工作之中，即使有这样的事情，也会有两边都说得上话的球友做中间人，吃一顿饭喝几杯酒，大家和好如初，不打不相识，甚至还会传为坊间佳话。男人的快乐，就这么简单。

贾乙丁、甄子午和另外两个小伙子一组，四个人的打球特点刚好互补，有组织有配合，有射手有突破，已经连坐三庄。正坐第四庄时，只见平时很少打球的组织部汪秘书和另外几个人走进了球场，他们都穿着簇新的耐克装备。一进场，汪秘书和场边待场的纪委苏主任轻轻说了一句什么。苏主任遂向场上政协的小刘招了招手，给他耳语了几句，小刘就招呼着他们组的四个人下了场。汪秘书朝场上拱了拱手，说外地来了几个朋友，好久没打球了，想过一下瘾，希望大家海涵。一上场就高下立判，汪秘书这组哪是贾乙丁这组的对手，眨眼工夫连吞三蛋。汪秘书见势不妙，叫了个暂停，给场上一个年纪看上去大一点的人拿了瓶水，再走到甄子午身边说了几句话。接下来场上形势突变，甄子午本来是负责防守汪秘书那个年纪大点的朋友，但他的防守形同虚设，让那个人连投带突连进四球。

说老实话，汪秘书的那个朋友篮球基本功还行，投篮有一定准头，突破也可以，但不管怎样，还不至于到接管比赛的程度。所有人都看出了其中的端倪，包括贾乙丁。最后一球果然又是那个人持球进攻，甄子午且防且退。进入三秒区，那个人做了体前变向运球，准备三步上篮。再进一球贾乙丁这组就要下连庄了，平时争强好胜的贾乙丁急了。就在那个人第三步蹬起来准备来个打板进筐时，贾乙丁一个箭步，斜刺里补防过来，弓身蹬腿，腾空而起，一掌就把还在上升的皮球扇了出去，身体也随着巨大的惯性撞上了那个人，两个人同时摔出了底线。贾乙丁身体素质好，摔在地上一个驴打滚就爬了起来，那个人却撞上了篮球架，额头当时就起了一个大包。甄子午最先反应过来，第一个跑上去扶起了那个人。贾乙丁也吓了一跳，过去连说不好意思，那个人揉着额头，说不要紧不要紧，打球嘛，碰碰撞撞很正常。

汪秘书一行人走后，贾乙丁问甄子午，那个人是谁。甄子午说是刚到任的县委组织部赖部长，汪秘书交代不让说出他身份，准备打完球了给你说的。贾乙丁一听，一时有点恍惚。打球的伙伴们一听被帽的是个县委常委级领导，也都围过来，一个个幸灾乐祸地打趣着贾乙丁。当天，刚到任的县委常委、组织部部长球场被贾乙丁帽翻的事情，就传遍了滨河县每个单位。

越年，滨河县干部调整，将在满三年工龄的公务员队伍中提拔一批副科级干部。贾乙丁条件符合，工作出色，听说还是在重点推荐之列，甄子午也同时被推荐。但出乎意料的是，贾乙丁却成为那批推荐的公务员中极少数未在当年被提拔的人。甄子午倒是被提拔任命为档案局副局长，成了贾乙丁的领导。坊间传言，研究提拔名单时，有领导评价贾乙丁"思想欠成熟，还需历练"。

贾乙丁好像没有受到提拔的影响，该打球还是打球。赖部长隔三岔五地也过来打球锻炼，而且每次都点名让贾乙丁带上他同组，打趣说这样才不至于挨帽。两个人场上挡拆投抢，场下谈笑风生，配合得还是很默契的。

再越年，贾乙丁被提拔为滨河县某大局副局长。

（原载 2020 年 8 月 21 日《湖南工人报》副刊）

月光皎白
YUE GUANG JIAO BAI

简到极处情方真

——阅于二彩摄影作品《母亲九十》小感

　　湘西北农村有一道家常菜,叫炒醡辣椒,炒第一次时,你不觉得有多好吃,但第二顿回锅后,味道就出来了,要是后面再回锅三次四次,那滋味就更浓了。这道寻常百姓自家吃的菜,选材简单,无非红辣椒和大米,做法也简单,把剁碎的红辣椒和磨成粉的大米混合装坛腌制,十天半月出坛,用油炒制就行。但就是这道简单到甚至以前家里来了客人都不屑于端上桌的一碗小菜,却在我们千年的岁月里,被一代又一代的勤劳母亲,翻炒成了浓烈的人间烟火,也被一代又一代的异乡儿女,品咂成了难舍的故土乡愁。阅读于二彩先生《母亲九十》这本专为母亲出品的摄影集,我居然找到了这种吃炒醡辣椒的感觉,初看不觉奇,二遍才出味,三番四阅味更浓,在作者极"简"的光影语言表达里,品味出了极其丰富的生命内涵。

　　一是色调的简洁,体现了劳动本色。作品中所有图片都是复古的黑白照片,这种色调的设计,就像看一些简笔绘画作品,让读者在阅读时,从头到尾有一种干净、庄重、深情的感觉。黑白二色,本身就是回归本色,它不仅是广大劳动人民的本色,更是我们中华民族几千年来厚重的底色。真正的劳动人民,就是白天黑夜，日出而作，日落而息，没有现在的歌舞升平、声色犬马和光怪陆离。这部摄影集中有大量的劳动场面，其中直接体现母亲劳动的照片就有二十七幅，比如在雪地里扯萝卜，在菜园施肥淋粪，清理屋檐沟、劈柴、打米等，还有那只皲裂黢黑、纹理混乱的右手掌，这都是我们熟悉不过的母亲形象。所以我认为，这部作品里的母亲，就是我们所有人的母亲，她们一生都在黑土地上辛勤劳作，她们的想法很简单，无非就是种出沉甸甸的稻谷，然后磨出白花花的大米，哺育我们的精血，滋养我们的精神，让我们有力气朝前赶路，也让我们有灵魂思考未来。生命的代代相传，民族的生生不息，不就在这最简单的黑白二色里吗！

二是主旨的简朴，突出了朴素情感。《母亲九十》这部摄影集，总共收录了一百零六张照片，我翻阅了几遍后，发现大部分图片主旨无非就两个字：吃穿，也就是我们常说的温饱。其中三十八幅图片有直观的食物元素，比如做饭吃饭、种菜摘菜、敬灶神、捡稻穗、擂谷打米，甚至还有一张喂流浪猫的照片，这都是解决肚子饿和饱的主旨；另外有十五幅图片，比如晒被子、捡柴锯柴、绾草把、火塘烘火等，这些都是解决冷和暖的主题，其中有两幅图片特别打动我，一幅是晒被子那张，一幅是给作者送竹制烘篮那张。前者有共情共鸣，俗话说"六月六晒被褥"，农村出身的人，都见过每年农历六月初六时，母亲把家里男女老少所有人的铺盖用品全部抱出来晒在鹅场上的场景，地上铺的、竹篙上晾的、屋顶上挂的，大大小小花花绿绿，温暖着我们的一生；后者又体现了一名个体的母亲对儿子特殊的关爱，不是每个母亲都会给儿子送烘篮，或许恰是作者母亲给作者这独一份的温暖，才有了今天这本独特的画册。一粥一饭，当思来之不易，半丝半缕，恒念物力维艰，温饱主旨的图片占了这部作品收录图片的一半，其实反映了一个最朴素的道理，那就是几千年来，我们的母亲心里装的手里做的，无非就是要让家庭所有成员吃饱穿暖。她们没有心怀天下，她们没有远大理想，她们是最平凡的人，做着最平凡的事。但正是这种最朴素最平凡，恰恰是母亲的最伟大。

三是表达的简化，彰显了生命张力。大道至简，《母亲九十》这部摄影作品在表达形式上就体现了这个词。家道、孝道是中国几千年来核心传统文化之一，也是我们应该守的"正道"。这部作品，从封面到封底，无不在诠释着家之道、孝之道，每一张图片的场景都让读者觉得似曾相识，每一张图片的结构都那么自然和谐，但你却看不到作者对"道"的刻意诠释。所有图片没有标题，每幅图片文字说明不过一二十个字，无非是说明一下拍摄时间和图片基本情况，图片排列也没有明显时间顺序，图片有大有小，大的横跨两页满版，小的要拿放大镜欣赏，一切显得随心随意，就像和母亲聊天一样，想到哪聊到哪，没有任何压力感。生活不需要摆拍，人生不需要炫技，作者正是抛开了一些固有的艺术表达形式，才让这部作品表达的内容更丰富，蕴含的情感才更加饱满，图片的质感才更具生命张力。如封面图片是一副有了年代感的眼镜和眼镜盒，连背景都是虚空的，简化得不能再简化了，可是透过这副眼镜的倒影，我看到的是生命的传承和岁月的沉淀；再比如作品以一张母亲九十岁生日时烛光中正面小照正式开篇，结尾是一张母亲后脑银发的小照，一前一后，简单呼应，却能让人看到一种人生不过一转身的生命意象；还有一幅母亲使用已去世多年的三儿子给她制作的铁丝衣架的图片，特别打动我，甚至让我流了眼泪，这幅图片拍摄时间是2021年1月2日，不锈钢晾衣杆上挂着一排已明显和时代不合拍的铁丝衣架，缠绕衣架的芦苇线都已松脱，母亲的眼睛和那一排早已过时的铁丝衣架互相对视，那一瞬间，你是否看到了一个年近九旬的老母亲，心里隐忍的疼痛、柔软和坚强？

  于二彩先生长我二十多岁，这几年，与他合作过比如采访抗美援朝老兵等几次比较有影响力的文化活动，他的人品、心态以及做事风格让我由衷敬佩，一来二往结为忘年交。他退休之后才开始学习摄影，作品多以人文题材为主，短短几年就成为中国摄影家协会会员，由此可见，他在艺术追求中的执着精神。他这部由中国视觉艺术出版社出版，并进入"中国纪实典藏"序列的《母亲九十》摄影集，无论是艺术价值、思想价值还是文化价值，都是让人震撼的。一个年过七十的儿子为年逾九旬的母亲出专题摄影集，本身就是一个稀缺的新闻事件，而在这背后，是历时十三年连续拍摄的专情与执着，是从一万二千多幅图片里挑选出结集中一百零六幅图片的精益求精，由此而成就了这部简约而不简单的作品。

  《母亲九十》这部作品，有故事，有特点，有感情，有内涵，值得阅读，值得分享，值得思考，值得收藏。

（原载 2023 年 12 月 17 日《常德日报》副刊）

邵丹的鼓　邵丹的书

9月16日，我和摄影家于二彩老师前往石门、慈利进行道水溯源采访，途中于老师接到微信消息，说邵丹去世了。开车的我，听闻后头皮一麻，不敢相信地问了一句："真的假的？"就在头天晚上，我还在抖音上听过他的经典曲目《借米》，突闻噩耗，难以置信。五十七岁，实在年轻了一些，天妒英才啊！

邵丹是中国曲艺家协会会员，临澧县曲艺家协会主席，是湘北大鼓界公认的头把交椅，也是文化部门确定的非物质文化遗产传承人，创作过《传承》《借米》《河长》等脍炙人口的经典曲目，获得过文化部第十届中国艺术节"群星奖"金奖、全国第二届鼓书学术展演银奖、湖南省"欢乐潇湘"创作一等奖、常德市鼓书擂台赛鼓王赛大王奖等，是湘北大鼓承前启后的标志性人物。他的离世，不只是湖南省文化界和曲艺界的重大损失，更是湘北大鼓这个艺术行业的重大损失，可谓北天折柱。省、市、县各级相关艺术协会都发唁电致哀，前往现场吊唁者堵车数里，先生在业界的艺术成就及群众影响可见一斑。

邵丹去世停柩两夜，整个湘北大鼓界的数百艺人，无论辈分流派，悉数到场无偿演出，以每五人一组每组四十分钟的形式，连续演出两夜，现场观众数千，房顶树上都挤满人，几个抖音直播间听众上万。艺人们都拿出各自看家本领，现编现演各显神通，特别是传说中的几大"鼓王"同台演绎，前所未有，精彩纷呈，让线上线下观众都大呼过瘾。先生以他的生命，出乎意料地成就了一次行业的大团聚、大团结、大展演，也为这门他终生都在付出和精进的艺术行业做了最后一次贡献。面对此情此景，著名文艺评论家陈集亮先生感言"前无古人后无来者的鼓书艺人大会"。只不过，这样的艺术盛景，付出的代价太大。

湘北大鼓是一个统称，在湘西北各区县都有不同称呼，有叫澧州大鼓的，也有叫九澧渔鼓的，民间叫打书，甚至还有叫"打嗙嗙"的，是一种主要流传于湘西北及湘鄂边境地区的汉族传统戏曲剧种，有深深的楚辞痕迹，属楚文化范畴，为非物质文化遗产项目。湘北大鼓传说源自庄子的鼓盆歌，业界有"周公治其理，孔子治诗书，庄子治其打丧鼓"的说法，有确切资料可查的历史有四百多年。就像武术界有少林、武当、峨眉等门派一样，在湘北大鼓界，也存在东腔、南板、西调、北路四大流派，邵丹属北派传人，师承其父。四大流派，虽不像武林界各门派有指定掌门人，但每个流派也都存在师承关系，每一代传人都有一个或几个大家公认的无冕之王。在邵丹这一代艺人之中，国家文化部门确定的非物质文化遗产传承人身份，实际上就是指定了他湘北大鼓掌门人角色，相当于一代宗师。

陈集亮先生说：在湘北大鼓界，百分之九十九的人都只能叫"打书匠"，而邵丹是"曲艺家"。我个人是认同这个观点的，主要原因是在这个行业里，邵丹除却能表演外，还是屈指可数的几个创作型、创新型艺人之一。他获奖的几部作品都是自己创作的，即便是传统曲目，他也都有改编和创新，与时俱进，赋予这门艺术时代生命力，而不是像有些艺术门类一样曲高和寡。这就必须要说他获得第十届中国艺术节"群星奖"金奖的曲目《传承》，这也是奠定他在湘北大鼓界"鼓王"地位的作品。这部作品诞生之前，湘北大鼓受众基本是六十岁以上老人，年轻观众甚少，但《传承》一出，很多年轻人也开始了解并喜欢上了这门艺术，包括很大一部分"00后"，我儿子的同学中就有几个因为这部作品而开始喜欢"听书"的。邵丹究竟有何过人之处能配得上"鼓王"之称呢？我非专业人士，仅从一个喜欢这门艺术的观众角度，来分析一下邵丹鼓书特点。

主题小进大出。邵丹创作的作品，很善于以让观众非常舒服的一种小切口进入，进而通过故事情节的层层递进，最终表现出宏大主题。以他最经典的曲目《传承》为例，作品以在街头偶遇一帮儿时同学入场，以当年各自外号切入故事，结合本土百姓非常熟悉的见面装烟、嗯瑟摆谱等场景推进情节发展，以插科打诨烘托故事气氛，抽丝剥茧，润物无声，慢慢把文化传承的这个主题自然而然地导流到观众心间，达到让人感同身受的意境。中华民族的很多文化都是以子承父业的形式得以传承，但这种家族式文化传承，会在不同的时代受到各种阻力和压力，有辛酸，有无奈，有迷茫，有不甘。而且，这种传承并不仅仅局限于文化方面，还有家风的传承、事业的传承、信仰的传承等，所以在《传承》中，每个观众其实都看到了自己的影子，作品表现出来的，实际也是一种家国情怀。邵丹的作品基本具备这种小话题大主题，由此及彼、由表入心的效果。

如果说《传承》表达了父亲的宽广和深沉，那么《借米》就表达了母亲的无私和细腻。《借米》是邵丹的另一代表作品，以一个丈夫早亡的母亲带着幼子借米的悲酸之路切入，抓住了一代人的饥饿记忆，表现无私伟大的母爱和中国农村互帮互助的主题。这也许是作者的亲身经历，也实际表现了中华民族几千年来自强坚韧、生生不息的精神原动力。而后来子女经济条件好了之后，把母亲接到城市居住，母亲却仍然回到了农村。这种回归，实际上回归的是我们中华民族的精神家园。这个主题，在邵丹改编的传统曲目《薛仁贵》中也表现得很明显。另外，邵丹的作品还很注重通过细节突出主题，《传承》中临死的父亲和儿子心理博弈的细节、《借米》中的仓库保管员帮助母亲而又顾及母亲尊严的细节、《河长》中妻子埋怨丈夫而又心疼丈夫的细节，无不凸显着人性的光芒。而正是这些充满人性的小细节，让作品更有温度，让主题立体丰满而不突兀刻意。

  语言雅俗共赏。在当下的湘北大鼓界，邵丹应该是语言的王者，其生动性、趣味性、可传播性，无人出其右。湘北大鼓本身就是一门语言艺术，起源于民间，流传于民间，是下里巴人的艺术。老百姓对艺术的判断简单直接，你能引起他们共鸣就喝彩鼓掌，不能打动他们就轰你下台。邵丹的鼓槌一响，多大的场合都能压住。邵丹的鼓书语言，我总结就是"俏、紧、回"三个字。语言的"俏"而不痞，是邵丹区别于该行很多艺人的一个方面。正因为这个行业面对的是最底层百姓，所以很多艺人把语言的粗痞下流当成了行业经验，这也是这门艺术颇有争议难以发扬的一个弊端。但邵丹的语言，很好地把底层人民的生活语言上升到了艺术语言的高度，摆脱了媚俗放浪，一些脱口而出的俗语俚语反倒成了这门艺术传播的催化剂，如《传承》中的"我打我的鼓，你当你的官，我的事有你一卵相干""六月冻死老绵羊，说来话就长""是什么鱼就杀什么浪，你天生就是打鼓的料档"；《借米》中的"粮食一抹一把汗，哪里有一碗便宜饭""妈妈人穷志不短，儿女们也没有丢尊严"；即便是《河长》这类时政性比较严肃的曲目，也有"死狗子掉河里你也要管"这样生动的语言表现。

除此之外，邵丹还特别擅长运用流行歌曲、网络语言等新元素，突破了过去湘北大鼓七言十言为主的传统范式，使其更加灵活多变，扩大了受众群，保持了艺术生命力。邵丹的鼓书语言，还有一种俗称"连吧句"的形式，那种连续十来句一韵到底的句式，"紧"而不赶，往往能掀起高潮，在一些长篇传统曲目中，他甚至能一韵连续几十上百句，像一个心灵手巧的母亲纳的鞋底，绵密的针脚一针赶着一针，直到让观众听得站起来拍巴掌。再就是邵丹的语言，有种中药材般的"回甘"感，很多唱词，让人听过后会不由自主地品咂几下，好像不那么品咂一下，就体会不到说书中的感觉。他的有些作品，头道二道不觉其味，你得回听回看几次才有感觉，就像我们本地的一道油炒醉辣椒的菜，回锅次数越多越好吃。《传承》就是这样，初听觉得主角是作者，再听觉得主角是他人，听到最后，终知自己才是剧中人。

　　表演堪入化境。大鼓表演终归是一门表演艺术，主题再好，语言再优美，没有能让观众接受的表演，就是一块埋在饭里的肉。邵丹的表演，用"炉火纯青"这个词形容都嫌不够，完全可用金庸武侠小说里形容武林绝顶高手"堪入化境"这个词来说。他的表演，首先是台风稳，镇得住场。邵丹站在台上，举手投足不紧不慢，有一种天然的底气，这种底气可能来自家族三代相承的艺术底蕴，也来自他对这门艺术的自信。有时在台上，他哪怕不敲不打，一边慢慢抽烟一边细细韵白，也能让全场鸦雀无声，观众生怕听丢了一个字似的，这就是本事，这就是实力。其次是音色好，老天赏饭。邵丹的嗓音有种天然的烟嗓感，颇具感染力和穿透力，特别是他的颤音非常独特。在台上演唱时，他的颤音与颤抖的手势配合娴熟，刚好掐住观众的泪点，往往音颤手颤时，就是故事情节高潮。《借米》曲目中，妈妈没有借到米，还受尽屈辱，一句"看着别人屋顶的炊烟，几声长叹，几多悲酸——"的颤声，曾让多少观众潸然泪下。再就是接地气，切换自如。邵丹的表演，具备在什么山头唱什么歌的能力。《传承》前后有三个版本，第一个版本是最初参加本县"安福新村杯"鼓王擂台赛那次，观众都是本地老百姓，属"下里巴人版"，全程本地话。后来参加省市展演，比较官方，因此第二版属"改良版"，有点半洋半土的感觉。最后一版为"专家版"，主要是为参加第十届中国艺术节"群星奖"量身打造，服装道具变化很大，基本为普通话表演。三种场合，三个版本，邵丹都能应付自如，无缝切换，场场都是满堂彩，次次都是拿头魁。不过，我个人认为还是第一版最好，无论是语言还是表演，邵丹都发挥到了极致，现场掌声不断，八成以上观众都沉浸于故事情节落泪。

综上所述，你会发现，邵丹的作品，从主题、语言、表演上都进行了全面的创新，演出时结合了唢呐、二胡等传统乐器，还融入了常德丝弦以及西洋乐器元素，特别是以《传承》为代表的一批演出时长在十分钟以内的曲目，通俗易懂，好记好传，更贴近生活，娱乐性更强。这些创新，其实已经突破了湘北大鼓作为丧葬文化范畴的局限性，成了一种让人们在所有场合都能接受的艺术形式。当人们谈论湘北大鼓时，不再忌讳，不再投以异样的目光，让这门艺术登上了大雅之堂，走上了更加广阔的舞台。同时，以邵丹为代表的一批鼓王的横空出世，促进了许多和鼓书艺术有关的改革，让沉寂多年的湘北大鼓大放异彩。一是把女艺人推向舞台。印象中以前是没有女性大鼓艺人的，听说业界有传男不传女之说，而这些年来，女艺人队伍不断壮大，这让鼓书表演形式更加灵活。二是改变了传统句式。以往的大鼓词，以七字句为主，非常整齐，缺点是不够活跃。邵丹带头突破了鼓词的传统范式，词句参差不齐，错落有致，更加灵活，更接地气。三是鼓书艺人的交流更加具有开放性。以往的湘北大鼓艺人非常受师承门派限制，邵丹这一代改变了这种陈腐的局面，如今艺人们的交流频繁，互相学习，共同进步，使得湘北大鼓界这些年新人辈出，硕果累累。

正是在邵丹的倡导和推动下，湘北大鼓界其他艺人们也积极推陈出新，近些年出现了如熊波涛的《好马也吃回头草》《带刺的玫瑰》、王著的《王大娘》、吴三妹的《赈酒也烦恼》《吃酒的风波》、肖守国的《菜缘》等一大批群众喜闻乐见的优秀作品。如今，在本地人的很多饭局，上至科处干部，下到平头百姓，也以会哼哼这些曲目中的几句唱腔为荣为乐。邵丹，无疑是湘北大鼓承前启后的标志性人物。我想，这也应该是邵丹为湘北大鼓这朵艺术之花做出的最大贡献。喜欢这门艺术的人，无疑会长久地怀念这位湘北大鼓杰出的传承人。

邵丹出生成长生活的临澧合口镇，毗邻澧水，有"澧水明珠"之称，是平畴千里澧州大平原上的一块文化沃土。澧水是湖南四水中最桀骜的一条河，如一条烈龙，奔突在湘西的崇山峻岭之间，出桑植，下永顺，过慈利，穿石门，一路骄纵。而当澧水进入临澧境内后，地势开始变缓，特别是到达合口镇时，河面骤然宽阔，两岸无山无岭，水流趋于平缓。在过去交通运输以水路为主的时代，这样的地方很容易成为人员流动与物资交换的集散中心，合口也当仁不让地以其天然地理位置，成为连接湘西北山区与洞庭湖平原、江汉平原的繁华商埠，甚至一度享有"小汉口"之誉。商业的繁荣必然带来文化的融合和繁荣，一个小小的合口镇，当代知名的文艺家就有画家覃仕泉，词作家夏劲风、杨祖哲，作家尹德立、覃柏林，还有将军乔新柱等，他们都是在合口出生成长。邵丹自小浸染于此,加上他祖上两代俱是鼓书艺人,耳濡目染,言传身教,于是成为一代艺术名家也是必然。好在邵丹在不断取得个人艺术成就时,还培养了一众弟子,有些弟子已在江湖崭露头角,这也正好契合了他的名作《传承》主旨。他未竟的事业,留与传人继续发扬光大。而他的故事,亦如东流的澧水一样,源远流长,传向远方。

大师远行,鼓声犹唱。最后,借陈集亮先生致邵丹的挽联一副,以示对先生的敬重和怀念:"荒年借米人皆落泪!大鼓传承谁可续篇?"

(原载《文艺生活》2021 年第 10 期)

下辑

大地有痕

永州慢

一

　　在一场滂沱大雨中与永州相遇，应该再合适不过。自然的永州，地处江南湘粤桂三省接合部山区，本就风雨多过阳光。而历史的永州，自舜帝始，也是一场风雨连一场风雨，至今未有停歇。一众文友，透过千年的灯影，夜观雨打潇水，看到的满是雾蒙蒙的久远故事，以及湿漉漉的千古文章。

　　高铁从长沙到永州，不过两个小时。你感觉不到，这个城市在历史长河中，曾是当政者流放贬官的一个偏远凶险之所。一千二百多年前的唐永贞元年，三十三岁的柳宗元带着六十七岁的母亲，从长安被贬谪到永州，一路用了两个多月时间，千山万水，九死一生。

　　飞机高铁作为现代化交通工具，只负责将你送达某点。真正的抵达，是肉身与灵魂的契合。山水是一种灵魂，而灵魂是有生命的，生命的存续，需要节奏实现。地球潮涨潮落是一种节奏，朝代更换轮替也是一种节奏。诗词歌赋需要韵律节奏流传，人类生命需要脉搏节奏延续。而每一方山水，在风雨气候和人文历史的浸染之下，也会形成独有节奏。这种节奏更顽固，不会随着人的意志和时代改变，哪怕千年万年，哪怕沧海桑田。

在永州几天，我就能切身感受到这方山水固有而独特的节奏，比其他地方更缓，更沉，却又更加厚重劲道，力透时光，如一坛上了年头的甘酿。

二

出柳子庙十余步，就是柳宗元笔下的愚溪。在柳宗元到永州之前，愚溪本叫冉溪。柳宗元来永州后，喜欢上了冉溪的幽邃宁静，于是常在溪边踯躅，后来还在溪旁结庐而居。他将自己的被贬归于愚钝，遂将"冉溪"改名为"愚溪"，同时把愚溪和附近的丘、泉、沟、池、岛、亭、堂，都冠上"愚"字，叫作"八愚"。他认为自己同愚溪一样"其流甚下，不可以灌溉；又峻急多坻石，大舟不可入也"。意思是于世人贡献不大，称之为愚。但愚溪之水晶莹清澈，虽愚却可洗心。可是，柳宗元所冠这"八愚"，难道不是在为包括自己和刘禹锡在内的"八司马"之事而鸣不平吗？由此可见，此"愚"其实是大智若愚，或愚有所示。

几场大雨后的愚溪，水如鼎沸，色似浑汤，全没有柳子笔下的清幽别致，可能是太多人来此叨扰，愚溪发了脾气吧。柳宗元《柳州八记》中，四记皆出愚溪，可想愚溪在他的永州十年生活中有多重要，他在《溪居》一文中写道："穿池可以渔，种黍可以酒，甘终为永州民。"如此看来，愚溪只能属于柳宗元，而柳宗元只能属于永州。

我们倒不管愚溪乐意与否，一众人还是七嘴八舌沿溪蚁行。行百十余米，便见竖有一牌，上书"钴鉧潭遗址"，因愚溪涨水，潭已没入溪底，当然不见柳宗元《钴鉧潭记》中"其颠委势峻，荡击益暴"之意境。继续沿溪行百余米，见一立石，上刻"西小丘"三字，这便是《永州八记》第二记《钴鉧潭西小丘记》所著之地了。环顾四周，不知丘在何处，溪水都快漫涨没路了，"其石之突怒偃蹇，负土而出，争为奇状者，殆不可数"之景当然也就无法寻迹。再行三十余米，又有一写着"至小丘西小石潭记"字样的立牌，原来中学课本《小石潭记》就出于此。暴涨的溪水将岸边一大片"篁竹"都淹了大半截，我们也就无法"伐竹取道，下见小潭"，"如鸣佩环"的水声只能在回想当年课堂的背诵声中体味，而"潭中鱼可百许头，皆若空游无所依"也只能在脑海中想象成一幅画。一众采风文友在齐诵最为熟悉的《小石潭记》时，每个人的心里便住进了一个优哉游哉的柳宗元。

公元805年秋，柳宗元积极参与的永贞革新失败后，被新继位的唐宪宗贬为邵州刺史，在携母赴任途中，又被加贬为永州司马。刺史尚为实职，而司马不过是个虚职，而且永州相比邵州，不只更为偏远贫瘠，更是虎狼之地，贬士甚少有全身而回者。柳宗元到永州后，因无实职工作，又是贬谪之身，连房子都没有，只能与母亲兄弟们一起暂居龙兴寺。半年后，柳母因舟车劳顿，伤了元气，加上不适永州潮热气候而去世。这对柳宗元打击巨大，从此寄情山水，托志文章。

因为闲，所以慢。在永州，司马柳宗元终于可以把一切都慢了下来。他把脚步慢了下来。他在永州的山水之间行走，遍访士子野夫，由着性子喝酒聊天，把发现的永州每一处风景，都要掰开揉碎了写下来，以至于他存世五百四十多篇诗文，其中有三百一十七篇都是在永州十年间所著。他慢到了把一条愚溪切成一小截一小截地赏玩，在不过方寸之地，留下了被视为中国山水散文开端的《永州八记》，而其中四记之地，距离不过百十多步。他把目光慢了下来。不再像在京城为官时目如鹰隼，眼观六路，他不需在繁忙的公务中衔枚疾走，也不必在庙堂的虚假里迎来送往。他只要永州这块方寸之地，在星空下盘坐，在山石上酣卧，在流水边冥想，在晨曦中踌躇，在夕阳里独饮。他把思想也慢了下来。把脑袋中原来所有朴素的想法慢慢梳理，慢慢成形，慢慢输出，办学布道，把自己慢成了集哲学、政治、历史、文学之大成者，慢成了开中国山水散文写作一代文风先河者，慢成了千年景仰世代传颂的唐宋八大家之一。

一千二百多年后的今天，当行色匆匆一脸倦容的我，终于可以在潇湘之源的永州柳子祠仰望柳宗元时，竟然发现自己的胆气是如此之虚，目距是如此之短，甚至都不敢与在柳子庙正殿的柳公塑像对视。是啊，虽然此次的我，也是假以作家之名来到永州，但平日的自己，却浮沉于虚名功利，奔波于人情世故，少了读书之静，没了治学之谨，更失了心性之定，说话似是而非，做事半途而废，为文浅尝辄止。柳公那两道穿越千年的炯炯目光，一下子就洞穿了我的胆怯和心虚。

吾道南来，原是濂溪一脉；大江东去，无非湘水余波。在道县濂溪书院，我的目光掠过一片映日莲叶，看到了一个叫周敦颐的俊朗少年，孤独地端坐在一个穿山洞中，读书习文，静思苦想，慢慢地，一种全新的哲学思维在头脑中孵出雏形。而奠定了他理学思想基础的那幅太极图，也像一团云朵，慢慢升腾幻化，在我的眼前不断变化着不同的形状。一千多年后的今天，不只是他的《爱莲说》《通说》等文章仍在传诵，最重要的是他人道合一的哲学思想、以诚为本的廉政思维，仍然被很多人奉为经世致用、为人处世的指导之源。

是的，有一些慢，在时间的印证里，是可以抵达千秋万代的。

月光皎白
YUE GUANG JIAO BAI

三

在江永上甘棠村的月陂亭，我看到了永州的另外一种慢。

原以为月陂亭是一个四檐飞角的古建遗存，到了才知道是一处天然石亭。巨石如罩，斜伸出十数米，石罩之下，一条青石古道自北由南延伸。石壁之上，满是历朝历代文人墨客留下的石刻，其中不乏南宋名臣文天祥的手迹作品。古道很窄，约莫一米余宽。可是古道很长，长到你不知道从历史的哪里来，又将通向未来的哪里。别小看这条穿行在衰草野林中，且已被岁月打磨得锃亮的小道，这可是自秦开始，一直到清代，唯一一条由湘入桂的官道——潇贺古道。

"长亭外，古道边，芳草碧连天。"诗词的唯美，写不出潇贺古道的深沉和厚重。当年，秦始皇统一六国后，又把领土扩张的雄心和目光指向了岭南越地。起兵必要有路，南征百越，横亘在湘桂粤之间连绵起伏的五岭大山是最大障碍。文韬武略的秦始皇，大手一挥，决定水陆并进。水路这块，秦将史禄利用萌诸岭自然条件，开山凿渠，将湖南湘江水系和广西漓江水系联通，用于转运粮草，就是众所周知的灵渠。而陆路开凿由秦帅蔚屠睢督修。当时在湘桂之间、都庞岭的崇山峻岭间，有一条民间往来的岭南古道，但道路很窄，无法通行军队。蔚屠睢决定原道扩建，自湖南永州沿潇水，经道县、江华、富川，穿越都庞岭，直达广西贺州，这就是潇贺古道的雏形。正是凭借着兴安灵渠水运和潇贺古道陆路，秦始皇先后三征岭南，终于平定百越，统一岭南。后来，为了便于对岭南三郡的管辖，秦始皇又继续原道扩建，修建了一条自秦都咸阳到广州水陆相连的"新道"，形成了今天我们称为潇贺古道的基础轨迹。为修这条古道，秦国当时动用湘桂粤三地庶民四十多万人，其中因病、饿、工伤、杀伐有二十多万人死去，可见其凶险和艰难。

　　潇贺古道完成秦始皇的军事任务后，就逐渐转变为历朝历代商贸往来通道，亦是众多被贬粤桂之地谪官的生死之路。从秦到清末，这条道路经历代地方官府与民间士绅不断改造修缮，逐渐形成了一套主次分明、水陆并举、路路相通的交通网络，不仅是连接湘桂粤民间交流的重要道路，后来更是与海上丝绸之路相接，成为那些年代中国与世界融合交流的纽带。时光荏苒，当我在公元2022年这个夏日，站在这条历经纷乱和繁华的古道上，仿佛看见一支驮满丝绸、瓷器、茶叶和香料的马队，正慢慢消失在不远山梁的一个拐角处，嗒嗒的马蹄声中，响彻着一个民族几千年的坚韧、无畏和一往无前。而柳宗元、寇准、苏轼父子、王昌龄、韩愈等众多历史名人，在这条贬谪古道一步一血踽踽南行时留下的痕迹，更是中国文人风骨之精华，华夏文化自信之底色。直到今天，以潇贺古道、河西走廊等为代表的古代商旅之路的文化内核和精神髓血，仍在继承、发展和衍化。

　　而在江永的勾蓝瑶寨，我看到潇贺古道另外一段慢的模样。古道弯弯，在湘桂边缘的崇山峻岭和苍郁的原始森林中悄悄穿行。沉默的青苔，在时光的湿润与缓慢中写满黑青的石板。山峰与山峰之间的凹陷处，是一处遗留下来的城墙垛口，每一块垒起的石头，都藏着瑶族儿女漫长的迁徙密码和无声血泪。瑶民本为蚩尤之后，过去由于汉瑶之间矛盾，几千年来，无数瑶民在官兵的追剿下，就是沿着这条小道，由北向南，一路且退，最后散落定居在湘粤桂三省交界的大山之中。当今天，历史进入一个全新的时代，这些历经磨难的瑶民，终于告别祖祖辈辈的封闭和贫穷，敞开山门和心门，跳起长鼓舞，捧出拦门酒，迎来四海宾客。每年农历十月十六日盘王节，都会有来自全世界的无数游客到这些瑶乡瑶寨，或寻根问祖，或旅游观光。此次永州之行，在江永勾蓝瑶寨皎白的月光下、千家峒巨型盘王塑像深邃的目光里，在江华桐冲口清晨梦幻般的雾霭中、有中国爱情小镇之称的水口镇浪漫的银梳前，我感觉时间和空间都慢了下来。因为，我看到了这些大山深处，苦了千年也走了千年的瑶民，他们最放松的生活状态，最满足的朴素笑脸，以及内心深处最干净的豁达真诚。

可见，有一些慢，需要历史来回答，在时代的大浪中，它一样可通江达海，终至千里万里。

四

五岭逶迤腾细浪，乌蒙磅礴走泥丸。1934年10月，中央红军被迫从江西于都战略转移，至11月下旬，借萌渚岭和都庞岭险峰峻岭的掩护，抵达湘桂接合部的湘江上游，准备强渡突围。此时敌方数十万追兵已至。谁担任最危险的断后重任，至关重要。面对这个几乎不可能完成的绝命任务，一员虎将毅然受命。他就是时任红五军团第三十四师的师长——陈树湘。

战役打响，陈树湘率三十四师官兵死守阵地，与数十倍于己之敌鏖战四天四夜，直到中央红军主力突围渡过湘江，红三十四师却被国民党军阻隔在湘江以东，只能被迫突围。当他率部突围至道县四马桥坪塘村时，不幸腹部中弹，流血不止，但他仍然强忍疼痛指挥战斗，直至子弹耗尽被俘。敌人抬着被俘的陈树湘，欣喜若狂地前往长沙请功，途中，担架上的陈树湘乘敌不备，把手伸进腹部伤口，用力绞断肠子，壮烈牺牲，时年仅二十九岁。

九十二年后的这个 7 月,我终于有幸来到永州道县陈树湘烈士纪念园。在这位被列入"为新中国成立做出突出贡献的一百位英雄模范人物"之一的英雄墓前,除深深鞠一个躬,也曾当过兵的我,自然还要回一个军礼。时光交错,在英雄雕像两道如火炬般炙热而坚毅的目光中,那段悲壮的历史沉重而清晰。湘江战役之前,中央红军满负辎重,行进缓慢,导致一战损失近五万人,如若不是红三十四师绝命掩护,后果不堪设想。但正是经此一战,红军开始轻装简行,由慢转快,遵义转折,四渡赤水,巧渡金沙江,飞夺泸定桥,一年后到达延安。而后从延安出发,至西柏坡,定北京城。一个崭新的中国,虽也步履蹒跚,历经风雨,但一路稳打稳扎,韬光养晦,终于走到今天以大国强国形象,屹立在世界民族之林。东方雄狮苏醒的过程,艰险而悲壮,曲折而漫长。但无数的先驱者,却愿意义无反顾以血肉之躯伴随她,唤醒她。这种义无反顾,在道县何宝珍烈士纪念馆那尊铜像的目光里,我看到了与陈树湘烈士目光中同样的毅然决然。

历史总是充满着惊人的巧合,两千多年前,秦始皇在永州这片山水之间历经数年,用以时间换空间的智慧,最终完成了神州大地第一次真正意义的统一大业。两千多年后,又一支置之死地而后生的军队从这片灵秀的山水间穿行而过,无数以陈树湘、何宝珍为代表的中华优秀儿女前仆后继,用生命保护照亮前行之路的火种,慢慢星火燎原,最终迎来了中华民族又一次伟大复兴。今天,当我们能以采风观光的姿态,游历这片承载了华夏民族两次伟大崛起的山水,我们是否应该对默然不语的永州山水,说一句谢谢,或者道一声歉意呢?

所以,有一些慢,不在一时一得,厚积薄发,后发制人,方可行稳致远,大成天下。

五

在这个"坐地日行八万里,巡天遥看一千河"都嫌慢的时代,一干捉笔为生的人,行进在柳州的碧水青山之间,每个人都能真切地感知到这里,因为慢一拍、迟一步而带来的美、协调以及和谐。

正因为慢,永州往往被动荡激变的时局"遗忘",大部分历史遗迹遗存得以保护下来,目前单国家级保护文物就有近四十处,列湖南省前茅。

也正因为慢,永州人保住了千万年来骨子里的谦逊、独立和思考,从古至今,这片热土哺育的黄盖、周敦颐、怀素、李达、唐生智、蒋先云、陶铸、江华……莫不经天纬地,日月同辉。

永州几天,我从零陵古城的雨中出发,经双牌,取道县,过江永,至江华,最后借郴州回程。一路上,永州山水也如一幅巨大的水墨卷轴,由北向南,慢慢打开,缓缓铺陈在我眼前。而风雨、阳光、晨曦、月光;文章、书法、碑刻、古建筑;美酒、瑶歌、长鼓舞、风俗习惯等各种自然因子和文化元素互相混合、发酵,散发出馥郁而醉人的清香。时间在这里慢了下来,心境在这里静了下来,甚至我连说话的语速,也不知不觉降了下来。

不知不觉,一趟永州之行,这块土地把我的节奏,也调到了一个与之匹配的频率。

(原载《天津文学》2023 年第 3 期)

飞雪丹心天地鉴

——林伯渠故居行

一

　　这是今冬的第三场雪，一场比一场来得壮阔。如果说，前两场雪是这个冬天刻意而为的铺陈渲染，合力欲将一场盛事推向临界的话，那么，这场雪果然没有辜负彼之美意，一夜之间，就让这个冬天怒放得恣意豪情、美至毫巅了。很多时候，自然的精灵比人类更解风情。

　　如此大铺大展的雪景，在湘西北地区已多年未见。是的，我也定要将身心放逐山野林间，才不负此冬的慷慨和洒脱。思绪才燃，便有刚从外地回乡的朋友微信邀约：大美雪景，要不一起去林老故居看看？人生的幸福，常常就在这些不经意的心有灵犀之中。

　　一夜飞雪，天地银装素裹，满目纯净得让人心醉。原本被一些道路、沟渠或高低不同地势所裁剪成一块块明暗相间的大地，一夜之间就被这个自然的精灵缝合成一床无边无际的雪被了。雪被之下，一定也有着许多新的生命正在孕育。前路已被一些先前经过的车辆耙出了深深的车辙，小心翼翼循迹而行，车轮还是有点打滑，时不时有点不受控制地向一旁歪去，心中生出些许暗恼，三番五次，嘴里终于也忍不住飙出不雅之词。朋友幽幽一句："这还有路哩，当年林老长征时爬雪山过草地走的可都是无人区呢！"我顿时汗颜。

于是脑海里便生出这样一幅画面：一个风雪交加的午后，一座川藏交界处的茫茫雪山，一支单衣草鞋的队伍逶迤而行，其间一个年逾半百的老者，一手拄木棍，一手提马灯，在队伍之中迎风勉力前行。风如刀，雹如弹，前路迷离生死未卜，然而在那副断了腿的眼镜之后，却是两道义无反顾的目光。我总在想，那应该是一双怎样的腿，可以如唐僧西天取经一般，历尽千难万险，跨越峻岭江川，从江西瑞金一路走到黄土高坡；那又应该是一双怎样的眼睛，在当年乱花渐欲迷人眼般鱼龙混杂的思潮中，居然能够穿透纷纭繁复的浮云浓雾，辨识出一个正确而为之奋斗终身的主义来。

"欲把神州回锦绣，频将泪雨洗乾坤。"这个世界，总有一些看似非人力所能达成的事情，其实只要如绝壁劲松咬定青山，倾尽全力而为，甚至不惜为之付出生命，终会闯出一条阳关大道。前辈如此，后辈亦然。

二

深可没踝的大雪，将通向山顶铜像广场的台阶掩砌成了一个长长的斜坡。台阶两边的翠柏被悄无声息的夜雪压得不堪重负，东倒西歪地颔首垂立，或许这是风雪给它们的第一次真正磨砺。没有足迹，我们是今天第一批朝圣者，耀眼的雪光映照着我们的敬仰之意。探步拾级而上，积雪吱吱呀呀地在脚下轻轻地演绎着一支冬的恋曲，伟人的铜像也便在我们的仰视里一寸寸高大起来，直至完全站立在我们的眼前。

平素来此多次，皆不为奇。但是在一场铺天盖地的大雪之后前来膜拜伟人，自身及心，都有着完全不同的感受。数百平方米的铜像广场已天衣无缝地铺上了一层厚实的雪毯，干净平整到近乎圣洁，我们甚至不忍涉足其上。四面本来修剪有形的花池灌木也被大雪完全倾覆，如砌了几段上等材质雕就的汉白玉围栏。风已止，雪已停，飞鸟未至，人亦无声，雪光云影，天地一色，整个广场充满着一种静谧而肃穆的力量。是的，在一些伟大面前，安静本身就是一种力量。

正是在这样的天地静默之中，林老高大的铜像愈发伟岸挺拔，甚至有种直接云霄的感觉，而积附在他头顶上、眼镜架上、手臂上、拐杖上、口袋盖上的白雪，让伟人的形象更具备立体的真实感，甚至觉得他老人家那条轻抬向前的左腿，随时都有可能从基座上迈下来。如若上苍有灵，这场雪，一定让林老回到了挥斥方遒探寻真理的青年时代，回到了风餐露宿吹角连营的峥嵘岁月，回到了开国大典殊惊寰宇的仪态风采。我想，在某个瞬间，他一定已经走了下来，在我虔诚地鞠躬之时，他已悄然走进了我的心里。

拜别伟人铜像，正欲转身，突然发现被大雪覆盖的花池灌木之中，有一枝略呈暗红色的新叶钻出厚厚的积雪，露出了半寸来长的叶芽，在这满目一色的雪地里，显出些许突兀和倔强。虽然此时冰天雪地，其实立春之节不过四五日之后。在万物萧瑟之际，这片新叶已感知了春天的温度。

"不负梅花约，驱车赴大森。寒云半岭重，春色一湾深。"1913年，讨袁革命失败之后，时年二十七岁的林伯渠因遭通缉被迫再次东渡，亡命日本，经过半年多的思考，逐渐从悲观之中解脱出来，而更加坚定了革命信念。于是，在那个冬天一次赏梅之后，写下了这首《大森看梅》。时空相隔百余年，当年亡命天涯的青年林伯渠，和今天这片不畏冰雪的新芽，是何其相似。

三

　　山里的雪还是要大一些，有些回风洼处的积雪已没及小腿肚。别罢林老铜像，欲自山脊的伯渠小道折向故居，可那条鹅卵石铺就的小道已于昨夜安然沉睡于温柔的雪被之下了。雪将路与山坡、原野连成了一片，原本满山遍野的油茶树，也被雪装扮成了一个个形态各异的卡通形象，或如人，或似兽，千姿百态，形神兼备。两棵应该是挨在一起的树冠，被黏稠的冬雪随手一扮，居然活灵活现就成了一只献瑞天地的醒狮。时有积雪窸窸窣窣地从树上掉落，感觉这些天地的精灵一下子就活了。置身此处，仿若将自己交给了一个梦幻般的童话世界，久违的童心也便一下子回归俗身，和朋友便不管不顾地打起了雪仗，扑起了雪娃。

　　这片山麓，定也记载着林老童年和少年时代的讯息。春天看山坡的野花缤纷蝶舞林间，夏天歇荫纳凉放牛打柴，秋天寻雁窝菌采摘野果，冬天的雪落之后，也一定如我们今天一样，与他的兄弟姐妹们放肆地打雪仗扑雪娃，直到母亲一声声悠长的呼唤回响山坳后才肯归屋。正是这片灵秀的山水，赋予了林老强健的体魄和博大的胸襟，也正是这些灵性的草木，孕育了林老聪颖的智慧和高远的情怀。1902年，当十六岁的少年林伯渠离别家乡前往湖南公立西路师范学堂求学，开始他波澜壮阔的传奇人生时，这方山水便成了他一生永远的牵挂。

雪化浸透了鞋子,但并没感觉到冷。是的,在这样一个洁白无瑕的背景下,踯躅在这条以伟人名字定义的小道,心也便会没有来由地宁静致远。两边几块镌刻着林老诗作的碑石,积雪盖头,如几位参悟了生命真谛的智者合掌而立,用一种无声的语言为我们传递着诗中的林老在不同人生节点时的心境密码。两座分别命名为"修身""治世"的小亭,虽置身雪野,但四檐八角方正天地,透着一股冰清玉洁的凛然之气。修身齐家治国平天下,想当年,本一介书生的青年林伯渠,放弃了诸多优厚选择,毅然决然地投入到了随时都可能身首异处的革命大潮,东渡扶桑,入会同盟,反清反袁,后来又参加护法之役、南昌起义,并以年过半百之躯走完二万五千里长征,继而主政陕甘宁,到开国大典上的语惊世界,哪一处不是惊心动魄、哪一段不是精彩纷呈呢?而在这一切辉煌背后,定有一股神秘的推力,才足以支撑他走过那些坎坷的路,也定需一支神奇的妙笔,才能书写他璀璨而光荣的一生。

"恰从现象能摸底,免入歧途须趑行。"一场大雪,让我突然就找到了答案,正是那张看似冷峻的面容之下,其实跳动着一颗不甘平凡、敢破敢立的心,就像这看似冰冷无情的大雪覆盖之下,其实处处都勃发着不羁的生命。

四

雪野茫茫,无声胜有声。我伫立于来过十数次的林老故居之前,看白墙灰瓦,挑檐问天,心里升腾的是历次俱不曾有过的庄严。庭前那棵八百年劲柏如旗,一柱擎天,虽大雪压顶,冰结其枝，仍不弯不倚，无语自威。池水一泓，在皑雪四围之下，显得塘瘦波平，竟被映衬得水色近墨了。池边垂柳看似纤弱，好像连一片雪花也承积不住，可细窥之下，如丝飘摆的柳条居然不知何时已有了只可意会难以言传的春色。那些如细米附枝的叶苞，是昨天夜里随雪而孕育的吗？

"冬冬更鼓逼岩城，露冷征衫酒微醺。隐约山川龙虎踞，频烦车马剑书轻。乘时未许甘泉石，入海还期斩鳄鲸。莫为六朝空叹息，行看原上草重生。"这是1907年春，二十岁出头的林伯渠奉命前往东北联络绿林，途经南京所作《过金陵》一诗，字里行间满是青春的激情和执着。想当年，留学归来貌似文弱的青年林伯渠，在魑魅魍魉横行的暗黑里，积蓄难以想象的力量，挣脱万千束缚，与一干志同道合的仁人志士一起，终于走出了一个灿烂的新天。这不正如这些看似柔弱无力，实则暗怀春意的柳枝一样，在冰刀霜剑寒天雪地里积储能量，暗育劲力，最终将自己的执着招展成了一个千娇百媚、绚烂缤纷的春天一样吗？

如果冬天来了，春天还会远吗？很多时候，绝望之中，往往蕴含希望，而蛰伏之下，常常是厚积薄发。

（本文获湖南省庆祝中国共产党建党100周年主题征文一等奖，原载《桃花源》2021年第3期）

下辑　大地有痕

隐于泥土深处的时光

一

应该是我对于时空的感觉愚钝了一些，或者是我的想象力还不足以穿透那些看不见也摸不着的过往，特别是面对眼前这个世人瞩目的史前奇迹，我居然没有一个写作者所应表现出来的兴奋抑或敏感。这是我第五次来到这里了吧，除了对道路和地形一次比一次熟悉，再就是，我一次比一次沉默。是沉重，还是刻意的躲避，我真不知道。我知道的是，以我的笔力，是无法表述那段隐于泥土深处的时光之伟大的。

就像面前这个一目可达，与周遭田原土地无异的略微隆起状土台，让我实在无法把它和一座六千多年前的城池联系起来，那些每往下挖一寸都可能改变人类文明史的泥土和发掘物，在数千年的沧海桑田里，如禅之偈语，缄默而深沉。

我们必须感谢澧阳平原肥沃而温软的泥土，它们像一层层包裹婴孩的襁褓，将一座史前城池的全部秘密，原汁原味封存在自己营养丰富的怀抱之中。不似西北大漠，那里也曾经有过许多代表人类文明史的古国古城，有的才过去几百年，却早已在坚硬而决绝的风沙雕蚀里面目全非，甚至被湮灭，找不到一点存在过的讯息。

月光皎白
YUE GUANG JIAO BAI

　　此时此刻，我面对的这个似一个大土堆的地方，是一个婴孩，一个叫作"城市"的东西婴儿时期的形状。在我们对动辄百万千万人口以上城市司空见惯的时代，将高楼林立霓虹闪烁作为城市的固有印象时，你是否能够想到，它的婴儿时代居然就在眼前澧阳平原隆起来的这方泥土之下。比如今天，参加采风活动的几十人，一大早就能实现从方圆数百公里的多个城市聚到一起，这在如今已成为常态。六千多年的光阴，人类从几百人的一个聚居地，发展到现在可以数千万人在一座城市里生活，这个过程，曲折而艰辛，辉煌而骄傲。

　　城市的出现，是人类走向成熟和文明的标志，也是人类群居生活的高级形式。早期，人类居无定所，随遇而栖，三五成群，渔猎而食。在那个生产力极为低下的洪荒时代，人的力量在大自然面前无疑是渺小的，特别是面对那些大型肉食动物时，单个人或几个人的生命更不堪一击。正是在这种生存和安全的共同需求下，人们开始聚集在一起，扎上篱笆，组为村落，抱团取暖，形成相对强大一点的群体力量。我能想象得到，六千多年前，这片澧水之滨的原野上，起先也只有一个数十人的小村落，村落之外，草深林密，动物出没。村落里的人群通力协作，共同外出狩猎，回来又共同分享食物，成了一个比较富庶的村落。慢慢地，散居在周边不远的其他人群，通过各种不同的方式加入到这个村落里来了，渐渐形成了一个数百人群居的大村落。这样的村落，当时在广袤的澧阳平原、洞庭湖平原，乃至江汉平原可能还有很多。他们除了争夺猎物，还会为争夺有利的居住地形而互相攻击，甚至形成一个村落侵略占有另一个村落的局面，于是简陋的篱笆已无法保护澧阳平原上这个资源丰富地形优越的村子。某一个雨天无法狩猎的下午，几个身强体壮的头领凑在一起，不知不觉就议起村落安全的问题，其中一人提出筑土为墙的想法，得到其他几人的赞同。于是第二天，几个头领就带着村落里的人们，开始在篱笆墙的外围取土筑墙。与湖区软泥不同，澧阳平原这处近山居岗所在地，土质干黏，很适合堆立成形，几年时间，一圈泥土夯成的高墙就替代了原先的树木篱笆，四面各留一个可供人们进出的豁口，以木织排成为可开关的城门，而取土形成的凹渠，与原本自然的沟壑相连，从而形成环绕村落的护城河。有城墙，有城门，有护城河，人们在一圈土墙的呵护中繁衍生息安居乐业，中华大地上第一座城池的雏形，就这样在一次不经意的商议下，矗立在了澧水北岸，也矗立在了人类漫长的城市发展史的丰碑之上。

此后的两千多年里，居住在这里的人们不断地加高加固城墙，他们为减轻水患对城墙的冲击侵蚀，筑城技术也越来越成熟，城墙从自然泥土堆积变为烧土混合夯实堆积，城内的交通、排水、祭祀、集市、房屋分布、墓区规制等配套功能和布局也日益完善和精细，从而成为至今发现的"具有我国早期古城文化遗存保留最系统、最完整、地层关系最清晰、最具代表性的古城遗址"。其实，很多伟大的最初，可能都是一次不经意的闪念，甚至是一次无奈之举。就像眼下，这个有着"中华城祖"之称的城头山，只是一次为了保全性命的下意识举措，却将华夏大地上的人类文明推向了成熟和新的高度。

二

混杂在这个几十人组成的文艺家采风队伍里，面对这段已然六千三百年的城墙横切面，我显得有些茫然无措。一个人的生命

月光皎白
YUE GUANG JIAO BAI

莫过几十年，我的目光和学识都不足以穿越这里动辄以千年来计的光阴，去还原当时那些筑土为城的先民挥汗如雨的劳作场面。原始的生产力，原始的生产方式，原始的生产工具，一座城池的建筑，不亚于一场你死我活的战争。风雷云电，水火冰霜，一定还伴随着鲜血，甚至死亡。那一条条不规则状用碳十四年代测定法界定的城池封土线，如一个又一个倒伏变形的问号，给我心里塞进了无数个问题。从下往上，"6300年""5800年""5000年""4500年"等，几百年或者上千年的数字，还有一层层颜色深浅不一的泥土，在我们嘴里只是随意一说，而埋在那些封土之下无数先祖的血泪故事，就被我们这些不肖的子孙轻易忽略了。每一次新筑城池，或者大规模修复加固加高城墙之前，一定有着盛大的祭祀仪式。这种祭祀，一般都会有人付出生命代价，城墙上发掘出来的那几个缺胳膊少腿的人骨坑，应该就是先民生命和鲜血的拷问。文明的进步，一定伴随着野蛮。这些野蛮，除了对财富资源的疯狂掠取，还有对同胞生命的残忍剥夺。

站在高处，靠着扶栏，俯瞰一丈之下古河道里发掘出的那条沉舟烂舸，再想到之前参观的博物馆里，有一个肩扛手提着猎物的裸身小伙泥塑像，我突然对那些隐于泥土深处的时光有了一些诗意的认识。我仿佛看到，一个腰间系着兽皮的先民，撑着一只小木船，在城门之下的简易码头上进进出出，或在护城河里捕鱼，或接住对岸同伴从原始森林狩猎回来的战利品。某个夕阳西沉之际，护城河上风平浪静，只听一声呼哨，一只独木舟箭一样驶过，长篙轻点，荡起满河碎金。他无疑是健壮的，也是快乐的，他一定有他的梦想，也一定有掩藏不住的爱情。他成为那个部落里极少数可以撑着小船在护城河里来去自由的人，他把握着把食物从城外带回城内的优先权，除了赢得同部落里同性者的艳羡与尊重之外，也定会博得部落异性的青睐和爱慕。姑且不去考证这个部落是母系氏族还是父系氏族，但只要是人聚集在一起，就有了江湖，也就有了爱恨情仇。哪怕于今天看来，那个社会是原始的，也是落后的。

我知道，以这种居高临下的角度窥探先祖的生活聚集之地，并议论纷纷，指手画脚，多少有些不道德，至少是不尊重。在祖先面前，今人本不该有这样的优越感。比如，眼下这片发掘出来的台基式民居建筑基础，就让我忍不住揣度。这些至少经历了五千年的房基，方正规整，朝向一致，由此可判断居住在此处的人还是很讲究的，生活条件应该都还不错，算得上城内的富人区。有一处坐北朝南的房子遗迹，呈两室一厅状，还有一间厨房，土层有明显火烧过的痕迹，格局和现在的单元厅房并无二致。住在这间房子里的人是谁？他们是一家人吗？他们各自有着怎样的人生结局？

我站在一处稍微高点的地方如此杞人忧天，目光掠过楚天长空，六千多年明暗闪烁的时光，此刻如一本晦涩难懂的古籍，让我头痛畏难。厚厚的泥层就是一部部自然的史记，它是有着记录和叙事功能的。残存的人类骨殖、已灭绝了的动物残骸、破碎散落的陶罐、碳化的植物块茎籽实、类似文字的符号图案、让人毛骨悚然的祭祀坑、依稀可辨的古河道走向等，无不向我们讲述着泥土之下那些久远的故事。远古人类留下来的生活讯息似一串串杂乱无章的摩斯密码，让我们还有可能利用现代高科技手段，试图解读和复述他们当年的生活场景，直到最后，把自己也代入到这堆封土之中。

饮水思源，泥土垒起的高墙保护了先民的生命，泥土里长出的作物启迪了先民的智慧，泥土又把一代代先民的基因带给今天的我们，本质上，我们和六千年前的他们并无二致。因而，我们都来自这些泥土的深处，泥土是我们所有人生命来处温暖的母腹，所以，我们都应该是对大地心怀感恩与虔诚的子民。

三

比起筑城，城头山先民的种稻历史还要更早一些。1997年，考古队在城头山东城墙发掘时，发现了平行排列特征明显的三丘古稻田，田形周正，灌溉设施已初步配套，用碳十四和光释光测年方法测定，稻田泥土距今6500—6600年，这比世界上任何一处已揭露的古稻田都要早。这个发现，使"中国水稻南亚传入说"失去了立足之地，不仅证实了洞庭湖区是世界稻作农业主要发源地的观点，还确证了中华民族在驯化和栽培稻谷这一伟大事业中的历史功勋。

史前的人类，没有太复杂的欲望，一辈子的生命追求基本上都是以温饱为目的。当他们从自然采集和狩猎进化到有意识的食物生产阶段后，就会有一部分大脑发达一些的人在驯养驯化动植物的领域发挥才华，这可能就是当时的科研攻关吧。澧阳平原的水土和气候从古至今都极其适合草本植物生长，插一双竹筷都能生根发芽，野生水稻当然也会遍布原野。是谁第一个发现了野生稻可以通过人工干预，改变其习性并形成规模栽培技术的，早已不得而知，或者已不重要。重要的是，水稻作为人类摆脱饥饿束缚的最主要食物，从这里开始走上历史舞台。而中国作为地球上种植水稻技术最好的国家，至今仍在为世界人类解决饥饿难题发挥着举足轻重的作用。

数百颗碳化发黑的稻粒从这片圆形丘岗的泥土底层被发掘出

来的那一刻，标志着中华民族的稻作文明史又往前推了几千年。这些稻粒无疑是幸运的，因为它们又看到了在这片肥沃的平原之上，稻菽千重水欢人笑的样子。泥土是有记忆的，而水稻就是这方沃土记忆里最神奇的基因。从万年以前一直到今天，我们仍然顺着它们最初的习性，在同一块土地上深耕、挖渠、除草，随季节和气温变化播种、培管和收割，复制一幕幕似曾相识的劳作场景。这个期间，不过是投入劳动的生产工具先进了一些，劳动效率更高了一些。而人类也像稻子一样，播种、发芽、移栽、分蘖、抽穗、扬花、结实，在世界有泥土的每个角落，重复着一季又一季的繁衍。可当我们循着数千年的光阴，检索各自生命的发端时，却发现我们人类的来处，大都在远古的文明里，散发着同一种神秘而氤氲的稻香。

　　我在这个冠以"稻草国际艺术节"的活动尾声来到城头山，时令正值二十四节气中的大雪，此时禾稻收割季已过月余，下一季稻子播种要等来年开春。那些本可一焚了之，或者此时应该在水牛嘴里咀嚼的稻草，被精心编制成了各种巨大的动物造型，或者是城堡，或者是卡通形象，散落在平缓空阔的田野上，让众多被抖音小红书等现代新媒体吸引过来的游客欢呼雀跃。他们大都来自远远近近大大小小的城市，在远离田野和泥土的地方出生长大，基本不事稼穑劳作。而从小就熟稔插秧割禾，钻在草垛里捉迷藏抓田鼠的我，却不以为然。正是荷残水瘦草树枯黄的时节，画家在田野上支起了画架，摄影家在捕捉一些有层次的光影和颜色，我却被护城河里一只游动的黑水鸡吸引。那只可爱的小精灵本想游过来的，发现我在注视它后又赶紧折返了回去，只在水面留下一串细密的波纹。上次来这里是夏季，古城护城河边的杨柳树上栖满了白鹭和灰鹤，很是壮观。此季鸟去树空，徒增寂寥。

月光皎白

YUE GUANG JIAO BAI

　　万物停止生长，果实已离开枝头，雪花还没有来到，这本是澧阳平原最空虚最无聊的季节，没想到不过是把稻子收割后留下的稻草换了个堆放的形式，内容就丰富了起来，远阔的田野就热闹了起来。

　　身置将几根稻草都能玩出花来的 21 世纪 20 年代，把时间的指针慢慢回拨，一直拨到六千年以上或者更久，我们惊奇地发现，一部人类发展史，实际上也是一棵水稻的成长史。当一棵强壮的野生水稻，结束了自生自灭的野生状态，经人工驯化种植从而成为人们最主要的食物来源后，人类就结束了长时期对于食物追求的不确定性，之前最主要的原始状态下的狩猎和采集活动大为减少，部落里很大一部分人开始专事与水稻种植相关的工作。水稻生产是劳动密集型事务，与之前粗放式个体式的劳动相比，社会分工和组织需要更加细化，城头山先民们的生活聚集状态因此从松散变得紧密，人与人之间相互依存和沟通也更加密切，人们生活的结构和方式发生根本性改变，于是催生了人类居住的最初城池形态，人类也由此进入一个全新的文明阶段。而与此同时，又发生了一件意外的事情，在某段阴雨连绵的日子，一堆无法晾晒的稻谷开始变质发酵，发出了一股让人迷醉的清香，于是"酒"这个人间妙品出现了；盛酒需器，继而有了制陶技术，陶器出现了；城市里会酿酒和会制陶的人为了交易酒器及美酒，集市也应运而生；尔后，人们为拥有更多适合种植水稻的土地，阶级出现了，国家出现了，战争也随之而来。而这一切，居然都来自一棵水稻的力量。别小看了这棵小小的水稻，它足以改变人类，也足以改变世界。

四

　　每个人都有自己的生命原乡,很多人为弄清楚"我从哪里来"的问题,甘愿跋山涉水不远万里。稻子也和人一样,同样有着生命原乡,无论它现在身处热带还是亚热带,无论它现在是籼稻还是粳稻。可以说,没有原乡的人和没有原乡的稻子,身份都是可疑的。多年以来,人们为人工种植水稻起源于哪里争论不休。深埋于城头山泥土深处的古稻田和古稻种的重见天日,终于让所有水稻都找到了自己生命的原乡,那就是澧阳平原。从此以后,每棵水稻都充满了深深的归属感。

　　平原是人类最理想的生活栖息地,世界大多数文明都诞生于平原地带。广袤的中华大地,分布着太多的平原,澧阳平原不过是其中很不起眼的一块。从面积来说,澧阳平原很小,不过七百来平方公里的体量,与长江中下游平原、华北平原等动辄数十万平方公里的大平原相比,只能算平原中的微缩版。但从文化来看,澧阳平原又很大,因为就是这方土地,被国内外学者专家一致认为是中国史前遗址分布最密集、种类最齐全、文化序列最清晰的地区。多年来持续不断的考古发现,在这方沃土之下,有从公元前60万年的旧石器早期到公元前2万—3万年旧石器时代晚期的古人类遗存,有世界最早的古稻田,世界最早的城市,重要的史前和商周时期的遗址六百多个,差不多平均每平方公里就有一个,除此之外,楚文化遗存痕迹也是层出不穷,涵盖了中国南方人类从远古走到现代文明的全过程。一个长宽不过几十公里的弹丸之地,知名的文化遗址就有城头山、彭头山、鸡叫城、八十垱、汤家岗、虎爪山、条头岗、化垱、申鸣城、宋玉城、九里楚墓群、青山魏晋崖墓等，堪为一个齐全型全景式开放化的历史文化博物馆。

地球的北纬30度是一条很神秘的纬线，系挂着太多地球文明信息，世界四大文明古国及远古玛雅文明遗址都贯穿在这条线上，几条孕育了人类伟大文明的河流，如尼罗河、幼发拉底河、长江等，也都不约而同在这一纬线入海，澧阳平原就刚好在这条纬线上。她地处武陵山脉的东北边缘，北枕长江，南接澧水，东临洞庭，拥有从山区、丘陵到平原、湖区的完整地貌。这种背山面水、高低错落的地貌，湖沼发育，河流众多，气候温润，土质松软，生态多样，自然灾害少，食物资源丰富，大开大合，可进可退，大师见了都得赞一声"妙哉"，这就为远古的人类提供了得天独厚的宜居之所。吃饱穿暖后的先民，智慧开化也自然先人一步，于是开始有时间尝试驯养动物、驯化植物。就这样，一棵独特的野生水稻在某个瞬间被某位聪明的先民发现，人类稻作农业文明的命运转盘开始转动了，由此也给以后从这里走向五湖四海的每棵水稻，输入了永恒的基因密码。

城头山先民的种稻和筑城技术成熟后，他们中的某些能人就会被各种原因左右或驱使，陆续顺着河流东进西出，通江达海，沿着陆路北上南下，开枝散叶，把种稻与筑城技术带到远方，并且在时光的加持下，一直带到现在，必定还会带到我们未知的将来。

大约四千八百年前，城头山文明突然从澧阳平原消失，从此被时光深埋于泥土，隐入黑暗与沉寂，直到1979年再次回到人类视野。关于她消失的原因有很多猜想，是部落战争，还是流行瘟疫；是自然灾害，还是有意识的集体迁徙，这已成为一个史学谜团。但即便这样，也不妨碍城头山成为一座迄今已知史上沿用时间最长的城市。从她被遗弃的那一天开始，高且厚的城墙在风与水的侵蚀下日渐矮下去，那些先民的故事没有任何记载，因而从来没人提起过，于是与一座伟大的城池一起，被洪水带来的泥沙掩埋，被岁岁枯荣的野草淹没，被后来人们反复耕作重叠的稻田覆盖，直至没有一点残存的痕迹。

他们来自哪里？他们又去了何方？他们给今天留下了什么？我是不是和史前的他们有着某些不可名状的关联？从第一次来到城头山起，每每看到古城墙剖面上一个个如倒伏状问号的封土线时，我的脑海里都有这些奇怪的问题在旋转。长空不语，静水无言，我站在这块稻子已成熟收割了上万次的田野上，一时竟辨不清了方向。当年居住在此的先民，也一定有人曾站在这里环顾四野，思考着何去何从的问题。实际上，此时的我们和彼时的他们，并没有任何差别，多年之后，同样没有人会关注你的来去，就像太多隐于泥土与时光深处的故事，今后不会有任何人提及。

（原载《散文时代》2024 年第 4 期）

月光皎白
YUE GUANG JIAO BAI

不道衡阳远

一

对于衡阳，我并不陌生。青春年少的时候，我曾在广西桂林当过几年兵，家在湘北常德，因而从部队回家探亲必过衡阳。记得那时所坐的绿皮火车经过衡阳时都在半夜，每每隔着车窗，看到昏黄的灯影中那块白底蓝字的"衡阳"站牌时，心里就会暗忖一下，因为车到此站，标志着我回家的路已快到半，一股激动感油然而生。

复员回到地方后，因安置的单位效益不佳，我曾停薪留职到广东打过七八年的工，衡阳就成了我在那些年里南下的必经之站。彼时的我，每年春节后就别妻离子远走他乡，挤在密不透风的火车车厢里，根本看不到窗外，只能听车厢内的列车员广播播报，而每当听到"前方即将到达的是衡阳站"的播报声时，我知道离家之路已经过半，心情顿如一只随季迁徙茫然无措的伤雁，泪水情不自禁地奔涌而流。

因而衡阳之于我，哪怕以前未曾在这片土地真正落脚停留半步，这个城市实际上早已成了我生命旅程中一个重要的驿站。她看见过我青春时意气风发的模样，也目睹过我人生低谷时失魂落魄的困窘。她是我离合悲欢的证明者，也是我归去来兮的见证地。她只是沉默不语，千年万年，面对万事万物，她都是波澜不兴，宠辱不惊，无论世事兴亡，无论沧海桑田。

遍尝人生苦辣酸甜多年后，在这个立秋已久而暑气未消的8月尾端，当我以作家身份成为一名被邀请的嘉宾，真正踏上衡阳这块土地后，却发现我对这座城市其实是完全陌生的。以前隔窗之见的衡阳，道听途说的衡阳，纸面上得来的衡阳，和我身心合一顶着三十七八度室外高温完全贴合的衡阳，是截然不同的。一路下来，我甚至得出一个结论，那就是如果在当今湖南的十四个地州级城市中，非要找一个能够代表湖湘文化特质的城市，我认为一定是衡阳。

一部近代史，半数湖南人。在中国近一百多年的历史中，特别是从黑暗中爬行到曙光初现的那一段艰难岁月里，血性的湖南人在改变中国命运进程中发挥了决定性的作用。这种集体的血性决不是一时兴起，也不会是昙花一现，而是从千百年来形成的文化土壤中，生长呈现出来的一种必然结果，也就是我们湖南儿女，一直引以为自豪的湖湘文化。

作为一个土生土长，有着文化爱好并做着与文化相关工作的湘人，我也曾无数次思考过，所谓的湖湘文化到底是什么，她又是如何形成的，如果究根溯源，那么她的根子到底在哪里？在衡阳的几天行走，耳闻目睹，心思所想，我认为是找到了一个比较确切的答案。

二

南岳衡山是这座城市的代名词，如若不至，枉到衡阳，这理所当然也成了我们此行的第一站。

月光皎白
YUE GUANG JIAO BAI

　　我是一个相信风水的唯物论者。我一直认为，每个地方都是有地域密码的，就如每个人一样，是有着独特的个体脾性和区别于其他标签的。山川河流的排列、走向以及气度，会决定一方土地的气质，这种气质决定在这方水土上生长的作物，作物又决定在此生活的人的基因，基因再决定人的行事风格，这就形成了一方水土养一方人的风水。作为中华五岳之一的衡山，她当然也一定有着与众不同的地域密码，不然，她怎能在华夏九州大地的无数青山之中，成为巍巍五岳在江南的唯一支点呢？

　　不说衡山悠远的人文历史，数千年以来，与她相关的名人雅士典故传说太多。也不说衡山优美的自然风光，古往今来，赞美她的诗词歌赋不胜枚举，"前人之述备矣"。更不用说衡山香火的鼎盛繁荣，虽然初到宝地，单就满山摩肩接踵不远千里的香客阵势就足以让人震撼。我只说这座大山的气象，她只需拿出百宝瓶中的这一件宝物，就征服了一众见多识广、品头论足的人。

　　山不见我，我自去见山。车行高速公路，当前窗远远出现一道横亘的山影时，我便感受到了一股磅礴的力量迎面而来。当山影越来越近，山形越来越高，这股力量就越来越让人感到强大无比，后来甚至到令人窒息。那既像一对最大限度张开、呈欢迎状的青筋毕露肌肉隆起的臂膀，随时都会把我们连人带车拥入怀抱，又似一堵足以能够拦截任何冲击的高墙绝壁，不怒自威地吞没着人类的征服欲。衡山之名本就是"形如衡器，可称天地"之意，山亦如人，有人生而就有强大的气场，而南岳衡山天生就具备这种舍我其谁的气质。"阳月南飞雁，传闻至此回。"传说中南飞大雁到这里后都会停留折返，我想那是因为在空中俯瞰大地的大雁也被衡岳的气势镇住了，从而失去了继续南飞的勇气。

　　观光车沿着陡峭的盘山路迂回而上，再从这座山岭转上另一道山岭，路宽将将容两车并行，急弯处需一车停让另一车先过，司机的胆量和技术极具湖南人"霸得蛮"特点，特别是将至顶峰的几公里路，坡度几近六十度仰角，且人流量如过江之鲫密密麻麻，开车的师傅却气定神闲，在倒拐弯处半坡起步换挡加油，一顿操作如行云流水，搞得紧张到巴掌心都是汗的我们一副没有见过世面的样子。

祝融峰为南岳最高点，传为火神祝融封地。跟随着流动的人潮登上南岳之巅，一阵香客焚纸产生的灼热气浪扑面而来。避开人海，择靠东一处且停，极目远眺，就一眼，这南岳天地相接山水转承的阔远气势，就让我迷失在万古苍茫的楚天长空之下了。见群峰如涛，听罢风猎猎，蓝天似海，云卷云舒。山下阡陌交通，水网桑田，俨然成画。而视觉之内，最惹眼的是湘江，这条所有湖南人情感认同的母亲河，如一条灵动于天地之间的巨龙，水波在阳光反射之下如龙鳞闪烁。她摇头摆尾，舒展着柔软的腰身，顺着远远的山脚画了一个硕大而华丽的"S"弯后，再骄傲地向东北呼啸而去。这眼前的一山一水，不正是大自然的天作之合吗，而就在这一刚一柔一阳一阴里，天地万象已然蕴含其中。

而南岳秀冠天下，并不只此祝融一峰，广义的衡山有七十二峰之说。早在南北朝时，徐灵期在《衡山记》中就给庞大的衡山山脉作出了明确山界："回雁为首，岳麓为足。"也就是说，衡山七十二峰南起"雁阵惊寒，声断衡阳之浦"的衡阳市内回雁峰，北止"停车坐爱枫林晚，霜叶红于二月花"的长沙岳麓山，横跨湖南八个市县，方圆八百里，其中就有韶山市的韶峰、湘潭县的乌石峰、双峰县的紫云峰等。而陪伴八百里衡岳的，恰恰就是湘江，二者一路相偎相依，如影随形。长沙岳麓书院有一副著名的

145

楹联"西南云气来衡岳,日夜江声下洞庭",是由我的正宗乡党、常德临澧的清代诗人黄道让撰写的,从中也能得出衡岳分布的阔大广袤,湘江流向的志存高远。我曾多次登临长沙岳麓山,在岳麓书院探古寻幽,没承想岳麓山居然也属衡岳之脉,真是有眼无珠,愚钝至极。

有意思的是,如果仔细观察湖南省的地形图,你会发现如一颗平视西望的头颅,而方圆八百里的衡山七十二峰,从衡阳到长沙,刚好嵌在这颗头颅的中间偏东偏南处。如果与人类的脑袋对比,此位置就是颈椎骨与颅骨的接合部,这就像一根内部结实的支撑架,不仅在地理层面支起了湖湘大地这颗睿智而坚硬的头颅,也在精神层面立起了湖湘大地修身立世的文化骨架。山水相润,地灵人杰,沿着南岳七十二峰的轨迹,古今数千年,在这段山水间出生和成长的蔡伦、王夫之、曾国藩、左宗棠、谭嗣同、毛泽东、彭德怀、罗荣桓等,哪个不是雄才伟略、丹青可书的伟人呢?

三

中华五千年历史文化使然,江河汇流处被视为风水宝地,一般都伴随有繁华的城镇,或者产生重要的文明。两水汇合处尚且如此,三水合流就更难能可贵了。而在衡阳城北石鼓山下,湘江和她两条重要的支流蒸水、耒水就在此合流归一,直下洞庭,形成了极为特殊的地理气象。正因为独特的地理位置,这里不仅孕育了衡阳这座古老的城市,还出现了一座在中华文明史上极具分量的文化高地——石鼓书院。

天下书院颇多,而千年书院甚少,能在历史上占一席之地的古书院更是凤毛麟角，石鼓书院就是众多古书院中的翘楚。这座始建于唐朝元和年间的书院，迄今已有一千二百余年，比有"千年学府"之称的长沙岳麓书院还要年长一百多岁。石鼓书院因在历史中的影响和地位，与河南登封的嵩阳书院、江西九江的白鹿洞书院、湖南长沙的岳麓书院并称"中国古代四大书院"。

石鼓书院三面临水，蒸水环其左，湘水挹其右，耒水横其前，远山而不僻，近市而不嚣，翘首收尾，状如舟舰，有随时都会解缆入水凌风起航之势。而当年的晚清名臣、湖湘文化重要代表人物之一的曾国藩，确也曾站在这里最靠前的合江亭前，利用此处三水合流的阔大水域，指挥操练他的湘军水师，石鼓书院也见证了中国海军的雏形，这是后话。步入书院，绿树成荫，步步为景，几座极具中国传统建筑美学风格的亭台楼阁次第层进，武侯祠、李忠节公祠、大观楼、七贤祠、敬业堂、合江亭等，为我们讲述着一些久远的故事，一块块碑刻都是典故，一副副楹联都是雅闻，风穿亭阁，临崖听涛，满院都是鲜活的历史感，难怪明代旅行家徐霞客造访石鼓书院后，赞誉称"石鼓书院兼具滕王阁、黄鹤楼名胜之优越"。

而滕王阁、黄鹤楼等中国很多古建筑，之所以能青史留名，其实不在建筑本身，而在人文，石鼓书院亦如此。和许多古书院一开始从寺院、私宅起步，后逐渐演化而来不同，石鼓书院从开创之初就明确定位于治学明道，这个定位，居然和名列唐宋八大家之首的韩愈密切相关。唐贞元十九年（公元803年），身为朝廷监察御史的韩愈，因直言奏疏民间灾荒获罪，被贬谪岭南连州阳山，公元805年获赦，从水路回长安途中停留衡州，当时的衡州刺史邹君是韩愈的粉丝，听说韩愈复职舟停自己地盘后，连忙前往拜访，二人会于石鼓山已有的合江亭，一连数日，相谈甚欢。在邹君的挽留下，韩愈在衡州多待了些时日，期间衡州及方圆数百里内很多仰慕韩愈才俊的名士皆来拜访，合江亭下，一时群贤毕至，文风甚浓。

邹刺史也是头脑灵泛之人，见此盛状，遂与韩愈面江相议，此处独具气象，何不借势而为，以合江亭为志，石鼓为名，建舍修院，以治学明道。韩愈闻之颔首，于是石鼓书院因这一偶然的历史机缘而横空出世。韩愈离开后，衡州连续两任刺史都高度重视书院建设事宜，不仅亲自督建，资金政策上还各种倾斜，历时三年，终于把一张美好蓝图变成了现实，韩愈也被当成了书院的创始人之一，留下千古佳话。

石鼓书院虽始建于唐，始兴却在宋。北宋年代，理学大师周敦颐曾居衡州十八年，在石鼓书院开坛布道，影响甚广。而书院真正的兴盛是在南宋。当年，南宋理学大师朱熹从福建来到长沙，与湖湘学派领头人张栻在岳麓书院讲学两个月，堂下听众数千人，这就是历史上著名的"朱张会讲"。结束岳麓讲学后，张栻陪同朱熹南下衡州游历南岳，他们一边游览一边唱和，几天时间竟然得诗一百四十九首，后来还共同出了本名为《南岳唱酬集》的诗集，一度洛阳纸贵，排名当年畅销书榜首。在南岳吃好喝好玩好之后，张栻对朱熹说：衡州有一座石鼓书院，要不一起去看看？朱熹听而悦之，欣然前往。衡州的读书人听说朱张二位大师来到了石鼓书院，纷纷前来，一时衡州城内万人空巷，人皆以谈朱张为荣。

朱张二人原本只想参观一下石鼓书院，谁料想竟引来一众狂热粉丝。当地官员和书院院长也会来事，极力鼓动朱张粉丝，邀请二位在石鼓书院讲一堂课。朱张一见这阵仗也高兴，遂效仿岳麓会讲之式，于大观楼堂搭台支椅，与堂中千人同磋修身治世义理。谁知这一开讲就停不下来，二人在石鼓书院一连讲了近一个月，后期因慕名前来听讲者太多，书院还实行了预约制卖起了门票，开了当时书院收取培训费的先河。

讲学期间，朱熹还撰写了《石鼓书院记》，从办学思想、教学内容、教育重点、教学方法各方面都作了具体阐述，尤其是他倡导的将义理之学、修身之道作为书院办学宗旨，以达到"明道义正人心"的教育目的，帮助石鼓书院拟清了办学思路。在朱张两位大师影响下，之后四方学者都争相前来石鼓书院传道解惑，以至"斋舍不能容，辟武侯祠居之"，书院一时"坛席甚盛"，石鼓书院也因此成为那个时代全国理学传播中心。到了明朝嘉靖年间，以"知行合一"为主旨的阳明学派兴起，又一批学术巨子来石鼓书院交流讲学，这种讲学之风一直延续到清朝戊戌变法前将书院改为新式学堂为止。

正是一代又一代思想大家、政治名士在石鼓书院刮起的头脑风暴，逐步形成和丰富了以"经世致用""天下为公"为核心思想的湖湘文化，石鼓书院理所当然也成了湖湘文化的主要发源地。正是在这股文化思潮的影响下，一批又一批有识之士从这片热土挺身而出，用他们的智慧胆略，或救国家于水火，或挽民族于危难。

四

在衡阳大地行走，你会遇到很多伟大的名字。仅一座石鼓书院，就足够星光灿烂了。而每个伟大名字的背后，都有一段纵横捭阖的历史背书。在这灵山秀水间走着走着，你就会觉察到自己越来越渺小。是的，在那些历史伟人面前，我们唯有谦恭，才敢接受他们带给我们的今天。

在衡阳管辖的耒阳市，有一座"蔡伦纪念园"，是为纪念造纸术发明人蔡伦而建。当我一脚踏进纪念园大门，迎面而来的是"纸圣"两道穿越千古的目光，虽只是一尊铜塑，但也让我感受到了一种来自两千年前的时光压迫感，脑海里一下子就出现了青春年少的自己，为追寻文学梦给编辑部投稿时，在方格稿纸上一笔一画认真誊抄的样子。

每个中国人都知道，造纸术是我国古代四大发明之一，它让文明的传播更便捷，传播成本更低，特别是纸质书的出现，为推动世界文明交流发展、构建最早的人类命运共同体做出了卓越的贡献。别小看现在我们随处可见可用的一张纸，当公元105年，那时不过一个朝廷宦官的蔡伦，把自己潜心钻研多年的科技成果"蔡侯纸"献给汉和帝时，君臣二人可能都没有想到，这是一个足以改变人类文明进程的项目。历史不会记得一个小小的宦官，但一定会记住一位伟大的发明家。值得玩味的是，蔡伦当时在朝廷的官职是尚方令，也就是负责监造刀剑武器的官员，哪知道造剑的主业没搞出名堂，造纸的业余爱好倒青史留名了，可见穷兵黩武终被历史抛弃，而和平发展才是人间王道。

罢别"纸圣"，又遇"诗圣"。在耒水之畔与杜甫相遇是一场意外。原本的行程安排并没有这一站，但听闻耒阳有一座杜甫墓后，一车的作家诗人顿时兴奋了起来，于是一致要求更改行程。

杜甫墓位于耒阳市一中校园内，我们前来拜谒时正值该校新生入校，这种一脉文风千年赓续的景象不由让人生出些许欣慰之感。杜甫与衡阳的交集也是一场意外。晚年的杜甫，为避"安史之乱"到处颠沛流亡，生活困顿，全靠友人接济度日，自己也因忧国忧民和怀才不遇的情绪无处排解,身体健康出了很大问题。公元769年,杜甫决定投奔在湖南郴州做官的舅舅,于是带着家人自四川坐船,出长江,下洞庭,入湘江,转耒水,于次年五月到达耒阳一个叫方田驿的地方,准备在此转道郴州,恰遇耒水暴涨,杜甫只得就地靠岸避水。江南五月为雨季,雨期较长,一避数日,杜甫一家又困又饿,无奈之下,从不求人的诗圣,只得拉下面子修书一封,找人送给当地县长。当时耒阳县长姓聂,接信大惊,全国最著名的诗人竟然流落到了耒阳,连忙备酒备菜,亲自带人送到方田驿。谁知就是这顿酒肉,诱发了杜甫的基础病,第二天就在船上去世了。一代诗圣,最后竟为一口吃喝殒命他乡,令人唏嘘。

一叶孤舟入耒水,一冢孤坟示古今。当我在校园一角看到杜甫墓的第一眼,鼻头一酸,眼眶无端地润湿了。叩首三拜,绕冢三圈,手抚青苔,思绪万千。我在想,为什么一代诗圣的最后归宿是在这里?也许只有湖湘这块土地,才符合他"国破山河在,城春草木深"的家国情怀;也许只有身归湖湘,他的"三吏三别"才能得到最饱满的诠释。无独有偶,杜甫最崇拜的人是伟大的爱国主义诗人屈原,他同样不是湖南人,但最后也是魂归湖湘。或许正是屈杜之死,才有了湖湘大地家国天下的文化基因,所以杜甫客死耒水,既是衡阳之幸,也是湖湘之幸。如此思来,不禁释然。

而来到衡阳,不得不说王夫之,这位生活在明末清初年代又称"船山先生"的大儒,是我国明末清初四大启蒙思想家之一。他是中国朴素唯物主义思想的集大成者,其哲学体系的核心和基础是本体论,他认为天地万物皆由本体生化,而非神的意旨,皇帝也是人。他的这种朴素唯物论几乎颠覆了中国几千年来统治阶级奉行的唯心论社会意识形态，不仅启蒙了一大批当时忧思天下的仁人志士，而且直接带来了后世湖湘儿女的思想觉醒，船山文化也因此成为湖湘文化极其重要的组成部分，为探索和寻求中华民族复兴之路点亮了一盏明亮的灯。

湖湘文化，如果过去停留在学术和思想交流层面，到了近现代，就是实践阶段，而且是拿命来实践的阶段。多少湖湘儿女，为了国家与民族大义，不惜一死，或醒民众，或赴国难，为湖湘文化增添一抹血性的光芒。单论衡阳，也是星光熠熠、日月同辉。

"砍头不要紧，只要主义真，杀了夏明翰，还有后来人。"夏明翰，这位中共早期领导人之一、被评为"一百位为新中国成立做出突出贡献的英雄模范人物"之一的衡阳县人，我们且不论其他，单就他英勇就义前的这首二十字五绝诗，就激励了多少谋求让贫弱旧中国站起来的人热血沸腾，慷慨赴义。

新中国开国元帅之一的罗荣桓，作为十大元帅中唯一的政工干部，他用典型的知行合一、心忧天下思想践行了湖湘文化的精髓，为我党我军思想政治工作树立了一个高不可攀的标杆。

如果此前都是湖湘儿女在追求民族解放中个体血性的表现，那么衡阳保卫战就是我们在这片土地上的集体亮相。衡阳保卫战是中国抗战史上的一座丰碑，一万七千将士对战十万装备精良的日军，在外无援军内无补给的情况下，军民同仇敌忾，死战四十七天，毙敌六万，严重打击了敌人的嚣张气焰。此战之后，侵华日军由攻势开始转为守势，中国抗日战争敌我形势发生根本转变，一年之后，日军投降，衡阳也由此成为中国唯一的"抗战纪念城"。由于一些特殊原因，我们所有中国人甚至都欠这座英雄的城市一声感谢。

而在衡阳铁路博物馆，我还了解到一段鲜为人知的历史，那就是在伟大的抗美援朝战争时，除了中国人民志愿军部队参战，实际上还有很多地方人员参与到战争之中，仅衡阳铁路局就有五千二百四十六名铁路职工主动请愿支援朝鲜战场前线，其中牺牲七十五人，一百七十二人立功受奖。

中国几千年历史长河中，在国家民族大义面前，以衡阳儿女为代表的湖湘子弟，从政军商贾，到贩夫走卒，他们从来都没有选择偏安一隅、独善其身，这就是湖湘文化的风骨，也是湖湘文化的标签。

五

一个人不能走遍世上每个地方，就像一滴水无法知道整个大海。三天行程，数百公里，对面积一万五千多平方公里的衡阳来说，虽也只是走马观花蜻蜓点水，但随着了解的深入，一种朝圣感慢慢抵消了酷热之于身体的袭扰，我甚至愿意把这份炙热当作这座城市迎接我们的态度。

是的，我始终是衡阳的一个过客，过去是，今天是，以后还是。而我也庆幸只是衡阳的一个过客，因为我不会背上这座城市在历史深处的沉重。城市亦如人，如果背负的责任太重，她会压抑，她会彷徨，她会在一些抉择中举棋不定。在回雁峰，在保卫里，在南岳巅，在耒水畔，我都听到了这座古老城市轻轻的叹息。

离开衡阳，大家如一只只归雁各启回程，有人甚至要回到遥远的黑龙江。夜车一路向北，在黑暗中破空而行，那既是一次告别，也是下一次重逢的开始。我知道，无论南来北往，这辈子我还要与这座城市交集很多次，而此行之后，再经雁城，心境已然不同，她已成为我心里的一份牵挂。"不道衡阳远，归恨隔重山"，也许从今往后，我就是来自北方的一只大雁，每年秋天，都要回到这里表白一次。

（原载 2024 年 9 月 12 日《红网时刻》"名家写衡阳"专栏）

怀古宋玉陵

一

我甚至都记不清这是第多少次来这里了。总有那么一股神秘的力量，会在不知不觉间，把我带到这座硕大的古陵面前。这种被驱动感是随机的，之前毫无计划和预知。上一秒还想着一件需要马上就做的事情，下一秒却莫名就转向前来这里的乡村小道了。这种感觉已不是第一次，当然也不会是最后一次。在这秋高气爽的季节，这种空灵有说不出由来的内驱力，似前世就扎根在了我身体的某个器官里，或者融化在了每一滴流动的血液之中。

秋水长天，楚风习习。一堆孤冢，万千传说。这个季节，很适合怀古。那些逝去的人和事，在这种寥廓而深沉的环境里，如一股股暗流涌动的泉水，汩汩冒了出来。

眼前孤冢里的这个人，他叫宋玉，一个在浮沉不定的历史里毁誉参半的人，一个在漫长久远的时光中扑朔迷离的人。很长一段时间里，连当地人都不知道这座围走需百余步的大墓里，躺着的是一个曾在中国文学史上熠熠生辉的大神级人物。宋玉墓古有墓碑，因风雨剥蚀，六朝时碑文中宋玉的"玉"字的一点模糊不清，被人误为"宋王"。晚唐时期，离这里不过三十里地的澧州籍诗人李群玉来访谒宋玉，看到墓碑上的"玉"字少了一点，听到当地百姓都说这是宋王坟,于是写下了"雨蚀玉文旁没点,至今误认宋王坟"的诗句,从而辨明真伪以证视听,留下一段佳话。

如果把中国五千余年文学发展历程比作一场历史长幕剧的话,那么宋玉还算很幸运的。毕竟在这场戏里数不胜数的演员当中,他还是留下了自己确凿无疑的名号。他虽不是票房保证的头牌和绝对的主演,但也绝不是一个寂寂无名跑龙套的角色,至少算重要的有影响的演员之一,拿个最佳配角奖一点问题没有。

在这场戏中,宋玉又是不幸的,至少是憋屈的。因为在某些正史或者戏说里,总有人对他的人格品行颇有微词,甚至贴上了软弱、谄媚甚至风流成性等标签。

大浪淘沙,铅华洗尽。当近些年历史唯物主义思潮重新回归学术研究主流,一大批知名学者开始以实事求是的态度,大张旗鼓地系统研究并且宣传宋玉及其作品了。宋玉——这块淹没在历史深处有貌有才的"小鲜肉",终于抖掉了贴在他后脊骨上的政治标签,连同他那些传世之作,被还原,被正视,被承认,上演了一场惊天大逆袭的历史穿越剧。

千百年来,世间总充斥着太多难以名状的不公正,唯有时光凛然,维持恒定和公平。

二

诗赋并举,屈宋齐名。如若不是近代文学史上的一家之言对宋玉的上纲上线,宋玉的回归本不会这么难。或者说,宋玉其实一直活跃在文学历史舞台上,从未远去。

把中国的朝代用文字在纸上从上往下记下来,看上去就像一根内容丰富、五味杂陈的肉串,如果说那些文功武治的政治人物是主食材的话,那么繁星闪烁的文人墨客就是咸辣苦甜的香精佐料。主食材决定了这根肉串的基本性质,而香精佐料则赋予了食物不同的味道。有意思的是,人们对事物的选择,大都是奔着可口的味道而去,而会忽略事物的本身。就是在这根肉串里,我们要寻找到宋玉飘过的缕缕清香一点都不难,历朝历代的文献诗作对他阳春白雪般的味道均有记载。汉代史学家司马迁《史记》中载"屈原既死之后,楚有宋玉、唐勒、景差之徒者……"之辞;班固《汉书》里有"宋玉赋十六篇"之记;南朝梁人刘勰《文心雕龙》中说"而屈宋逸步,莫之能追";唐代李白诗有"宋玉事楚王,立身本高洁"之句;宋代欧阳修亦云"宋玉比屈原,时有出蓝之色";元朝郭翼《雪履斋笔记》载有"古来绘风手,莫如宋玉雌雄之论";明人谢榛《四溟诗语》书中有"屈宋为词赋之祖"之说;清人陈第还有研究屈原宋玉的专著《屈宋古音义》,对宋玉作品有"宋玉之作,纤丽而新,悲痛而婉,体制颇沿于其师……"的评价。仅从典籍深处这点雪爪鸿泥来看,便可判断宋玉及其作品在中国文学史上的重要影响。

而对于宋玉生命的痕迹,考证起来其实也并不难。近些年刮起一股争夺名人故里风,比如孟姜女是哪的人,全国有十多个地方吵得不可开交;李自成终归何处,也有几处争得面红耳赤;甚至连潘金莲都有好几个地方争得头破血流,牵强附会,哗众取宠。相较于一些语焉不详的历史名人,宋玉的生命和生活轨迹似要简单得多。史学界基本一致认定,宋玉出生地在现今的湖北宜城。至于宋玉最终归宿何处,虽在学术上也存疑争执,但经专家多年考证,他生命的最后几十年生活在现在的湖南省临澧县望城乡宋玉村一带业已形成共识。放眼中华九州,从史志、地标、墓葬、传说、歌谣等实虚之物与其作品内容的吻合度来分析，宋玉之赐田云梦之地，除了湖南临澧，再也找不出第二个有说服力的地方了。

临澧居长江之南，洞庭之西，古属云梦泽范畴，战国时期为楚地，历史上为物产丰饶之地。宋玉号鹿溪子，而就在墓葬旁百米有一条河自古就叫"峪溪河"，在当地方言里，"鹿""峪"同音，而且宋玉作品中有很多和临澧古方言发音一样的词句。"年年四月菜花黄，黄花鱼作朝宋王，花开鱼儿来，花谢鱼儿去，只知朝宋王，谁知朝宋玉。"这是一首当地从六朝年代就开始传唱的民谣，据考证为中国最早的渔歌，歌名叫《黄花鱼儿歌》，在《湖南通志》《湖南地方志》和《安福县志》（临澧县古称安福县，民国改名）均有记载。相传宋玉居此期间，特别喜食峪溪河里一种尾鳍为黄色的鱼。宋玉仙逝后，葬于峪溪河畔，每年4月油菜花开时节，雨水频繁，峪溪河水陡涨，这种黄色的鱼便成群结队汇集至宋玉墓前，黄色鱼尾翘出水面（实是这种鱼的一种生物习性，喜欢在水流冲击下集群产卵），波光粼粼，涟漪圈圈，犹如朵朵黄花水中盛开，场面蔚为壮观，神似朝拜宋玉。为纪念和缅怀宋玉这位在当地著书传学的文学先祖，后人就将宋玉墓葬所在地命名为宋玉村，而他毗邻的居住地叫楚城村，自古以来一直沿袭。单从这两处地名就可推测宋玉与临澧的关联性还是比较可靠的。

几千年来，宋玉的故事就像一棵树的成长，一直在我脚下的这片土地上生根发芽，开枝散叶，从未衰败。他的看花山，他的放舟湖，他的峪溪河，他的九辩书院，他的册封城池，他纵横千古的作品，在祖先淳朴的口口相传里，莫不闪烁着动人的光芒。

三

貌似潘安，才比宋玉。宋玉之才情，历史早已给了公正的评断。我们谈论一个文化名人，自然离不开他的作品。血肉之躯不过百十年，而经典的文艺作品却可以获得永恒的生命。和政治人物以文韬武略而扬名立万不同的是，文化名人须借以才情品格所附化的文艺作品方可千古不朽。宋玉能千秋传颂万代敬仰，当然也和他那些字字珠玑的文学作品密不可分。

宋玉当时是楚襄王的文学侍从，应该相当于现在社会地位很高的专业作家。他虽然是屈原文学的直接继承者之一，但与屈原的文学创作主旨和意图还是有所区别。屈原心在政治，是典型的"愤怒出诗人"。而宋玉的定位是文人，因而就更有心思和精力去打磨文学本身的东西，所以他的作品，就像他俊逸清秀的面容一样，是独具美感的。我想，在性格上，宋玉也一定是个完美主义者。

众所周知，中国文学的源头是《诗经》和《楚辞》。《诗经》在公元前6世纪左右流传于黄河流域，而《楚辞》在公元前3世纪前后广泛流传于长江流域，一个代表中原文化，一个代表荆楚文化，两大文化主体并立，南北辉映。以《楚辞》收录的作品数量计，屈原居首，宋玉第二，因此说宋玉是中国文学始祖之一，毫不为过。现据考证，还发现宋玉不仅是《楚辞》中作品的主要创作者之一，更是这部中国文学奠基式巨著的第一位主编，西汉刘向后来是在宋玉编撰基础上继续收集整理，完成的这部不朽鸿篇巨制。

宋玉的作品，在继承和发扬屈原华丽细腻骚体文学形式的同时，又开创了在表现形式上更加对仗通俗的赋体文学，"赋祖"之尊理所当然。宋玉在中国文学史上的地位，从唐朝诗仙李白发出"屈宋长逝，无堪与言"之叹，到宋代散文大家欧阳修的"宋玉比屈原，时有出蓝之色"之感，足见其举足轻重的分量。可要知道，这二位尊神，一个代表了中国古典诗歌文学的最高成就，一个是开创了一代文风的古典散文家领袖，他们被不约而同联袂并举，宋玉之尊，可见一斑。而我们现在常常脱口而出的"阳春白雪""下里巴人""曲高和寡""巫山云雨"等成语，也皆典出宋玉作品，你就知道他在中国几千年文学史上的影响力有多大。

作为一个拿生命玩文字的人，宋玉一辈子都在从事文学创作。但限于农耕时代传播手段和条件限制，加上历史上多次毁书灭典的文字狱，导致宋玉传世之作并不多。经历代后人整理，现认定为宋玉的作品只有十六篇，其中我们耳熟能详的有《风赋》《神女赋》等，都是力鼎千古之作。而代表其最高文学成就的《九辩》和《招魂》，文中对生命、爱情、故土、家国等方面哲学家般的思索，放在两千多年后的今天，无论是艺术表现形式，还是作品思想性，仍然具备相当积极的现实意义。

宋玉活了七十六岁，在当时已是超级寿星级人物了，这与他后半生远离名利、寄情山水、修文养性的生活方式有关。他少年成名，十三四岁就入宫侍奉君王，因诗赋出色，年纪轻轻就获楚襄王赏赐云梦之田。襄王死后，继位的考烈王冷遇了宋玉，但刚过而立之年的宋玉还是在楚都郢城郁郁寡欢住了十余年，期待新君王重新起用，但终没有如愿，政治梦想彻底破灭。年逾不惑的宋玉只得无奈离开都城，于是一路抚玉当歌，击水向南，来到当年楚襄王给他的赐田之地，也就是现在的临澧县望城乡楚城村一带，远离了都市繁华，修庐屋两处，游历山水洗涤心绪，一支秃笔著书立说。日复一日，宋玉也便从一开始的郁闷低落，到后来渐渐迷恋上了这种与世无争、安逸恬静的生活。

拨开历史的烟云，目光回溯两千余年，我们似乎仍然可以看见：春花烂漫地看花山上，玉面素衣的诗人把酒抚花，吟咏弄春；莲叶接天地放舟湖上，青蓑斗笠的诗人怡然垂钓，渔歌唱晚；逶迤柔软的峪溪河畔，夕阳西坠，满河碎金，豪情冲天的诗人居然兴奋得如一个涉世未深的孩子般手舞足蹈，捡一颗石子掷过对岸，惊起鸥鹭数只。正是在这种闲情逸致里，宋玉的才情终如朝日喷薄大河奔涌，于是，见叶落悲秋而作《九辩》，怀屈原师恩而思《招魂》，怡然垂钓而有《钓赋》，晚风弄笛而蕴《笛赋》，徜徉浮山而得《神女赋》，风过原野而感《风赋》。星月山水催化着他的灵感，风雨露霜滋养着他的激情，一篇篇美文名作如流水一样源源不断。宋玉，也终于摆脱了一个看君王脸色的文学侍从的思想禁锢，在民间自由的呼吸里，蜕变成了一名经天纬地的文学巨子。如若他大部分的作品不流失于时光，那也定是等身之作啊！最难能可贵的是，宋玉在激情创作之余，又开始收集整理他的老师屈原以及同时代楚辞名家唐勒景差等人的作品，着力潜心编撰《楚辞》，从而达到他个人文学成就的巅峰。

原谅时光的势利吧，因为即便是最博大的光阴，它也可能不会记住一个卑微的君王侍从，但那些取天地之灵气的才子佳人，它却可以如数家珍。宋玉是幸运的，本是一次不幸的贬谪，却成就了他生命完美的转身。机遇就是这样，闪念之间，天地不同。

四

中国自古以来，文人墨客对秋天总有一种独特的情怀，从数

月光皎白
YUE GUANG JIAO BAI

千年星汉灿烂的文学艺术作品中,我们可以明显找到这条一直在历史深处隐现的文化脉络。而中国文化的悲秋之祖,正是宋玉。"悲哉秋之为气也!萧瑟兮,草木摇落而变衰。"这是宋玉代表作《九辨》中的名句,由此也开创了中国"悲秋文学"之先河。宋玉之后九百多年,另一个"悲秋文学"代表人物横空出世,他就是有"诗圣"之称的唐朝诗人杜甫。杜甫的诗中有大量借秋寓意的具象化元素,特别是他的《秋兴》八首,包举天地,涵括古今,忧国忧民,境界宏阔,是他"悲秋文学"的代表作。而纵观杜甫一生,他的人生失意之悲亦与宋玉相似,故而宋玉的《九辩》引起他深深共鸣,于是写下"摇落深知宋玉悲,风流儒雅亦吾师"的诗句,一抒胸臆。也许正是几千年以来悲秋文化的浸染,写诗的、画画的、搞戏剧的、玩音乐的等,中国文人就不约而同患上了这种无可名说的悲秋之疾,这或许就是一到这样的时季里,我总觉得有一股神秘力量把我推到这座古陵前的原因吧。

秋深草黄,无语彷徨。在许多朝圣者的脚步之后,我的脚步仍然噤若寒蝉。每一次到来,都是一次全新的心灵之旅。每一次朝拜这长碑高冢,都似有两千多年的楚风惊鸿掠过,内心不敢丝毫懈怠。

上一次来,是初夏时节一个心绪烦乱的午后,四面青草如发,风过草动,如你千年不厌的叮嘱。面对你孤冢之上的幽幽蓝天,只是片刻的思索,心便归复宁静安然。今天,我独人独骑,复至此处,心中又给你带来了一堆人生的困惑。深秋向晚,云幽风轻,空中阵雁悲鸣,池中残荷虽已历冷霜,却傲骨犹存。我似不是刻意来此寻求答案的,却有一种古老的暗示力量吸引我再一次站在了你的面前。河水已瘦,舟横不再,我如一个问道者,踟躇在峪溪河衰草绊脚的此岸,才经数步,答案已了然于胸。莫非，两千多年前的你初来此地之时，面对巨大的人生落差，也是在这条鸦鸣叶落的河岸之上，目抚秋水，心寄长空，突然就得到了生命的某种大彻大悟？

是的，很多东西，本身就没有答案，或者不需要答案，如天地淡然，方可豁达恒久。正应宋玉之《对楚王问》所言："故非独鸟有凤而鱼有鲲，士亦有之，夫圣人瑰意琦行，超然独处，世俗之民，又安知吾之所为哉？"

（原载《湖南散文》2016年第1期）

月光皎白
YUE GUANG JIAO BAI

春风拂过地坛的夜

到过北京好多次了,春天里来却是第一次。

工作出差,短短三天,行程排得紧,白天没时间出去,只能晚上找机会就近逛逛。住在东三环附近,周边能去的名胜景点倒也不少。叫了小庞,搜了几个景点,其中有地坛公园,就出了门。

网上说地坛公园晚八点半闭园,便作为第一去处。相较圆明园、颐和园、天坛等,地坛在北京众多名胜古迹景点中不算热门,进京旅行社甚少选择。而我对地坛的向往,缘于已故作家史铁生那篇著名的散文《我与地坛》,当初读之,泪流满面。早些年学写大散文,我曾把这篇文章作为启蒙之作,反复阅读揣摩。2010年岁末最后一天,史铁生去世,我再次泪流满面,在河边的冷风中,我还点燃了一本他的《我与地坛》作以祭奠。以前数度往返京城,但要不可选大景点太多,要不来去匆匆,皆与地坛擦肩而过,每每隐憾不言。

网约车的便捷和驾驶员温润的态度,在北京这个春天的夜像一朵悄然绽放的花。我从南方来,家乡的繁花早开过了一茬又一茬。而北方的春天,显得要迟一些。街头的紫李和玉兰倒是开了个犹抱琵琶,亮马河边的垂柳也抽出了浅浅的绿缘,在春风里婆娑。而其他绿树花草,还显然一副没睡醒的样子。这个有六朝古都之称的庞大城市，从古老走到今天，两边的高楼大厦如森林般密集而高大，在辉煌的灯火中，彰显着一个世界上人口最多国家蓬勃的姿态。就在前几天，两场全世界都关注的大会刚刚在这座城市闭幕，听说有许多春天的讯息，正像藏不住消息的布谷鸟的鸣叫，一声接着一声，要从这里传到远方。

花了两块钱，就走进了心心念念的地坛公园。史铁生的散文中，地坛不是公园，那只是一个随时可以自由进出的，悲怆荒凉的，却可以让一个人安静思考一整天的去处。而此时红墙内夜灯下的地坛公园，整洁得让我顿生一种距离感。我甚至不知道这种突然的距离感从哪里来，最后又是如何弥合的。公园里古木苍苍，除却松柏，其他树还没有长出哪怕一片树叶，高处的树枝上裸露着一个个黑色托钵般的圆形鸟窝，还真符合了一点当年帝王设坛祭祀的意味。我们在公园里疾走，没有半点逛公园的感觉。我只想找到地坛——那个史铁生用了生命全部六十年书写和倾诉的圣地。

但我的意愿落空了。不承想公园里还有一道高大的红门，把最核心的地方围了起来。那里白天才开放，而且还要买另外的门票。史铁生笔下的地坛，就在这二重红墙之内。我在这道破灭了我愿望的红门外，恼怒而焦躁地徘徊，甚至一度想翻墙而入。正在懊恼之时，我突然发现，这道红墙外的大坪，除铺着一块块方正整齐的仿石砖，正中间还裸露出一条一米多宽的古石板，一直通向红墙里面。它一定是直通地坛最中心的，像历史老人一道撕开皮肤后血肉翻出的伤口，镶嵌在现代文明的中间，永远都无法愈合。我俯下身，用手抚摸这石板的凹凸，感受这些汉白玉石板的坚硬、冰凉和沧桑。我忽然想到，这条看惯了五百年春花秋月的古石板路，帝王将相来过，史铁生摇着轮椅轧过，探古寻幽的人走过，无数不知名的老百姓来过。而在这个春天的夜，我也来回踱了两次，其间甚至来了个五体投地。我相信这条袒露心迹的古石板路，是有类似神经血管传感功能的，另一重红墙内我无法得见的地坛，一定会接收到我的匍匐和虔诚。它也许在隔着这堵高大的红墙对我说，两不相见，就是最好的相见。如此想来，终于释然而返。

返程路上，小庞问我，来而不得，是不是遗憾。这个头脑灵活的年轻人，来单位还没几年，刚谈恋爱不久，此时正是他人生的春天。而我，已近知天命之年。我说谈不上遗憾，甚至还有点庆幸，有些事情，到而不达，反而更有回旋空间。因为我知道，红墙里面的那个本叫方泽坛的地方，已没有史铁生文字里掩饰他无助和慌乱的衰草，也没有了如一朵小雾稳稳停在半空的蜜蜂，更没有了一个母亲急迫而可洞穿儿子心中一切的焦灼脚步。

是的，五百岁的地坛，在这个春天的夜，隐匿某处，不以示人。它隐忍而决绝，只为积蓄一种力量。它要挣脱一切茧束，抛却所有毁誉，以置之死地而后生的气度，来惊艳这座千年的古城，来芳泽这个历经磨难的古国。

（原载2023年4月7日《湖南工人报》副刊）

两个文学村庄的时代交集

一

第一次知道周立波的作品《山乡巨变》，是小时候在街边图书摊看的小人书。那时根本不知道捧在手里的是一部鸿篇巨制的简单普及读物。彼时不过十来岁光景的我，只知道在几十页黑白素描式的图片和图片下面几行文字描述里，判断谁是好人谁是坏人，却不懂得在那些图片和简短的文字背后，竟然还藏着风起云涌的时代变革。其实那个时候，我也正处于一个如小人书里与土地相关的大变革时代。中国的农村土地，在经过三十年的大集体生产后，又一次进入到革命性改变的进程，我所生活的那个小山村，就正在进行轰轰烈烈的田地包产到户。当然，那个连大部分成年人都还在迷茫观望不知所措的时候，一个懵懵懂懂的山村毛孩子，是无论如何也无法想到把一本薄薄的连环画和所处的时代以及现实生活发生逻辑联系的。

随着年龄增长，学业读到初中高中时，我喜欢上了一些课外的闲书。在那个出版物还并不丰富以及资讯信息还不特别多元化的年代，我得以完整阅读了周立波以及其他知名作家的一些代表作。正是在先生等一众先贤巨子作品的影响下，我也爱上了文学，继而一步步走上了文学创作之路。当时隔四十年后，我竟然

月光皎白
YUE GUANG JIAO BAI

也能以一名作家身份，踏上位于益阳市赫山区谢林港镇名叫清溪村——这个孕育了《山乡巨变》伟大作品的土地时，我的内心是窃喜的，或者说是忐忑的。我似乎是为了寻找一个谜底而来，这个谜底，就要在这块我即将触摸的土地上揭开。我相信，每一方土地都应该是独一无二的，是有着区别于其他地方独特密码的。我想知道，这是一块怎样神秘的土地，能滋养出周立波先生深邃阔远甚至是超越时空的思想；这又是一块怎样肥沃的土地，能生长出《山乡巨变》这样历经大半个世纪岁月淬炼后，依然具有时代意义的文字。

二

周立波故居已成为当下无数文学热爱者心中的一座殿堂，前来参观朝圣者络绎不绝。这座略显寒碜、占地面积并不算大的木板房，记录着先生成为一名伟大"人民作家"的人生轨迹。以木板房为圆心的方圆数里的土地，周立波在这里出生、玩闹、上学堂、思考，二十岁的时候从这里出发，走向外面广阔的世界，以一支素笔博得世界闻名。多年以后，满怀激情的他，再次回到他耳熟能详但"换了人间"的这片热土居住和生活，在社会主义建设的高潮中，周立波与乡亲们同吃同住同劳动，这与他当年因追求梦想离开家乡时的心境已经不可同日而语。正是这再次回家的十年时间，周立波把生他养他的这块热土完全代入了在此期间构思和创作的长篇小说《山乡巨变》之中，这是继获得斯大林文学奖的作品《暴风骤雨》之后，他的又一部具有深刻时代意义的代表作。在这部作品中，故事发生地的地理格局、语言风格、乡风俚俗等莫不刻着家乡深深的痕迹，特别是书中每一个人物，都是可以在他家乡找到原型的。或许，回到家乡，就如同回到母腹般温暖和安全，这里有周立波最丰沃的创作土壤，最闪光的灵感来源。而一个作家，能够回报家乡的，当然也就是最优秀的作品。因文而名，多年以后，当这块热土以《山乡巨变》中的故事发生地"清溪"命名而且随之名播天下时，先生对家乡的赤子情怀也就得到了最好的告慰。

徜徉在清溪村干净整洁的乡间道路上，所有的感官都充盈着书卷的芬芳。以周立波、王蒙、莫言、阿来等二十一名现当代著名作家命名的书屋，如一颗颗耀眼的星辰，闪烁在村庄的树幔绿帷之间。艺术雕塑、农耕文化体验园、文艺演出剧场、功能齐全的现代化图书珍藏馆等文化元素景点散落于田野山边。作家活动周、清溪一课、清溪书香之旅等文化品牌活动开展得热火朝天。民宿、擂茶馆、餐饮店、创意工艺品铺等自然分布在村落各处，转角一掩竹林的林荫下，几个满脸堆笑的老大娘向我们轻声推荐着刚采摘下来的新鲜莲蓬。这个已成为国家 AAAA 级旅游景区的村庄，没有过于喧嚣的商业活动，亦没有刻意迎合的生造硬设，一切都尊重山水与人文灵动自然的布局，风儿能自由地穿村而过，阳光能舒缓地明暗随心，鸟儿能一如既往地筑巢捕食，蛙虫能无所顾忌地鸣唱跳跃，所到之处，皆显妥帖而和谐。近十年时代大潮的涌动，这个正处在又一次巨变进程中的村庄，一改过去自给自足的传统农耕模式，升级成了一个以文化赋能乡村振兴的文学村庄。村庄在日新月异地发展，这让过去许多背井离乡出外打工的村民开始凤还巢，实现了家门口创业和就业，特别是一大批年轻人从大城市返回清溪村，他们用知识、活力和创新精神，义不容辞地承担起了新一代乡村振兴的责任，让这个古老而现代的村庄，再一次迎来了新时代的山乡巨变。仅过去的 2023 年，清溪村就接待来自四面八方的游客一百二十多万人次，村民人均年收入突破了五万元。

时值江南五月，饱蘸绿汁的清溪村就像一幅颇具视觉质感的油画，铺陈在通透澄净的蓝天白云下。掩映在民居四周绿意盎然的树，迎风晃动翠绿欲滴的莲叶，正在分蘖生长绿浪起伏的稻禾，见缝插针恣意生长的绿草。深绿，浅绿，远绿，近绿，条状的绿，圆形的绿，晃动的绿，静止的绿。这些绿，貌似杂乱无章，却又感觉错落有致，它们如此随意组合，但又一定有着某种内在的关联。这大约是天地合手，写给这个时代的一篇大文章吧，谋篇布局大开大合，叙事形式不拘一格，由己而言它，形散而神聚。这满目生机勃勃的绿，是要对我们表达什么呢？是希望的田野吗？是自由的呼吸吗？要不，就是那列从村庄中央铁路桥上呼啸而过的高铁——通向未来的远方！

三

从清溪村向北一百余公里，不到两个小时的车程的地方，也有一座同样因文学而闻名的村庄——常德市临澧县佘市桥镇蒋家村。这是一个真正意义上的山村，村里也曾有一名自带光环的主角，当年以一部名叫《太阳照在桑干河上》的长篇小说，与周立波的《暴风骤雨》同获1951年斯大林文学奖。是的，你没有猜错，她就是被一代伟人誉为"昨天文小姐，今日武将军"的丁玲，一位同样在中国现代文学史上具有深刻影响力的文学巨匠。

我与丁玲先生为同乡，老家与丁玲故居不过一箭之地，可以说，我是从小就听着丁玲这个伟大的名字长大的。正如每一个人都有难以言说的烦恼一样，每一块土地也都有不为人知的忧伤。

蒋家村地处山岭丘岗，历史上十年九旱，农业生产基本靠天收，要是遇上老天爷发脾气的年份，家家户户连填饱肚子都是一件困难的事。那时村里仅有一条与外界联通的原生态道路，却处于天晴一把刀下雨一团糟的状态。1982年秋，刚刚落实政策并重新走上领导岗位的丁玲，终于回到了阔别六十年的家乡，在调研工作完成后返程的最后一天，提出想回她出生的蒋家村黑胡子冲老宅地看看。然而由于当时连日大雨，出入山村的道路泥泞不堪，有的路段还被冲毁，导致人车根本无法通行，于是已然七十八岁高龄的丁玲，只能站在山口望家兴叹，怆然泪下。四年后，丁玲在北京溘然长逝，此事也成为她生命中最大的一个遗憾，这也从一个侧面反映了蒋家村当年恶劣的生存条件。因此在那些年，当地青壮劳力基本上都选择外出务工，留下妇孺小儿守望故土。当年这片土地上的人们，背着沉重的行囊，拖着难舍的乡愁，离妻别子，走向未知的远方，心中的酸楚，文字无法言表。空了芯的蒋家村，只能在那些年的风雨中自顾自怜，黯然神伤。

当大潮涌动时，一切皆有可能。十年前，蒋家村确定了以"丁玲"这个响亮的文化标识为突破点的振兴战略思路，决定重建丁玲故居，并以此为支点，带动当地农文旅产业的融合发展之路。蒋家村的人民继承了丁玲先生开创进取敢为人先的脾性，开台打鼓，说干就干，第一时间就开始因地制宜做规划，找资金，上项目，搞建设，一年一小变，三年一大变，一步步朝着自己想要的样子坚实前进。经过十来年持续发展，现在的蒋家村，不只让气度非凡的丁玲故居重现世间，还打造了丁玲文学景观游道、湖南省文学创作基地、向阳湖湿地公园、果蔬采摘园、风俗文化园、特色民宿区等文化旅游景点和项目，形成了观光旅游、吃住娱乐、农产销售等一条完整的乡村旅游产业链。

月光皎白
YUE GUANG JIAO BAI

　　如果此刻的你，趁着周末爽晴的天气，携家共友到蒋家村来一个两天一晚的乡村游，你定会有一番别样惊喜的出游体验。傍晚来临，沿着蜿蜒的丁玲文学景观小道，漫步在绿树环绕的湖畔，你会发现晚霞渲染下的向阳湖，亦如一幅另一种风格的巨型油画，满天彩缎般的晚霞映照在偌大的湖面，天地一色，大铺大染的金黄，辅以几只低飞嬉闹的白鹭，美得让人挪不开脚步。湖汊与山岗交接的缓坡处，那是一片片梯田式栽种的黄金李、五月脆、脆蜜桃果园，春可看花，秋来摘果，这个季节里，枝叶正劲，翠色欲滴。而在那些平阔一些的湖湾处，是一排排整齐的蔬菜大棚，原本白色的棚膜反射着晚霞的光泽，轻风拨弄，美如一行行跳动的金色五线谱。正因为家乡肉眼可见的发展，蒋家村一大批原来在外闯荡的能人返乡，村民回巢，他们依托本土资源，有回来种植果园的，有投资油茶深加工的，有做蔬菜大棚的，有经营花卉基地的，还有搞生态蜂蜜养殖的，各种公司加农户形式的合作社做得风生水起，构成了蒋家村产业可持续发展的骨架和格局。

　　从丑小鸭变成白天鹅的蒋家村，也在收获着时代发展的甘甜成果，沥青路铺到每个村民小组，太阳能路灯覆盖了全村路段，环保公交车也通到了村民的家门口，过去田间地头那些繁重的劳动，也在现代化农耕方式方法中变得轻松，那些劳作的场景，甚至写意如一幅水墨山水，展挂在古老的山岗林间。这个过去相对闭塞的小山村，也像清溪村一样，在新的时代借风乘势，相继获评"国家AAA级旅游景区""湖南省美丽乡村精品村""最美潇湘文化阵地"等荣誉，一举实现了令人惊叹的山乡巨变。这应该也是在丁玲诞辰一百二十周年之际，家乡人民对先生最好的献礼和告慰吧。

四

无论是周立波的《暴风骤雨》《山乡巨变》，还是丁玲的《太阳照在桑干河上》，叙述的都是农村大地上的故事。除此之外，远如文学源头的诗经楚辞、嵇康陶潜的田园归隐、李白杜甫的浪漫和忧伤、辛弃疾的边塞、徐霞客的游历，近到陈忠实的《白鹿原》、路遥的《平凡的世界》、阿来的《尘埃落定》等无数伟大的文学作品，也莫不向我们讲述着与土地密切相关的故事。做好土地上的文章，讲好土地上的故事，是古今中外历代统治者面对的共同课题。中国是一个古老的农耕国度，散发着泥土芬芳的农村大地一直是社会发展的主背景板，历朝历代的阶级矛盾以及几乎所有的民变运动，无不与土地有着深刻的关联。正是这广袤而丰沃的农村大地，孕育了无数让世人仰视的文学艺术作品，共同构成了中华古老文明的根茎枝叶，形成了几千年里我们最好的文化生态。

我一直相信，从泥土里长出来的文学艺术才会具有长远的生命力，而闭门造车的文艺作品终究会被摒弃。我出生在湘西北农村，在农村长大，小时候逢年过节、农闲季节或者乡邻家里有红白喜事，总能欣赏到湘北大鼓、三棒鼓、皮影戏、荆河戏等民间艺术，有些表演甚至就在田间地头，很多艺人农时下田劳作，闲时上台演出，无缝衔接，切换自如。我那时很痴迷于那些大人嘴中所说的"闲把戏"，也挺喜欢那些"不务正业"的艺人。当时我们村就有一位奇人，所见所闻现编现挂，顺口溜、对鼓词不假思索地顺口就来。我的一些历史知识、写作中的许多素材就是启蒙于这些民间艺术，还有一些唱词至今都能唱得出来。可以毫不犹豫地说，我今天能成为一名所谓的作家，和当年田间地头接触到的那些文艺表演有着直接的关系。

可是,世界才不过一百来年的工业文明时代,诗人和作家进了城,画家住进了高楼,把握文化话语权的人都生活在了钢筋水泥的森林中,越大的城市仿佛越有文化主导权,田野和山川成为需要旅游采风或者体验生活才可得见的地方,连我小时候在乡野随处可见的那些艺术形式,也在乡村的土地上逐渐萎缩消失,有的已被冠以"非物质文化遗产",曲高和寡。物质需要和精神需要是人类生活的两种基本需求,文学艺术是能给人带来愉悦感的,可事到如今,物质丰富了,人们却没有以前快乐了,这也成了我一直无法得解的困惑。在远离城市的地方,文学艺术的根须越来越浅,风雨飘摇,枝叶凋零,那些文字中长出来的葳蕤,那些艺术作品里散发的芬芳,已被淡忘在现实的叹息中,或在精致的利己主义中迷茫无助。就如同我生活的这座湘西北小县城,似都已不屑于或不适合谈论诗和远方。

五

平地惊雷起,万木又复春。而就在这样的喧嚣和聒噪中,蒋家村和清溪村文化赋能乡村振兴的实践成功,给出了这个时代里文学艺术应何去何从的正确打开方式。就像江河需要溯源,一切需要自然回归,文学艺术也要而且应该回到它最初生长和枝叶繁茂的乡村土地。唯有这样,阳光才能够照耀它,雨露才可以滋润它,灵魂方能恣意生长,生命亦可历久弥新,这才是文学艺术最舒服的状态,也是它最本真的模样。有人说文化是软实力,不能吃不能穿,好像是一件务虚的事情,但如果思路对了,方向正了,文化就可以变成实实在在的产业,也可以给老百姓带来真金白银的收入，软实力就转化成了硬实力。

当今天的你，无论自驾还是随团，无论是采风还是观光，来到蒋家和清溪两个以文学之名出圈的村庄后，你会看到在村里的露天民俗表演大舞台上，那些你备感熟悉和温暖的民间文艺表演又回来了。台上的演员就是村里刚刚洗脚上田的村民，演出的故事也无非是村里家长里短的桥段，台下游客和本地村民坐着站着混在一起，在既有阳春白雪，又有下里巴人的原汁原味的本色出演里，呼哨声、喝彩声与欢笑声不绝于耳。如果我们把自己的身份转换成一群生活在蒋家村和清溪村的孩子，想象他们打小就在这种浓郁的文艺氛围中浸淫成长，放学了能够到书屋里安静地看会儿书，周末和节假日可以看一些雅俗共赏的本土文艺表演，他们接触的人，听到的故事，经历的事情，如一股股涓涓细流汇入成长的河流，亦像一颗颗饱满的种子埋在他们幼小的心田，然后在润物无声中生根发芽，最终长成参天大树。我甚至可以预言，现在生活在这两个文学村庄的孩子中必有龙凤鲲鹏，假以时日，定会借风而起，脱颖而出。这样的结果，也一定是我们所有人都希望的，而这也许就是我从蒋家村到清溪村，心里一直想得到的那个谜底吧。

在这个草长莺飞的五月，我变成一名信使，在蒋家和清溪两个相距百余公里的村庄之间，传递着一些让人欣慰而又隐而不宣的讯息。这两个时空交集的文学村庄，不约而同在时代的加持下，实现了翻天覆地的山乡巨变，这也应该是丁玲和周立波两位文学巨子当年对家乡未竟的心愿吧。然而，在这巨大变化的背后，变的，不过是土地上的形式和内容，而不变的，永远是我们对这片土地的深爱和眷念。

（本文为湖南省作协 2024 年"百名作家写百村"征文获奖作品，原载《文艺生活》2024 年第 11 期）

安乡行记

一

先平兄从厦门回澧县探母，约在常德的几位毛泽东文学院同学一聚，安乡同学伍月凤做东力邀，就有了此安乡之行。

我是临澧人，安乡与临澧，均为古楚地，现同属常德辖管，虽不接壤，空中直线距离其实不过几十公里。天气通透的时候，站在我所工作的太浮山之巅，就可隐约看到安乡县城的建筑。而临澧县历史上一直叫安福县，民国时期，因与江西安福县同名而改，现在临澧县城还叫安福镇。俗话说"亲只三代，族有万年"，如此来说，临澧与安乡还是"安"姓族亲。而将这份姻亲相结合的，就是湖南四水之一的澧水。如果说人有两面，同一条江河，也一样会有不同的面孔。比如澧水的上游，如一名性情暴戾的蛮汉，但进入临澧县境之后，却立马换了副安静的面孔，一路过澧县，穿津市，逶迤百余公里，至安乡县境注入洞庭湖。因此，临澧与安乡为一母所育，同泽同袍，诗意地说"君住长江头，我住长江尾，日日思君不见君，共饮一江水"也毫不违和。一条同为母亲河的澧水，以其下游之阔大与平缓，共同孕育了临澧、安乡人民千万年来包容、平和而又自强不息的基因。

下辑 大地有痕

二

　　安乡是典型的湖区县，除却北部有一点山，其他都是平原和河汊湖泊。数万年之前，这里是八百里古洞庭的腹地，我们所经之处，均是波光粼粼的湖面。古洞庭湖其实是一直延伸到临澧太浮山脚下的，太浮山是武陵山脉和洞庭湖的天然分界点，也是洞庭湖西望第一高山，因而有"洞庭一点万山东"之说，站在太浮山之巅能看到安乡也理所当然。伟大的时间，把地球的演化当成了一个艺术创作过程，用地壳运动、气候变化等天然条件，一点点把这个星球变成了自己想要的样子。于是，在亿万计的时光里，江河改道，大地升降，湖海进退，古洞庭湖也在坚守与无奈中，悄无声息地改变了最初的样子。在碧波万顷的珊珀湖边，我能清晰地看到时光变迁的痕迹，看到在一个落日黄昏里，洞庭湖的主体水面终于了断了与珊珀湖的最后一点缠绵，渐行渐远，从此两不相见，珊珀湖成了洞庭湖遗留在安乡县的一个弃儿，这也造就了它暴躁易怒的脾性。在过去的千万年里，十年九灾，每逢雨季就性情大变，洪水滔天，水泽百里，生灵涂炭。我记得小的时候，每年六七月份，都会有拖家带口的人来我们这"躲水"乞讨，其中大部分是安乡人。有一年，母亲还短暂留居过安乡来"躲水"的一家子。

　　因为水患频繁，过去的安乡人少有建房之习，住所简单，设施简陋，水来人走，水退人还。其实，历史上此地取名"安乡"，并不是写实，而是饱受灾难的人们一种美好愿景。那时的安乡人，一年有一大半时间在修防洪垸堤。应该说，安乡人民对美好家园的向往，比其他地方的人更加迫切。20世纪60年代，新中

月光皎白
YUE GUANG JIAO BAI

国开国领袖毛泽东曾亲笔题词"南有新田，北有安乡"，就是对安乡人民自强不息精神的一种极大肯定。安居才能乐业，谁不希望有一个安全、安稳的家乡呢？不过短短几十年，退耕还湖，河垸治理，加上新中国成立后兴建的第一个大型水利工程——荆江分洪节制闸的节制调度，这片几千年被人称为"水窝子"的泽地，现在变成了真正安全的家园，"躲水"的日子一去不复返。站在珊珀湖畔，抬眼望去，但见杨柳轻扬，清波荡漾，堤如长虹，亭台楼阁，鱼跳人欢，而大堤之外，幢幢或古或洋的民居宛如星辰散落。正是在珊珀湖的龙头效应下，现在的安乡，早已跻身全国百强渔业县，水资源产业链齐全，产值数亿。岁月不负，珊珀湖在历经千万年的孤独与愤怒之后，终在这个伟大的时代温柔了下来，由一名弃儿变成了一颗遗落人间的耀眼明珠。"安乡"之名，也终于得以归位，名副其实。

三

"先天下之忧而忧，后天下之乐而乐。"宋朝一代名相范仲淹的千古名篇《岳阳楼记》，辞藻华丽，志向高远，其中这段名言更是震古烁今。千百年来，无数仁人志士在他这句醒世警言的激励下，立志许国，千古留名。

胜状高楼记岳阳，谁知踪迹始安乡。鲜为人知的是，范仲淹"忧乐天下"思想的起源和酝酿，居然是在安乡这片土地上。为造文友相聚气氛，"显摆"安乡文脉悠久，伍月凤特把接风宴安排在一个叫"范文正公读书台"的地方。这里的主人李杰先生，也是安乡县美术家协会主席，多年来致力于安乡文化研究，兼做收藏，是一个对自己土地爱得炙热的男人。他对安乡数千年的文化历史如数家珍，耐心地给我们介绍自己对"范仲淹与安乡"课题的研究。这让我放下些许浮躁，深度走进这位"济世良相"的青少年时代。

范仲淹本为江苏人，两岁丧父，其母迫于家贫改嫁一个叫朱文翰的小吏，范仲淹也随之改名朱说。宋真宗年代，朱文翰获用，出任安乡县令，范仲淹"侍母偕来"，被寄放在安乡县书洲院兴国观读书，"寒暑不倦"，至十七岁离开安乡，后考取功名，二十九岁才奏报朝廷复范姓改名仲淹。可以看出，"仲淹"之名的实虚之意，是与安乡多水有关的。安乡现存有深柳书院、读书台、洗墨池等一些与范仲淹有关的人文遗迹，而关于他立志苦读的传说，一千多年来都在兰澧大地广为流传。

很多人都质疑范仲淹写《岳阳楼记》前，是否到过岳阳楼。一千多年来研究的结果，是他大概率没有到过。既然没有到过，又是如何写出"予观夫巴陵胜状，在洞庭一湖。衔远山，吞长江，浩浩汤汤，横无际涯……若夫淫雨霏霏，连月不开，阴风怒号，浊浪排空……至若春和景明，波澜不惊，上下天光，一碧万顷……"等如此生动而又贴切洞庭气象的佳句呢？这就和他少年时代在安乡苦读功名的经历息息相关了。

安乡位于洞庭湖的西北部，当年范仲淹是在安乡城郊一个叫鹳港的地方读书。北宋时代，鹳港三面环水，其最高处就是范仲淹寄居读书的兴国观，与洞庭湖南边的岳阳楼不过隔着半片湖面而已。范公在兴国观苦读多年，对洞庭湖的地理气候、四时景象了如指掌。我想当年他接到好友滕子京托他写岳阳楼记的信件后，定然是会心一笑，那是他太熟悉不过的场景了。他的心里，兴国观就是一座早了些、小了些、旧了些的岳阳楼，其他别无二致。于是当即挥毫泼墨，任时光倒流，山水入心，少时的才情与一生的抱负如洞庭之水翻涌，千古雄文一蹴而就。我相信，提笔写《岳阳楼记》的那一刻，范仲淹脑海里的自己，并不是站在巴陵岳阳楼上五十七岁的范仲淹，而是站在安乡鹳港兴国观前那个十五六岁的范仲淹。

其实，一个人青少年时的经历，对一生都会有决定性的影响。正是在安乡十余年的少年生活，这块沃土孕育了范仲淹"忧乐天下"的伟大思想，这为以后他居高位主导推行的"庆历新政"，以及再后来的王安石变法，都起到了奠基作用。安乡也在范公的影响下，文风浩然，历史上有典可查的文学艺术精英灿若星辰，还涌现出了以革命先驱、中国共产党早期中央军委委员颜昌颐为代表的一大批杰出人物。而此后的一千多年，正是在范公忧思天下理念的引领下，一代又一代的中国人，或埋下修身治世的种子，或走向刀光剑影的沙场。

四

我八九岁的时候，在外地工作的父亲回家省亲，给爷爷带过一瓶产地湖北的"黄山头"酒。那是爷爷喝了大半辈子谷酒之后，喝到的第一支瓶装酒，啧啧几口后，露出无比享受的笑容，在村子里着实炫耀了一段。当时爷爷还用筷子蘸酒，让我唆了一口，印象很深。后来在慢慢长大的过程中，我才知道"黄山头"其实是我们常德安乡县与湖北公安县交界处的一座山，离我们并不远。只是我一直没弄懂的是，明明是一座山，为什么不叫"黄头山"，而叫"黄山头"？

不得不说，伍月凤是个"路痴"，带着我们两次走错上山的路，与黄山头的亲密接触，颇费了些周折。车上山顶，打开车门，肆无忌惮的风又猛又冷，让人有些猝不及防，像一个神交已久的朋友见面一个熊抱，结实而突然。放眼山下，极目千里，平畴无际，无挡无遮，整个世界似被绘制在了一幅梦幻般的巨大画卷上，毫无保留地铺陈在我们的面前。洞庭湖区是鱼米之乡，此时正值稻浪翻飞的收获季节，画卷的主色调为象征丰收的黄色。那些银丝般妖娆的河流，镜子般晶亮的湖泊，还有飘带般逶迤的公路，把画卷分割成无数个或深或浅或大或小的色块，在长空之下呈现着极富创意的动感。而那些积木般的房子，让你有一种随时都想调整拿取的冲动。这种视距内的平阔感，与我在太浮山顶俯瞰大地是迥然相异的两种体验。虽然太浮山最高峰海拔六百多米，但山下四围俱为连绵的丘陵，黄山头海拔不足三百米，但能在这千里平野一峰独立而占尽千古，视觉冲击感反差自然很大。站在黄山头之巅环顾四周，感觉世界是以黄山头为圆心向四面无限展开的。某个瞬间，我想化为一只鹰，纵情展翅，扎入眼前无际的阔与远，用自由的羽翼掀动心中的狂野，用快意的飞翔掠起沉睡的梦想。

"星垂平野阔，月涌大江流。"时间回溯千年，诸多被贬谪的文人政客，孤独地行进在广袤无垠的平原上，千里之内同一风光，数月半载，身心俱疲，直到这两湖交界，突遇这座突兀腾起的秀峰，心中的狂喜，常人岂可理解。于是登山抒怀，题诗留词，这座山自然就成了他们精神的驿站。如果把时光再前溯万年，脚下便是八百里古洞庭烟波浩渺的湖面，这座山实际和现在洞庭湖上的君山一样，只是露出一个山头的小岛而已。思绪至此，我突然感觉这座山叫"黄山头"确实要比叫"黄头山"高明，既有文人的诗情画意，也有政客的难言情怀。数十年疑惑，一朝得解。很多问题，是需要时间来回答的。

山上有一座"谢公墓",是为纪念北宋荆州刺史谢麟而建。谢麟为官清正廉洁,深受百姓爱戴,死后葬于黄山头,宋徽宗赐封他为"忠济真人"并修"忠济庙",以便后人祭拜。人若千古,唯有品行和修为。除此之外,还有一些如南梁丞相沈约、唐代诗人柳宗元、明代伏波将军马援等丹青留史人物的古迹或传说,凸显着黄山头厚重的历史。每一处沧桑的印痕,都是时空的见证;每一个动人的传说,都是丰厚的资源。

五

远古时代,人类力量弱小,只能逐水草而居。安乡土地平阔,湖汊众多,水草鲜美,食物充足,自然会成为古人类最早的生息之地。于是,七千年前,一群手舞木矛石斧、腰缠兽皮树叶的人类祖先来到了这里,发现这里终于不用再次迁徙,就在现安乡县汤家岗一带,开始夯土筑墙,立木造房,继而繁衍生息,开枝散叶,慢慢形成了人类最早生活的村落。1978年,汤家岗新石器文化遗址的发现,被史学界、考古界称为"汤家岗文化",现已列入全国重点文物保护单位。隔着七千年的时光,我脚下这片土地依然丰饶、平阔。围栏之内,遗址上那些精美陶器、碳化稻种、建筑遗迹等,无不向我们解析着祖先那些不为人知的远古密码,也无不传递着我们人类来处的艰辛与苦难。

水低为海,人低为王。安乡以地势之低而形成了肥沃的土地。肥沃的土地继而接纳了我们的祖先,滋养了祖先的体魄,启迪了祖先的智慧。我们祖先又从这里出发,向东向南,催生了几千年来一个又一个人类历史的文明。然而,也恰是这片土地的低,让她承担了太多的灾难,承受了太多的苦痛,就像贫苦而倔强的母亲，倾其所有，乃至生命，也要让儿女遮体果腹，走向远方。时距月余，当我的思绪再次触及安乡那片热土，一股敬畏的寒意自后背油然而生。就像这深秋之季里，万古而来的洞庭罡风，猛烈强劲，入骨入髓。

（原载 2020 年 11 月 25 日《常德晚报》副刊，《湖南生态文学》2023 年第 12 期）

母亲的北京

  这是 2019 年 8 月我带父母到北京旅游期间，随行随记的一组文字。那几天白天到景点游玩，晚上回到住处后就用手机戳字，主要是把关于母亲此行的状态记下来，我是怕时间一久，一些我所见所闻所思的即时感觉就没有了，文字本身就有即时记录功能。当时五天写了五篇，首发于"风清扬子"公众号，头天写第二天发出来，电视连续剧一样引来众人围观，一时反响较大，写评互动颇为热闹。

——题记

第一天：天坛

  母亲活了七十多岁，甚少出远门。十多年前我问过母亲一次——最想去哪看看？老人家不假思索——北京！看看天安门和毛主席纪念堂。这是他们那代人共同的心愿吧！

  十多年弹指一挥间，母亲已年逾古稀。其间也曾动员过母亲，希望帮她完成心愿，但要不就是自己琐事缠身，要不就是父母二人身体出状况。其实我知道最主要的原因，是母亲担心我们的经济条件不太好，怕给我们添负担，总以各种理由搪塞罢了。这次终于爽快，也是基于她知道我们家境转了点弯，基本不欠外账了。

早七点半的飞机，说好五点半到乡下接二老，他们却三点多就起床了，说睡不着，看来有点亢奋。父亲退休那年，单位曾组织他们到过北京，这次算是陪同母亲吧。飞机起飞的时候，我隔着过道紧紧抓住母亲的手，母亲转过头朝我笑了笑，笑容自然而通透，看得出她的放松和满足。

到北京已过上午十点，天气还算凉爽。一路地铁，到达儿子早几天在网上为我们订好的一处民宿，位置不错，距崇文门地铁站不远，离天安门广场近，也就离母亲的心愿近。一路上看见爱人购票、购物等俱是微信扫码，不见现金，母亲直说跟着我们看风景过洋瘾。那神情，像极了一个想努力矜持又压抑不住兴奋的孩子。

午餐在住所附近一个餐厅，味道不错，特点了半套北京烤鸭。母亲很认真地按照吃烤鸭的方法尝试，还不忘提醒父亲注意吃相。母亲的优雅是骨子里的，哪怕她一辈子都生活在农村。而父亲习惯了狼吞虎咽式的大碗吃饭，哪管得了吃相好不好看，边山呼海啸般地吃边回击母亲："你不晓得我壬午年没吃的啊！"湘西北民间形容一个人吃东西特别馋样，常说"像壬午年没吃的"。父亲生于1942年，刚好是古历壬午年，那年正是抗日战争最艰难的时期，也是一个历史罕见的灾荒年。二老一顿操作如说相声，我们坐在对面落个偷着乐。

餐后在住处午休了两个多小时，参观计划的第一个景点——天坛公园，离住处不到两公里，步行即至。父亲平素每天得疾步五公里锻炼，这点脚力不算什么，没想到母亲居然也步伐不疾不缓，不怠不歇。古代皇家园林的气势颇在，参天古树，精美建筑，独特布局，母亲一路感叹，怎么能想到这辈子居然有机会到古代皇帝玩的地方来了。在天坛这个古代帝王祈年祈福祭天的地方，平素最不喜照相的母亲，第一次很配合地照了几张合影和单照。她的心里，应该是给她的家庭和儿孙祈下了一份洪天之福吧。

回程之时，天色将晚，天气突变，一时风卷飞沙，乌云压城，眼看一场大雨在即。我们加快脚步，刚出天坛北门，就有人惊呼："彩虹！"东边望去，真有一道双层彩虹挂在天上。母亲见此，脱口而出一句："马云拦东，有雨不凶。"我问"马云"为何物，答曰"彩虹"。一辈子在农村生活的母亲对天气素来敏感，小时候常听她说什么"天上鱼鳞斑，晒谷不用翻""星星眨眼，出门带伞"，俚语老话总是张口就来，这和她几十年丰富的农事生产有着密切关系。爱人笑说当年要是母亲读书的话，一定是个女秀才。我也打趣母亲，说："你这经验之说是我们南方湖南的，在北方的北京可能不灵。"母亲把头摆过来，幽幽一句"天上的菩萨哪里都一样管"。果然如母亲所料，天相看似气势汹汹，却只下了几滴连灰都没压住的雨点。我们就在母亲这句谚语的激励和指导下，一路不慌不忙有说有笑地步行回到了住处。

第二天：天安门

因赶天安门升旗仪式，凌晨四点就起了床。我来北京数次，也没看过升旗，说是陪母亲，其实也是给自己了愿。连续两天都起绝早，对老人来说怕有点吃不消，但母亲兴致之高，精神之好，显得我的担心多余。拦一四轮敞篷电动车，在凌晨北京柔黄的路灯下风驰电掣直奔天安门，沁皮入肉的晨风吹乱母亲花白的头发，倒有几分说不出的意境。

在第一缕阳光都还没有照射到大地的时候,好像全世界的人就已经汇集到了天安门广场,四面来的人群如潮水般一浪接着一浪。观升旗的过程与想象的出入较大,与其说是看升旗,不如说是看人海,挤在人群中,眼前是一片树林般的自拍杆林,以及一层层骑在各种体形父亲肩头的娃娃背影。身高近一米八的我目光尚且无法突破如立筷之人林,相对矮小不少的母亲就更只能观人项背了。父亲显然有些急躁和不满,嘴里嘟囔着说他二十多年前看升旗是如何轻松,哪有什么安检哪有这么多人。母亲实在忍不住,怼了一句:"又翻老皇历,你那是么哒年代了,不晓得这二十多年中国发展有好快吗?"说完还一脸的骄傲。五点二十六分正式升旗,当激越的国歌声响起,我看见人群里如一颗尘埃般存在、其实除了看人后背啥也看不见的母亲,突然一下子刻意把原本松弛的腰杆挺了起来,整个过程一动不动。

升旗仪式结束,人群松动。我们买了点面包和水,找了个角落就地坐下吃东西。父亲打趣母亲:"起个绝早,跑个血奔心,就看了一会儿人屁股,划得来不?"母亲白了父亲一眼说:"你懂个么子,这是一种感觉。"怼得父亲讪讪地接不住砣。那一刻,一本正经的母亲,像个资深的哲学家。吃东西期间,一只麻雀毫不胆怯地落在了我们伸手可及的地方,给它丢了点面包屑,小家伙蹦蹦跳跳就到了手边。对任何生物都仁慈的母亲显然也被这个不请自来的小精灵吸引,一边丢面包屑一边说:"都说我们湖南洞庭湖的麻雀是吓大胆的,看来这北京的麻雀胆子比洞庭湖的麻雀胆子还大哦。"什么时候,不苟言笑的母亲居然变成了一个幽默的段子手。

吃完东西,我们在广场上就着人民英雄纪念碑、人民大会堂、天安门城楼作背景拍了一些照片留作纪念后,便跟着人群去往故宫。因我在安排上犯了主观主义错误，本是想先就近参观毛主席纪念堂，但见参观的队伍排成了一条九曲十八弯的长龙阵，就建议先看故宫后下午再折返过来，不晓得纪念堂只限上午参观的规定。错误一个接一个，穿广场，过地道，枯等哑熬，好不容易跟着人潮"挪"到故宫，却被告知故宫单日人数限制"仅"八万，买不到门票，别人一般都是老早网上预订，于是只得重复过安检，再次进入广场去参观纪念堂。此时日上三竿九点过，明晃晃的太阳考验着人们的虔诚。我上次来北京参观过纪念堂，因包、水杯等物品不能入内，这次刚好给大家拎包和水杯。排队参观的人多得让人绝望，加上广场无遮无挡太阳直射，在外面等待的我生恐患有糖尿病的母亲身体吃不消。但我没有打电话说出我的担心，是因为我知道母亲的性格，她认定的事，再苦再难都会做到。当年我家水田七八亩，主要劳动力就母亲一个人，每年双抢季节，即使累到吐血中暑，也要坚持把事做完才收工。她说既然跟了父亲答应撑这个家了，死也要把事情做好，不能让人看笑话。参观纪念堂是她此行最大的心愿，我即使把困难说得再大，母亲也不会放弃这个目标。差不多中午十二点半，我在纪念堂出口才等到他们出来，原以为母亲会很累，哪能想到看上去精力比父亲和爱人还要好很多。出广场的时候，她步履最快，一个人走在了前头，我叫了几次她的速度才压下来。父亲说这次排了人生以来最长的队，又累又渴，母亲能坚持下来全是精神的力量。这哪是平时那个动不动就腰疼腿胀头发晕的古稀老人哩！

　　下午在住处休息了几个小时，听房东的推荐去簋街逛逛。簋街是北京最有名的夜市街，原来听这地名，音辨一直以为是"鬼街"，这次还学了个新字儿。簋街的繁华很是让父母惊叹，灯火辉煌，人流如织，全国风味云集，香沁心脾。适宜的温度，舒爽的晚风，全世界不同肤色的人们都可看到，徜徉在街头，母亲很是惬意，连称享福了享福了。在一名为"煮宰味来"的重庆菜馆，我们吃了一条烤鲫鱼，点了两个小菜，母亲吃得足心足意，连脸上被岁月深耕的皱纹都舒展了许多。

从簋街回住处，在地铁站，母亲在儿媳妇的指导下笨手笨脚地学习在购票机上自动购票。我的印象里，母亲一直是不愿意尝试新生事物的，甚至可以说是抗拒，常被父亲嘲笑"最喜欢打拦路板，么子都不愿意学"。当她看到几张车票在自己亲手操作下唰唰地吐出来时，忍不住呵呵笑，嘴里不由自主地说着："真高级哦！"这之后她就不用我们帮助，自己尝试刷卡进站、插卡出站，享受着高科技给她带来便捷的快感。在地铁出闸口，当母亲看到自己插的卡被闸机吞入后，自动闸板"哗"一声打开时，她回头朝落在后面的父亲笑了一下。那一瞬，她的眉头明显一挑，鼻头上扬，似乎带着挑衅的味道。或许就是那一刻，这个年过古稀的女人，内心又回到了四十多年前，和眼前这个年近八旬的男人，那些苦涩而甜蜜的岁月。

第三天：长城

自由行的最大便捷就是除了睡到自然醒，还能随时随地掉转船头改变行程。比如今天，原打算去颐和园，但在住处楼下一庆丰包子店吃早餐，遇一字正腔圆的北京老哥，在门口卖力地推销长城，遂上前穷问其详，最终达成八百大洋一天包车游长城、观鸟巢水立方以及八大胡同之约。母亲一听八百块一天有点肝儿疼，又生怕我上当受骗，上车时还将信将疑。他们这代人，本从一个没有戒备的时代走过来，但近几十年社会风气不正，人与人之间失去了基本的信任。母亲的担忧自有她的道理。

包车师傅姓程，祖籍山东，1982年到北京当兵，转业后留北京，这倒和当过兵的我有些共同语言。程师傅人很热情，上车之后就一路给我们介绍一些经过的地名地标，慢慢地也就打消了母亲的顾虑。刚好周末，去长城的车很多，车速不快，忽走忽停，这对晕车的二老很是考验，虽吃了晕车药做了些防范，但父亲还是先败下阵来了，要吐要拉。程师傅找了个加油站让我们休整，母亲下车时顾不得自己也在摇摇晃晃，仍不停地问老头子怎么样。程师傅建议我们改八达岭长城为慕田峪长城，说慕田峪风景更好，游客相对少一点，八达岭名气大，人太多，老人家这身体怕是排队都够呛。就这样，行程又被更改了一次。休整完后再出发，二老感觉好了很多，加上去慕田峪的路两边生态看上去出乎意料地好，有花有草，郁郁葱葱，身体和心情就更放松了。程师傅说外国人一般都去慕田峪，这条路看来代表了国际形象。

七十多公里路，差不多花了近三个小时才到达。父母身体使然，当然只能坐缆车，而且必须是往返。母亲素来恐高，一开始打退堂鼓，说让我们仨上去，她在山下等。我稍作劝说，母亲一口应允，说拼了这把老骨头。慕田峪的游客少其实只是相对的，排队等缆车的人也是一眼望不到头的长龙阵。我问母亲身体感觉，她说昨天排了纪念堂的队，这里是小意思。枯燥的排队过程中，突然出现了一个插曲，就在我们后面的一对外国友人，其中那位女士突然蹲下哭了起来。我学的几个英语单词早还给英语老师了，用仅记得的俩单词"what""why"一顿词不达意地乱问。那男的显然猜懂了，做出用手扇脑袋的动作，意思是热的。我忙跑到前面去叫工作人员，工作人员过来好像是给她喝了一支十滴水之类的药物吧。母亲突然想起了什么，问父亲："你不是带了风油精吗？"父亲恍然大悟的样子，一顿手忙脚乱翻出风油精，朝外国友人又指太阳穴又指人中的一阵瞎比画，友人理解且接受了父亲笨拙的好意。父亲举着风油精，给友人涂完太阳穴后再涂人中时，外国友人一下子被逗得笑了起来。一顿国际援助结束，母亲又想起什么，问父亲你刚才晕车时怎么没用风油精，父亲一听大腿一拍，懊恼地怪母亲怎么不早提醒。

  缆车六人一车，我们和两位外国友人同车（不是接受我们帮助的两位）。更巧的是，我们坐的这车是1998年美国前总统克林顿参观长城时坐过的，父亲显得很兴奋，连连拍照，母亲倒不以为然，不屑地瞟了父亲一眼，哼了一声："美国总统坐过的有什么了不起吗？"大将之风立显。母亲不敢往缆车下看，我问她是不是怕，老人家的回答总那么轻描淡写而又平地惊雷："怕？怕好了吧！和你们在一起怕也不怕了。"一趟北京行，这老太太的智商情商怕是爆表了吧。

  万里长城的壮观自是让所有人激动不已，我一下就被祖先的伟大壮举征服了。但见崇山峻岭之间飞龙游动，雄关耸峙，蓝天白云，古今可见。父亲举着自拍杆，恨不得把长城装进手机带回去，兴奋之情溢于言表。倒是母亲，不惊不乍，静静伫立于一垛口，目抚关内关外，身浴长天罡风，良久，又像问我又像自语："那时候没得机械设备，这些岩石是怎么搞上来的呢？这不晓得要死好多人哩！"开口就是黎民苍生，你让我这个只停留在长城表面美景的儿子情何以堪？

  沿着长城石阶，陪母亲慢慢行往一烽火台。烽火台内空间狭小，结构复杂，来往游客摩肩接踵，时时需侧身避让，瘦弱的母亲几经揉动，身体略感不适，忙择一偏僻角落扶其坐下，吃了几粒随身带的心保丸，休息片刻后即返。等候下山缆车时，老人家说刚才要是一下死在长城上就好玩了,就像范喜良一样往长城脚下一埋了事。母亲一直喜欢听说书,孟姜女哭长城的故事就是当年她讲给我的。我说那搞不得,我们到时把长城给哭倒了赔不起,老人呵呵直笑。

下山差不多已是下午三点,幸好听了程师傅建议,要去八达岭还不定折腾到什么时候,找了个路边农庄吃饭后返程。路上照样走走停停难得舒眉展目,至市内天色将晚,在鸟巢外下车拍了照片,考虑到父母晕车,遂放弃了约定好的水立方和八大胡同两个地方,就近坐地铁回住处。

一天行记本可以这么结束了,但母亲总会给我们一些插曲。出崇文门地铁站过道时,一对盲人老年夫妇在过道拉二胡卖唱,母亲见状,从包里拿了五块钱放在了他们面前的盆子里。动作之自然与迅速,我连一个镜头都来不及捕捉。

第四天:圆明园

起床、洗脸、漱口、上厕所、换衣服,不催不赶,顺其自然,就像在家里的节奏一样,吃完早餐出发差不多已九点。今天的目标是颐和园和圆明园。立秋后的北京,天气舒服得让人意外,温度刚好处于人体皮肤适宜的指数,白天虽也是艳阳高照,却没有让人无法忍受的灼热感,出点汗也迅速挥发,全没有老家那种衣贴后背汗涔涔的闷热。相反电话那头的家那边天气,正在秋老虎的狂暴下火燎火烤,天气预报图一片吓人的红色高温色,有朋友微信留言,建议我带父母最好玩到月底再回去,来趟北京相当于避暑了。最没想到的是首都一直被人诟病的空气居然通透干净,清爽宜人,天天都是北京蓝。本还想让母亲见识一下沙尘暴呢，老天没给机会。

照例坐地铁，这种在地底下畅通无阻的铁龙，应该是除了摩托车、拖拉机，最适合父母这类晕车老人乘坐的交通工具了。本想先去颐和园，在线路图上找了半天没发现这地名，倒看见了圆明园，遂改先去圆明园。后来才知道，到颐和园的那个站名叫北宫门。经过几天时间适应，母亲终于知道怎么看线路图、如何分清地铁行进方向了，用她的话说就是走丢也能找回去了，真是母亲的一大步。圆明园入园口，母亲看爱人无须排队，微信扫码就能无现金购票，仍然一脸蒙圈，看着一溜挂在柱子上的二维码嘟囔着："这就怪事了，这个图怎么手机照一下就晓得给钱了呢？"

圆明园游客很多，根本没办法停留，一路被动跟着人流前行。这个季节，正是圆明园里荷花张扬显摆的时候，湖里水清草肥，能看见各种鱼儿放松地在水草里闲逛，而扁嘴的野鸭、尖嘴的鹭鸟则视人之熙攘为无物，追逐玩闹皆随性自然，有几只还趴在睡莲上睡觉，其享受状让人生出几分羡慕。母亲习惯的步频被簇拥的人群打乱，加上昨天长城行晕车可能还有点影响，走一段后有点累，刚好有乘船点，遂坐船前行。圆明园坐船还真是良心价，一个人才十五块，差不多两公里。最美的是船路为荷花夹道，船两侧是伸手可抚的荷叶荷花。几只野鸭一直跟着船尾，想必是希冀游客能施舍一点食物。我们坐的是人力橹船，摇橹的船老大六十岁左右吧，用手机放着一曲接一曲《纤夫的爱》《让我们荡起双桨》等与船有关的曲子，他还一路跟着旋律唱着，完全沉浸在自己的感觉中，把一份力气活硬生生变成了一种自娱自乐的享受。母亲背靠船帮，看着岸上川流不息的人流，突然问我发现了什么没有。我有点反应迟钝，说没发现什么，就发现人多。母亲说没看见几个外国人哦！我认真一看，还真没有几个洋面孔，前几天玩的几个景点走错路的都是外国人。我看是外国佬不好意思来圆明园吧，这地方当年就是八国联军放火烧了的。母亲看过《火烧圆明园》的电影，居然得出这个结论，想想还真是合情合理。老人家这脑袋是开挂了吧，真是冷眼观世界，一语惊天人呐。

在圆明园标志性景点——大水法遗址前，母亲看着那些残垣断壁，散落各处的精美雕刻，一点也不高兴，想给她拍一张照留个纪念，也执意不予配合："这有什么好照的，这是人家欺负我们的地方，你以为光荣啊！"母亲记仇，这是她一个很大的毛病，哪怕现在几十年过去了，母亲还常常翻一些小时候谁谁谁欺负过我们谁谁谁看不起我们的旧账，要我们长记性，好好工作，不能搞得比别个差，不要让人家看不起。

颐和园离圆明园不远，母亲本不太想去了，但在我连哄带骗之下还是成行。没想到颐和园游人更多，母亲进了个门，就被插筷一样的人流冲得疲惫不堪。她不愿扫我们的兴致，就提议就地休息等我们，于是帮她在临湖的一处找了个稍稍偏僻的地方。我们几人快马加鞭地进园转了一下，走马观花，草草收场。出园，见母亲步履沉重，想租个三轮车送我们到地铁口，一听人家要价三十，老人家赶紧加快了脚步，显得很有精神的样子，嘴里零零碎碎："一泡尿远，还租么子车，钱是浪打来的不！"

第五天：北京街头

北京行的最后一天，没有刻意安排游玩去处，晚上九点多的回程飞机，实际也是足足一整天。母亲却有些按捺不住一颗归心，说金窝银窝，还是要自己的狗窝。订的民宿中午十二点前要退房，母亲天才放亮就起了床，也不开灯，一个人借着窗外透过的光线收拾东西，窸窸窣窣的响动，让迷迷糊糊的我以为是老鼠在塑料袋里翻找吃的东西。

一路行程，一路发微信朋友圈，在首都生活工作的几个同学朋友都知道我来了北京，或电话或微信邀请见面吃饭。母亲是一个素来不愿意给他人添麻烦的人，不喜迎来送往的应酬场合，我深知其秉性，再说此行的唯一目的本来也就是陪父母，也便拒绝了所有邀请。但也有例外。大姐两口子给在北京工作的女儿带孩子，我们住的地方离她住的地方不过两站路。这期间大姐两口子已来我们住处看望了父母两次。大姐其实是大表姐缩称，母亲在她四姐妹中最小，最大的姐姐（我喊大姨娘）长她十八岁。大姐是大姨娘的长女，只比母亲小不到三岁，虽然隔着辈，实际和姐妹没什么区别，打小一起长大。我的十五个表兄弟姐妹中，大姐为头，我家两兄弟排尾，年岁跨度近三十岁，自小大姐在我眼里也像长辈一样。大姐身体不是太好，前些年脚骨折后愈合得不好，加上比较严重的腰椎问题，导致走路都困难，只能一小步一小步地挪动。这几天她两口子来看父母，母亲看到大姐走路的样子，心疼得不行，眼里泪光直闪。于是我提议反正中午就要退房，要不就先将行李放大姐家去，再周边随意玩一下。母亲立允，说你们几个去玩，我刚好有机会和雪珍（大姐名）说说话，遂网约了个车前往。

在大姐家，我问周边有什么去处，她说有个纪晓岚故居。母亲一听，问是那个铁齿铜牙的纪晓岚吗？晚年的母亲，最大的爱好是追剧，什么宫廷剧抗日剧都是穷追不舍。大姐一听母亲对去纪晓岚故居有兴趣，就说陪我们一起去。步行不过一公里，但也得穿几条街，还得过一人行天桥。母亲交代我们慢点走，反正不

月光皎白
YUE GUANG JIAO BAI

赶时间，我也乐得慢悠悠。前面每次来北京都是因为工作，急赶火燎的，这次终可以慢下来浏览北京街头的风景。但平日里散步时大步流星惯了的父亲，一不小心就冲到了最前头，母亲一见父亲没听自己招呼，急得连斥带讽："到哪都喜欢逞能，好像晓得路似的，以为是在自个家里啊！"父亲没回头当没听见，只是把手机往肩头举了举，意思是我有这个呢。前几天刚给父亲换了部功能好点的智能手机，母亲不知道我教父亲玩百度地图带路，这两天他已摸索得溜溜转了呢。

纪晓岚故居很小，仅保留了中堂屋带小院一列的房间，以前两侧还有一些房间的，但在城市建设中被削去了双翼。不过历经两百多年历史风雨，还能在这寸土寸金的大北京谋得一席之地，着实也不是一件容易的事情。父亲一阵风就参观完了，母亲倒和大姐慢慢悠悠转着，不知道她们是参观，还是不过是换个有故事的地方继续聊天而已。即便这样，也不过半个小时就结束了这个景点的游玩。母亲有点累，说回大姐家。父亲倒是意犹未尽，说还有大半天时间，别浪费了，回去多无聊。于是由母亲和大姐先回，我们带着父亲骑共享单车穿街走巷。父亲第一次骑共享单车，爱人教他微信操作使用，当他听到车锁"啪"的一声打开时，兴奋得只差跳起来。共享单车骑到哪停到哪，还能换不同的车，穿行在大北京最原汁原味的胡同，父亲高兴得连呼"这才有味道，这才杀瘾"。他也终于找到了揶揄母亲的借口：一辈子什么都不愿意学，保守派一个，连个单车都不会骑，不然这几天要轻松好多。我只会心一笑，并不点破老头子也只能背着母亲说说她坏话。

借着百度地图导引，我们骑到了天安门广场，又经过刘老根大舞台，而且还在老根餐馆吃了午饭，再骑回大姐住处已是下午三点。架不住大姐两口子的热情,晚餐非得在一羊蝎子馆请吃一顿。母亲说都是自家人,花那冤枉钱搞么子。母亲性子是真急,吃个饭也安心不下来,催着我们快点吃。我说还有四个小时呢,到机场满打满算也就一个小时。母亲就说万一堵车呢?万一路上出什么状况呢?万一飞机早开呢?最后一个万一实在让我无语。结果在母亲的诸多万一中,我们差不多提前了三个半小时就赶到了机场。

来时在常德桃花源机场坐飞机时,母亲说桃花源机场好大。到了首都机场,她才知道什么是真正的大机场,从取票、过安检,到走至指定登机口,就用了一个多小时。在候机室,母亲隔着玻璃看着满大坪数不过来的各种大小颜色不一的飞机,又幽了一默:"这哪是机场啊,这是到了鸡(机)窝吧!"爱人还带着母亲上了一趟卫生间,出来后母亲在父亲面前忍不住炫耀着:"你不晓得那水龙头有好高级不,手一伸热水就出来了,还吓我一下,高级得很。"父亲侧过头,只小声笑着对我说:"看把你妈妈神气的,乡巴佬一个,那叫感应龙头,二十多年前我坐飞机时就用过。"母亲自然是听不到的,只以为父亲心虚了,好一会儿还荡漾在自我感觉良好的涟漪之中。

飞机正点起飞,午夜时分到达常德桃花源机场。一出机场,热浪迎面袭来。"半夜三更还这么热,白天那还不热死个人,秋老虎真的狠,北京立秋了天气也真的舒服。"母亲几句话就把两地天气作了点评。机场取了车,到家已是半夜一点多,母亲一进屋,长舒一口气说:"人呐,不管去好远,最后还是要回家的!"

北疆之旅

2024年8月中上旬,和几个朋友到新疆玩了一趟。新疆是我一直想去的地方,除了美其自然风光之阔美,也慕其文化历史之璀璨。有所见所闻即有所得所感,每每在大地行走,我就觉得自己像一支笔在一张巨大的纸页上划过,当然是要留下一些痕迹的。这组文字,就是这趟北疆旅行过程中,我在车上或宾馆里用手机戳下来的,虽然只是一组流水账式的即时记录,但于我的人生,却是一次难得而深刻的生命体验。

——题记

第一天:出发与抵达

人是有欲望的,比如对未知的探求欲就是一种天性,旅行是其表现形式之一,那些未曾涉足的地方,总想一探究竟。有人说,所谓旅游,就是从一个自己待腻了的地方,到一个别人待腻了的地方看看。科技发展到如今,地球的每个角落似都已无秘密可言,但太多的人还是愿意以气候、饮食、语言以及生活习惯为敌,哪怕舟车劳顿险难种种,也要身体力行一饱眼福,获得一份生命的体验。

比如新疆,还在读书时期的我,就想有朝一日有闲有钱了一定要去走走看看。几年前，曾有一次机会和几个朋友约好一起前往，但临行前一天我因故而取消行程。那次他们去的是新疆南部，也就是一般人说的"南疆"，我在朋友圈看他们几个在几千公里之外，由着性子撒欢吃喝，眼馋又遗憾。转眼几年过去，这次集中休年假，原来那几个朋友又燃起了再行新疆的火苗，那个一直未解散的原"南疆行"的微信群名也变成了"北疆行"。错过了南疆之行，这次北疆之旅一定要参加，我不假思索积极响应，人生能来得几次遗憾呢？几经碰面商议，终成此行。

如一个孩子兜里揣了几块糖般，兴奋和期待了十多天，终于到了今天启程的日子。晚六点五十五分，当长沙黄花机场一架航班号为CZ6956的波音737飞机后轮离开地面腾空而起的那一瞬，恰好几缕金色的阳光透过舷窗照进机舱，一下子就装点了包括我们一行在内所有旅客愉悦的心情。我们将此行定义为文艺采风之旅，是因为一行七人里，有省级和国家级的作家和摄影家各三名，妥妥的文艺范儿。三位摄影家，除却携带的随身衣物，还有长枪短炮无人机等摄影装备，看上去大有把一路风景都摄入镜头的气势。谭部长自说有恐高症，加上牙疼，飞机仰角上飞时，他脸上真还有几分凝重感，我于是故意没大没小做安慰状拍了几下他的肩膀，这个参加工作近四十年的老男人偏了头，咧了咧嘴朝我露出孩童般羞赧的一笑，颇具几分可爱。

一路向西，四个多小时的云端飞行，这是我至今经历最长的空中之旅。有人打盹，有人聊天，作家"说话的云"和诗人"与你相约"一路用手机戳着旅行文字，他们倒也不浪费时间。本来飞机一路都呈平稳飞行状态，却在落地前突然猛烈失重，这突如其来的一把心跳，让全机人一阵惊呼。世间万事万物，总在貌似波澜不惊的静水之下，会有意想不到的暗流涌动。几分钟后的晚十一点零六分，飞机落地乌鲁木齐地窝堡机场。当飞机前轮平稳落地安全着陆那一刻，我看到谭部长些许紧绷的神情终于松弛了下来。抚今思古，想想过去那些年需要数月甚至几年才能抵达的地方，今天在一个湘西北小县城都能实现午发夕至，不由心有感慨。新疆！新疆！心里碎碎念了多少年的新疆啊，我终究还是来了。

　　同行朋友早已联系好在乌鲁木齐旅游界浸淫打拼了三十多年的临澧老乡雷总接机。室外温度播报二十三度，体感非常舒适。雷总把我们带到据说是乌鲁木齐一个网红打卡点的"楼兰秘烤"夜市吃东西，一大盘椒麻鸡，四十串钢签羊肉串，几张馕饼，喝了二两白酒，就这几样东西，八个精壮汉子硬是没干完，狠狠体验了一把当地的美食文化。很有说道的一件事，这个夜市也实行停车收费，可出门扫码时，两个小时才收费一块钱，这好歹也是一个省会级城市哩，此举让我那个十八线湘西北小城屡屡让人吐槽的高价停车收费情何以堪。在雷总建议下，席间初步规划了一下接下来的行程，吃完赶到预订的一个名叫"柠晚酒店"的宾馆休息时，已是凌晨两点。雷总说，新疆一般早九点起床，十点上班，明早可睡到自然醒，再开始愉快的北疆旅程。

第二天：穿越最美沙漠公路

　　睡到自然醒，早上睁开眼睛时已八点二十分，洗漱完毕，到酒店一楼餐厅吃早餐，没想到餐厅还在准备物料，要到九点后才有吃的。心想在外面吃一点吧，谁知酒店隔壁一家据说年卖五十万份的网红"库大叔"过油拌面店也还在备料，餐椅都还倒挂在餐桌沿。原来这里和我们那比，时间都要往后延两个小时，九点起床十点上班是普遍模式。

我们采取的旅行方式是落地自驾,在当地租车自己开,想去哪去哪。按照雷总推荐,第一站是新疆古生态园,这里别的乏善可陈,有两样东西倒值得一说。一个是硅化木,也叫木化石,这是数亿年前的树木因种种原因被深埋入地下后,树干周围的化学物质如二氧化硅、硫化铁等在地下水的作用下进入到树木内部,替换了原来的木质成分,保留了树木的形态,经过石化作用形成了木化石。那一根根比想象中还要巨大得多的,看上去是木材实际上已成为石头的化石,不由让人感叹时间的伟大和生物演变的不可思议。还有一个就是零距离与汗血宝马接触。以前在影视里看到古代骑兵打仗冲锋的样子不以为然,当你与这些真正的高头大马接触后,才会感受到在冷兵器时代万马奔腾遮天蔽日的被压迫感。在观看马术表演时,场地里不过一支十多人马的队伍,都尚能让游客感到一股无可抵挡的力量冲击,你就能想象当年在真正的战场,二十万蒙古铁骑征战四方时,那种攻城拔寨所向披靡的磅礴力量。

中午在一个据说是乌市最大的牛肉拌面馆吃过后,就马不停蹄赶往今日目的地——距离乌鲁木齐约七百公里的布尔津县。出乌市后先向西走,透过右侧车窗远远望去,蓝天白云下,远远可见一道如水墨山水画的山影,高可接天,他们说那是天山。约一个半小时后折上一路往北的 S21 省道,也就是传说中的中国最美沙漠高速。

高速公路如一支破空疾进的利箭,穿行在中国第二大沙漠——古尔班通古特沙漠的腹地。几百公里之内,除了沿途几个服务区,我没有看到哪怕一户人家,倒是有几只野骆驼闯入过视线。与想象中一目黄沙不同,高速公路两边的沙丘显然人为治

月光皎白
YUE GUANG JIAO BAI

  理过，有一些绿色的植被覆盖，让视觉不至于审美疲劳。车行半道，有一处专为游客观赏大漠风光的停车区。虽然此时地面温度绝对超过六十度，阳光直射似刀，但几个都已年过半百的汉子，仍如一群释放了天性的调皮孩子，弃车越栏，手脚并用爬上沙丘，放肆地嘶吼号叫，彻底撕下面具，全没有平日工作生活中的稳重矜持。

  在黄花沟服务区，我开始接手驾驶任务。车入福海县境已近晚八点，太阳还在半空，穿行过一段雅丹地貌后，一个叫"乌伦古湖"的名字出现在路标上，这也是一个比较有名的景点，几个平时一直坚持游泳的家伙顿时打鸡血般兴奋了起来。导航到一个可以下湖游泳的点，此时已过晚上九点，太阳还有三丈高。几道金色的光柱把云层刺穿，斜射在水平如镜的湖面上，几个快乐如童的老家伙在水中时而跳跃翻滚，时而击水劈波，让这个古老的圣湖镀上了一层愉悦的碎金。

  他们在水里快活着，我心里却暗自着急，因为油表已亮红灯，幸好手机搜索最近的加油站不到十公里。兴尽上岸，已近十点，天空还磨磨蹭蹭黑不下去。加了油，心里有了底，沿217国道前往还有八十公里的布尔津县城。转了几道大弯后，迎面一线黝黑高峻横展如屏的山影扑窗而来，谭部长说那应该是阿尔泰山。天色终于暗下来了，正说话间，一道霹雳闪电从山影上空直接地面，这不期而遇的天象让我们又多了一个话题。闪电每隔几分钟就来一次，横一道竖一道，铁笔虬枝，划亮阔远的天地。迎着闪电的方向，终于在晚十一点到达布尔津县城预订的酒店。

  布尔津的维吾尔语意思是"放牧骆驼的地方"，是一个与三个国家接壤的边陲县。县域面积是我们临澧县十倍，人口却只有七万多，县城俱为俄式建筑，号称中国的格林童话小镇。小城用万家灯火迎接我们的到来，我们自然也不会辜负小城的热情。放下行李，已是凌晨，但还是寻了一处夜市街，点了一条当地"一鱼两吃"的冷水鱼以及几个特色菜，当然铁签羊肉串必不可少，再各沽了二两伊力大曲，一天行程终于圆满画上句号。

第三天：秘境喀纳斯

今天的行程目标是喀纳斯湖，"喀纳斯"是蒙古语，意为"美丽而神秘的湖"，位于阿勒泰地区布尔津县北部，坐落在阿尔泰山的深山密林中。而很多人最开始知道这个地方，估计都和我一样从"喀纳斯水怪"这个印象得到的。不过我认为水怪之说，不过是当年为推介喀纳斯旅游，利用人类窥密欲天性故意炒作的一个策划案而已。

作为去喀纳斯湖中转站的布尔津县城，这个季节游客量很大，昨晚去的美食一条街熙熙攘攘，南腔北调的人都汇聚于此，让你感受人间烟火。八点半集中吃早餐，九点正式出发。此去山路较多，因公认峰哥驾驶技术最好，担任主驾。导航显示全程一百三十公里，这在江南得跑几个县或者两个地级市了，这里还是在布尔津县境内。

出了县城，先是几十公里高速，蓝天白云之下，沿途有河流、绿洲、草地、沙山、石堆、峡谷、森林等，不同的自然风光走马灯般从车窗外掠过，还有如星星一样散布在山谷和缓坡处的白色毡房，悠闲自由的羊群、马群、牛群，一步一景，景景如画。在即将进入景区的检查站口服务区，我们弃了车跃上旁边的草坡，放肆地向远处的一群"牛"跑过去，等跑到跟前，才看清原来是一群羊，笑死人。

月光皎白
YUE GUANG JIAO BAI

　　车过标识着"雪都阿勒泰净土喀纳斯"十个大字的检查站，也就进入了阿尔泰山山区。旅游旺季，游客太多，缓行的车阵如鲢鱼咬尾，一路蚁行。一段之字形路后，进入阿尔泰山腹地，自然景观也开始大有变化，只见两边高峰耸峙相对雄立，两峰之间巨大的U形谷峪绿草如茵，草地上牛羊成群散落如星。山峰的森林蓬勃苍劲，与草地之间边界清晰，绝无半点拖泥带水。一只巨大的金雕在谷间盘旋，飞行高度基本与修在半山腰的公路同高。这个凶猛灵动自由如风的家伙，我甚至怀疑它是故意从集体趴窝的车队窗外掠过的，它是在嘲笑我们这些只能躲在铁匣子里无法动弹的人类吗？

　　快到下午两点，才到达喀纳斯湖景区的服务区，这里叫贾登峪，也是夹在几座高峰之间的一个巨大谷地。自驾车只能到这里了，泊车吃饭，再换乘景区观光车进景区。阳光直射，紫外线强烈，温度较高，身上却没有一滴汗出来，这与在江南动辄汗流浃背全然不同。游客太多，哪里都是人和车。喀纳斯景区需要预约，到了之后才知道昨天托付的人没有帮我们预约成功，好在散客可以在游客中心自己买票，我是退役军人，原本二百三十元的门票，拿优待证省了一百六十元，比有些省份优惠力度要大，让我体验了一把作为退役军人的傲骄。从服务区到景区二十多公里，山高路险，差不多一个小时才到喀纳斯湖终点站，此时已是下午四点。统共一百五十公里路，从出发到目的地花了近七个小时。为一处心中的风景，真是不容易哩！

　　不得不说，喀纳斯真的是神仙遗落人间的一处秘境，只是不知道怎么就让人类给找到了。工业文明以来，特别是近几十年的航天测绘技术突飞猛进，地球已无净土秘境，就像此时的喀纳斯，每天几万人进出，哪里还有干净和秘密可言。

下了观光车又换乘景区公交车到喀纳斯湖站，再沿着栈道，穿过一片茂密的森林，才能抵达喀纳斯湖边。前面都是远观森林，这次终于能和森林亲密接触，路边科普牌显示，森林主要树种是西伯利亚云杉、新疆落叶松和疣枝桦三种，穿行林中，密林深深，浓冠蔽日，高可接天。约二十分钟到达湖边，但见几座高峰之下，一顷宝石蓝色的碧水展铺眼前，看这颜色就知道深不可测。对江海大湖，我总有一种没有来由的恐惧感。面对眼前这个水深近两百米的中国最深冰碛堰塞湖，我心里有一种神秘的威逼感油然而生，感觉如若待久了，好像就真有水怪要从湖面一跃而起。这里已经商业化，湖面有游船环湖，空中有观光直升机呼啸，摩肩接踵的游客，大呼小叫地吵嚷，估计神仙见状也会苦笑摇头。

　　打了卡，拍了照，我们沿着湖边亲水栈道一路下行。喀纳斯湖的水主要来源于山上冰雪融水和降雨，湖水溢出后，就形成喀纳斯河，我们走在喀纳斯河的最上端，河面滩湾次第，奇石遍布，那些倒伏水中的大树，虽已失去作为一棵树的生命，却在水中成为一道道被摄入镜头和游客心里的风景，其实也获得了另外一种生命。体验着这份与众不同的阿尔泰山深处最美的风景，虽然千里苦累，但也觉得人间值得。这条喀纳斯河汇入布尔津河，布尔津河汇入额尔齐斯河，额尔齐斯河向西出国境后注入鄂毕河，鄂毕河最后注入北冰洋，因而我们刚刚抚摸过的水，看到的每一朵浪花，最后都到了遥远的北冰洋，想想都神奇。

　　时间有点紧，玩遍景区不现实，我们大约步行四公里到达返程乘车点。坐在车上，广播播报有一处景点叫"神仙湾"，我想起作家李娟《我的阿勒泰》一书中，有一处文秀她母亲和父亲爱情见证地的神仙湾，大概就是此处吧。回到贾登峪服务区取车回程已近九点，一路上看见阳光将一座座高耸的山峰劈成明暗两半，而明亮一面泛着金色的光芒，一时分不清人间天上。

玩心未尽，车行半路一缓坡处，大家看有日照金山牛羊满坡之景，又停车撒野。张主席找了一个平缓处放无人机，波哥一马当先，带着我们几个冲向半山坡的几座毡房，见一名年轻的女性牧民正在劳作，波哥忙举着相机追问追拍，峰哥则端着相机跑到了另一户牧民家。我们在牧民的毡房里参观，问这问那，诗人"与你相约"还帮着一个牧民劈了会儿柴，一个个玩得不亦乐乎。等再回到布尔津县城时，又过了晚十一点，跑到头一天吃饭的那条美食街吃饭喝酒，屁股挨床时，已是第二天凌晨一点多。

第四天：从五彩滩到吉木乃

今天的行程是先到布尔津县五彩滩，再去吉木乃县。去吉木乃是因为一个同伴有要好朋友在那里。早七点多就有几个起了床，这个点布尔津县城大街上基本上没人，张主席在酒店对面公园放无人机，还有两个人在公园跑步。能在偌大中国一个陌生的边陲县城如此悠闲慢享旅行生活，也是一种别样的感觉。

五彩滩不远，离布尔津县城二十多公里，不慌不忙地出发，惬意得很。出了县城，一路旷野阔远，沿途都是风车形风力发电机。西北广袤无垠，风力和日光资源异常丰富，最适合风力和太阳能发电，当然也是中国最主要的新能源发电基地。这里的电通过国家西电东输战略，源源不断输往内陆地区，有力保证了全国电力稳定。仅此一点，就知道当年我们湖南老乡左宗棠收复新疆是一件多么伟大的事情。

与喀纳斯景区比，五彩滩游客要少很多，游客中心周围地形平阔，停车比较方便快捷。景区门票四十五元，退役军人凭优待证全免。五彩滩为雅丹地貌，滩临额尔齐斯河，在新疆旅游推介的视频或画册中具有梦境般的诱惑力。我们到达的时候接近中午了，直射的阳光很强烈，那种五彩感觉没有宣传里的梦幻，不过也能看出河岸那些被纵横交错沟壑分割成一块块一段段的土坡，有着较为显著的颜色分层，有红色、黄色、绿色、紫色、白色等。面对此情此景，我笑了笑，突然想到如果我是带着父母不远万里来看这里，他们肯定会说不就是河边一堆堆泥土而已吗？从科学上解释，这种五彩河岸由流水侵蚀切割与风蚀作用共同形成，因为河岸岩层抗风化能力强弱不一，轮廓便会参差不齐，而岩石含有矿物质的不同，就在阶地斜坡上形成不同的颜色。不过比较奇怪的是，五彩滩只存在于河的北岸，而河对岸则是郁郁葱葱的一片胡杨林，可谓"一河隔两岸，自有两重天"。

但我却认为，这些都不是重点，眼皮底下的这条河流才是这个景区的灵魂。这条河叫额尔齐斯河，是新疆第二大河流。我们平时唱歌都是"大河向东流"，而额尔齐斯河偏偏反其道而行之，它是我国唯一向西流的大河，也是我国唯一最后流入北冰洋的河流。它源出我国阿尔泰山西南坡，一路上将喀拉额尔齐斯河、克兰河、布尔津河、哈巴河、别列则克河等北岸支流汇入后，向西北流入哈萨克斯坦境内斋桑湖，再向北经俄罗斯的鄂毕河注入北冰洋，全长2969公里，在我国境内546公里。可惜世间人情世故，人们往往只重光鲜的皮囊，而会忽视有趣的灵魂。

出五彩滩往吉木乃县不到两百公里，在新疆算很近的旅程了，中间途经哈巴河县。途中大漠风光居多，也有草滩、洼地、河流、绿洲，还有李娟笔下描述过的一大片一大片的向日葵地。在经过哈巴河县一个叫北沙窝的地方时，大家看到路边有一座巨大的沙山，车内一阵兴奋聒噪，遂弃车奔赴，连一般途中不下车的谭部长也压抑不住童心泛滥。大家气喘吁吁爬上几十米高的沙山顶部，各种鬼叫狼嚎，蹦跳滚翻，哪里还有一点斯文可言。原本以为玩沙是孩子们的专利，哪晓得在一堆沙的诱惑面前，平日古井深洞般持重老成的大人，也一样会露出本真的原性。

下午四点就到了吉木乃预订酒店，这是几天来最轻松的一天旅程。吉木乃县隶属新疆维吾尔自治区阿勒泰地区，位于新疆北部准噶尔盆地北缘，与哈萨克斯坦交界，总面积七千多平方公里，人口却不到四万，有二十二个民族。晚餐由同伴的朋友黄总安排在城郊一个毡房，很有民族特点。黄总夫妇都是我们临澧人，从事建筑行业，来吉木乃已经三十多年，是这个边疆县城名副其实的建设者和蓬勃发展的见证者。席间作陪的还有一位来自郴州的老乡，是援疆干部，放弃原在内地稳定安逸的工作和生活，离家万里，克服气候、饮食等各种困难，为国家的边疆繁荣发展做着贡献。同为家乡人，见面免不了以酒叙情，黄总还上了一只烤全羊，席间喝酒唱歌，从《浏阳河》到《骏马奔驰保边疆》，一支歌接一支歌，每个人都亢奋如童，简直要把毡房顶都掀掉了去。

席毕回程已是十点多，天都还没有黑尽。因行程不远，我与几人选择步行回酒店，穿过一个白桦林公园，再看到街道边绿草茵茵小花朵朵，真有塞上江南之感。我们坐在街边休息时，见一个小女孩在路边玩耍，几个人便逗小女孩聊天。这孩子才七岁，却显得落落大方，父亲是山东人，母亲是哈萨克族人，她这也是疆二代了，民族融合的硕果在这个边陲县城处处可见。兴尽回酒店洗漱上床，一天旅程又毕。

第五天：中哈边境一瞥

　　吉木乃作为一个边陲县，有国家一类口岸，到了这里，国境线是要去看看的。早九点半从住的"牧云酒店"出发（牧云，挺诗意的一个名字，你以为是一个写意词，可来新疆看到那些绿油油的山坡上，羊群如移动的云朵时，才知道是写实），前往不过二十来公里的口岸。因为头一天人员和车辆都已提前报备，一路几个检查站也就畅行无阻，车窗外风景如画，加上路况很好，感觉一眨眼工夫就到了吉木乃口岸镇。

　　我们先到国境线上一个三层小亭远望异国风光，中国这边是卷曲状的铁丝网连绵国境，铁丝网外是约五十米宽的缓冲带，那边哈萨克斯坦国也有一排铁丝栏，远观异国，除了一处口岸检查站，看不到一户人家，只有高山草甸。

　　接着我们来到已作为文物保护地的老国门及原"中苏界桥"参观。老国门正在维修之中，跨过去二三十步有一座白色石桥，也就是中哈界桥，桥面画有一条白线，这就是国界线了。

　　下一站前往赛里木湖，途中有一个草原石城景点，也属于吉木乃县。进得景区，但见苍天白云之下，一座奇石怪峰组成的石林兀自立于天地，那些单块成形或者组合而就的石头，似人如兽者，形神兼备，惟妙惟肖，纵横斜拉者，造型繁杂，巧夺天工。这些由溶蚀和风蚀作用形成的造型奇异的花岗岩地貌，壮美神奇，让你不由感叹大自然的鬼斧神工。因目的地还有五百多公里，草原石城只能开车走马观花参观一圈。离开吉木乃，也由此离开了几天在"我的阿勒泰"的旅程，一行马不停蹄赶往另一个城市。

新疆公路一般限速七十公里，五百多公里得八个来小时，一路经过了几个名字很长的县州区，各种"看不完，根本看不完"的自然风光掠窗而过，塞满了视觉。夕阳西下的时候，几个摄影家又停车跑上一处连绵如波浪般起伏的草原，追着拍回家的羊群，愣是把一个自驾游的价值体验得淋漓尽致。后程两百多公里由我主驾，一路紧赶慢赶，翻越北天山，经过阿拉山口市，赶到预订地博乐市一个叫"威港明珠"的酒店时，已经凌晨一点。大家在酒店下面一个面馆各点了一碗牛肉面垫肚子，然后入店上床，一天饱满而辛苦的旅程又告一段落。

第六天：玩转赛里木湖

夜宿之地博乐市，是新疆博尔塔拉蒙古自治州下辖的一个县级市，北部与哈萨克斯坦接壤。赛里木湖就位于其境内，到赛里木湖旅游的游客基本都会在这里中转。这个季节是旅游旺季，游客很多，酒店都很难预订。昨晚到达时已近凌晨一点，又困又饿，就没有时间领略这座边陲城市的风情。

早九点出发，差不多九十公里路程，路上车辆很多，两个小时才到景区，连上泊车买票，直到下午两点才进景区大门，我持退役军人优待证仍然免费。按规定只能一人一车，徒步游客在景区内不能上车，包括自驾车，但基本上所有自驾而来的游客，除驾驶员外都买的徒步票，进了景区大门后再上车。

赛里木湖古称"净海"，被称为"大西洋的最后一滴眼泪"，是国家级风景名胜区，位于北天山山脉中，湖水清澈见底，据说透明度可达十二米。为什么会有"大西洋的最后一滴眼泪"这个说法，科学解释是由其地理位置和自然环境特点所致。由于地球自转原因，大西洋的暖湿气流在北纬四十四度左右的地方会受到重力影响而沉降，从而形成大量降水，赛里木湖正好处于北纬四十四度这个特殊位置，由于天山高大险峻的山脉阻挡，大西洋暖湿气流再不能东进，只能在此回旋聚集，成云致雨，而且刚好此处是一个洼地，于是就有了赛里木湖这块神奇的高山湖泊。

在北天山的群峰环抱之中，原本静如婴儿般睡眠的赛里木湖，却被无数从四面八方拥来的游客吵醒，湖面有帆船快艇游弋，空中有直升机滑翔伞轰鸣，山峰与湖泊之间的山坡平地上，全是密密麻麻的民宿毡房，那些被迫营业的牛羊马及骆驼显得有气无力。这个与世无争隐入云端的湖泊，无论如何也想不到，躲在远离人间烟火的深山秘处那么多年，仍然被人类找了出来，还在暖湿气流出入口筑上了一道大门，被动而无可奈何沦为了满足人类私欲的盈利工具。

湛蓝的天空下，清澈的湖水呈现出宝玉般的梦幻之蓝，丝絮一样的白云映照在湖面，一时湖面天空竟互为孪生难分彼此了。如此水波灵动天地曼妙之处，几个一直游泳的家伙怎能不心动呢？不能游泳，赤脚下水总可以的，就寻了一处稍稍僻静的地方，几个年过半百的老男人都脱了鞋，挽裤腿光脚下水，抚水打水漂捡石子，纵情感受一把大西洋最后一滴眼泪的慷慨与苍凉。环湖路九十公里，一般跟团游客在湖口打个卡就走了，囫囵吞枣到此一游，但我们决定开车环湖一周，与赛里木湖深度拥抱。我当司机，驾车环湖而行。车辆太多，车与车之间头尾相接，路静车动，车辆排成的长队在环湖公路上慢慢挪移，活像一条长龙绕着赛里木湖在悠闲地盘旋游动。在绕湖的过程中，随着观看角度的不同，以及山影高低、光线明暗、视距远近的变化，赛里木湖的湖水也如灯光秀般随之呈现出不同的颜色变幻，要是我此时说成语"湖光山色"出处就是这里,你一定都不带质疑的,因为当你欣赏这般风景时,这四个字就会自然而然闪现在你的脑波之中。就这样时停时走,随聊随拍,下午五点多才从这幅天造地设的巨大山水画中出来。

下一站夜宿伊宁市,行程一百五十多公里。从赛里木湖一出来就上了高速,穿过一个隧道,就是著名的果子沟大桥。果子沟是一段极为难行的山地沟谷,自古是中原通往中亚和欧洲的要冲,为古丝绸之路北道咽喉,也是前往"塞外江南"伊犁的必经之路,号称"铁关",当年成吉思汗西征时,为打开西域门户,在此凿山通道,架桥四十八座,可见其险峻,左宗棠西征也是从这里穿过而收复伊犁。大桥位于果子沟峡谷上,是连霍高速公路(江苏连云港—新疆霍尔果斯)的最重要的控制性工程之一,历经五年建设,耗资23.9亿元人民币,于2011年9月30日通车,全长四千四百米,是新疆第一座斜拉桥和第一高桥,也是全国首座公路钢桁梁斜拉桥,是"基建狂魔"中国的主要作品。这座伟大的工程的建成,使北天山这个天堑变通途。果子沟大桥两边引桥为S形,造型独特,雄伟壮观,从桥面经过,瞥见桥下深不可测的峡谷,四周一座座高耸入云的山峰,虽有些胆战心惊,但也能切身体会到近几十年国家发展速度和力度的自豪感。

穿行在天山腹地,一路畅通,因处处皆是风景,几天时间大家已见惯不怪,没有了刚开始时突然就来了的大呼小叫,一个个在车内昏昏入睡,微鼾声此起彼伏,晚近九点到达伊宁市区预订酒店。酒店地处一个集贸市场出入口,下车时看到进出市场的都是蓝眼睛高鼻梁的少数民族人,此时仍阳光高照,波哥和峰哥顿时又来了精神,在房间放了行李就跑下去拍当地百姓的市井生活。等他们兴尽而归,在前台维吾尔族美女的推荐下,去一个据说当地很火的叫"汉人大巴扎"的夜市一条街吃东西,因当地习俗不准饮酒,随便弄了点青菜土豆丝对付了事。

第七天:伊宁记忆

夜宿伊宁,怀古感今。伊宁古称宁远,是伊犁哈萨克自治州的首府之地。伊犁是当年左宗棠抬棺西征收复新疆的最后一块地方,因雨水充沛处处绿洲,号称塞外江南。伊宁是历史文化名城,古丝绸之路的重要节点,清乾隆年间筑宁远城,隶属伊犁府。民国三年,取伊犁与宁远两地名的首字,改称伊宁,沿用至今。这座地处伊犁河谷盆地中央的中国西部最大边境城市,也是东西方文化交流荟萃之地,有维吾尔族、哈萨克族、回族等四十多个民族。走在大街上,从建筑风格、饮食习惯、语言表达,到当地居民高鼻蓝眼的面貌特征,处处都凸现着极为明显的西域风情。不到新疆,不知道中国之大;不到新疆,不知道民族文艺之繁盛。想想,当年若不是左公拼着老命把这块美丽富饶的土地拿回来,今天的我们,怎能如此畅快自由领略这方壮美而独特的山河呢?

如果要论民族文化输出,新疆应该是最成功的地方。从小就知道阿凡提的机智、吐鲁番的葡萄,近些年刀郎、王琪等一批歌手硬是把新疆唱了个遍,搞得全国人民对天山南北各个地名耳熟能详。最近又有一首由网红歌手黑大婶唱红的歌曲《苹果香》,里面有一句歌词"六星街里还传来巴扬琴声吗?",而这个六星街就在伊宁市。早上吃早餐后,第一站就是去六星街打卡。六星街是一个俄罗斯风格建筑群的街区,以一个环岛为中心点,呈海星状等分向外射出六条街道,街道与街道之间有小巷相通,进口是

月光皎白
YUE GUANG JIAO BAI

一个巨大的花环大门,上面挂着"六星街"三个大字,一看就是方便游客打卡拍照。进到街区里已近上午十一点,但门店基本还没有开门,原来这是一处以夜市酒吧为主的休闲地,一个个悔得拍大腿:怎么昨晚就没想到到这里来转转呢?几个人分开四散游弋,峰哥突然发了一个有人唱歌的视频在群里,大家按位置赶过去,原来是一个名叫"阿特兰帝斯"的早餐店,里面一名风韵犹存的维吾尔族网红女歌手正在现场献唱直播。不得不说,这歌手的歌唱得是真好,店里生意也是真好,一曲歌罢,掌声不断。歌手在演唱一支维吾尔语歌曲时,几个正在就餐的维吾尔族女孩嘴里还嚼着食物,就情不自禁离开餐桌抖肩摆手地跳起了舞,原汁原味多才多艺的民族艺术氛围,让我等一众才疏学浅的汉族人大开眼界。就在这家店的对门,我发现一个名叫"狼戈的小酒馆"店,我在抖音关注过这个店,这家店的主人"狼戈",就是《苹果香》的原创原唱作者,这首歌是他为纪念父亲和一个英年早逝叫"二哥"的儿时最好玩伴而创作,没想到被网络歌手"黑大婶"唱到火遍全网。世间之事,总会有一些东边不亮西边亮的阴差阳错,这也是让我们有时觉得人间有味的谈资。

　　离开六星街,我们一行又到离这不远的林则徐纪念馆参观。来到新疆,湖南人左宗棠是一个必须被反复提及的人物,而民族英雄林则徐与新疆的关系,就很少有人提及了,即使有人知道,也只知道他被削官流放新疆之事。对于林则徐,大部分中国人只知道他"虎门销烟"的壮举与伟大,却不了解他对新疆的贡献之大和影响之深远。纪念馆精致简洁而又朴素大方,绿茵四缀,鸟语花香,到处都是结满果实的小苹果树,在这塞外江南之地,显示出一份特有的人文氛围。纪念馆分"林则徐生平展"和"林则徐精神馆"两部分,一个非常漂亮的哈萨克族女孩给我们讲解。

在她流利标准的普通话中，一个立体、丰满、伟大的民族英雄形象在我们面前一点点清晰起来。

虎门销烟后，林则徐反而因功获罪，于1842年被含冤流放新疆，历时四个多月，九死一生才到达伊犁惠远城。当时的伊犁将军非常敬重林则徐的人品和功名，不但没有为难他，还请他管理粮饷并协助办理屯垦和水利。林则徐不顾身处逆境和年老多病，带领人员在茫茫戈壁沙滩上跋涉万里，亲赴库车、阿克苏、乌什、叶尔羌、和阗、喀什噶尔、巴尔楚克、伊拉里克、吐鲁番、塔里雅沁、哈密等地，查勘荒地近百万亩。这些荒地后来陆续开垦，不但缓解了驻疆清军粮饷危机，还解决了部分各族农民土地问题，促进了新疆经济发展。为解决灌溉问题，林则徐大力兴修水利，修渠引哈什河水入灌阿奇乌苏等地，带头捐资承修大渠最艰巨的龙口首段工程，建成了一条一百多公里长宽深数丈的大渠，大渠再与其他渠道及坎儿井相连，引哈什河水到阿奇乌苏，让十万余亩荒地变成了绿洲。这条大渠至今仍在当地农业生产中发挥着重要作用，人们为记其功劳，称此渠为"林公渠"，而他推广的坎儿井也被称为"林公井"。

而我认为，这些都是林则徐对新疆明面上的贡献，是他作为一名官员，哪怕是一名被贬谪官员的责任和情怀，而他对新疆的最大贡献，是他慧眼识珠的英明和未雨绸缪的谋略。林则徐在新疆几年，在开垦荒地兴修水利之余，还特别注重新疆长治久安问题，常常"夜往市中与贸易人谈屯田事"，查阅档案，测绘地理，绘制地图，了解民情，判断局势，写成几部关于新疆治理的著作，形成大量第一手资料。当时林则徐年事已高，而清王朝已呈没落之势，他这些宝贵的经验和资料很有可能就要淹没在历史尘烟之中。

月光皎白
YUE GUANG JIAO BAI

　　1849年冬，林则徐在云贵总督任上辞官回家，坐船泛沅江至洞庭湖，本可转长江回福建，但他却决定溯湘水到长沙，只为见一个从未谋面却神交已久的人——湖南湘阴人左宗棠。两人在1850年1月3日在岳麓山下湘江边一条船里畅谈了一整夜，林则徐时年六十五岁，是卸任大员，而左宗棠三十七岁，还是一个赋闲举人。当年这两位晚清名臣具体谈了些什么已不得而知，但谈话完毕，林则徐把他在伊犁三年搜集整理的文书地图等材料，以及自己的译著等，全部交给了左宗棠，同时还有一幅"苟利国家生死以；岂因祸福避趋之"的对联。十个月后，林则徐病逝。而三十年后，左宗棠带着林则徐留下的资料和嘱托，率领八万湖湘子弟，万里抬棺远征，收复了被沙俄侵占了十余年的新疆百万平方公里的领土，这在晚清国力孱弱的情况下，无疑是一个巨大的奇迹。而这一切，竟源于林则徐转道湘江与左宗棠的一次聊天。伟人之所以伟大，在于他们有着异于常人的思想。从纪念馆出来，在东方雄鸡的尾翼目射高天，脚触大地，更觉得伟人不朽，国之不易。

　　第三站是伊犁河旅游风景区，一个国家AAAA级旅游景区，导航十来分钟就到了目的地，原来是一个免费的城市公园。公园选取了伊犁河流经伊宁城市边缘的一段打造，树木葱茏，鸟语花香，与"春风不度玉门关"的意境八竿子打不着。伊犁之所以被称为塞外江南，就离不开这条伊犁河。伊犁河是新疆水量最丰富的内流河，发源于新疆西部的天山，是流经中国与哈萨克斯坦的一条国际河，全长约一千五百公里，其中我国境内四百多公里。伊犁河的河水汛期长且早，沿途河床坡度平缓宽阔，水流平稳，非常利于农牧业生产，因此这里自古就是绿洲，物产丰富，自然就成了从古至今各个国家争夺的地方，左宗棠当年拼死收复伊犁，功莫大焉。

伊宁城内三处人文景点，让我们一行接受了一次集体精神洗礼，也是新疆带给我们另外一个层次的感受。谭部长博览群书，对新疆历史变迁了解颇深，也让我们一路受益匪浅。他说他来新疆的目的，就是要亲身丈量这片来之不易的土地到底是怎样的阔大。文化润疆，首先得深入了解新疆这块土地的来龙去脉和历史渊源，当身体与历史深度结合，你才会对这片土地有触及灵魂的体验感和自豪感。

下一站是那拉提草原，离伊宁市两百五十多公里，这在新疆是很轻松的旅程了。一路畅行，路途找了一个还不错的农家乐吃了顿饭，到那拉提预订的一个叫"爱客民宿"时，还不到晚八点。民宿老板祖籍河南，家在南疆阿克苏，是典型的疆二代，原来在那拉提养蜂卖蜂蜜，去年开始做民宿兼卖蜂蜜，每年在那拉提待五个月，大雪封山前回阿克苏。这里的每个人都有自己的原乡，而原乡已没有了乡愁。我们都被动地接受着这个世界的安排，不像旅程的下一站可以预定，我们生命的下一站在哪里，谁也不知道。

第八天：打卡那拉提

一首《可可托海的牧羊人》把新疆好几个地方都唱火了，那拉提更是火得一塌糊涂，很多人沿着歌中那条从可可托海到那拉提的爱情故事轨迹，一路逐梦而行。每个人都希望自己有一份圆满而甜蜜的爱情，却总艳羡和津津乐道那些爱而不得的爱情，不管是如许仙白素贞、梁山伯祝英台、牛郎织女这些神话，还是《探清水河》《送亲》《可可托海的牧羊人》等广泛传唱的歌曲，莫不是在制造一种凄美故事。残缺之美到底是美还是不美，每个人心里都有一个答案吧。

　　那拉提景区位于伊犁哈萨克自治州新源县的那拉提镇，"那拉提"在蒙语中的意思是"有阳光的地方"，相传当年成吉思汗率军西征，大军由吐鲁番沿天山深处向伊犁进发，途中天气突变，一连几天风雪弥漫，将士又冷又饿，正当绝望之际，军队翻过一个山岭，眼前竟是一马平川，宛如锦毯的莽莽草原上，繁花怒放，清泉密布，宛若仙境，而此时突然间云开日出，艳阳高照，成吉思汗不禁大呼："那拉提！那拉提！"从此这个地方就叫那拉提了。那拉提草原是世界四大河谷草原之一，地势由东南向西北倾斜，原野上溪流似网，河道交错，水草丰美，森林繁茂，被誉为"空中草原"，也是最理想的养蜂采蜜地，养蜂女的爱情故事就是从这里传唱全国。

　　赶在景区九点开园前就到了服务区，这个点已是人车俱爆，自驾车在网上根本抢不到门票，只得坐景区区间车进入。其实不用进景区，从头天一到那拉提就已经感受到这里的绝美风光了，绿油油的山坡像穿着迷彩服匍匐的战士，茂密的高山森林，阳光下雪峰的金光，每一眼都是极致的眼福。景区太大，我们选择了"空中草原"游线。新能源区间车沿着一个个山峰盘旋而上次第而进，每一道山弯都是一份惊喜，就像热情的主人一道道端上来的美味菜品，更如一层层褪去一个绝美少女衣衫的过程，期许而又无以自持。

　　大约半个小时，越过一道山口，车停第一站。下了车，眼前是一面以山体岩壁作底的景区标志彩绘宣传画，绘着太阳、雄鹰、奔马、白云、羊群等草原元素，"空中草原那拉提"七个大字扑面而至。跟着流水一样的人群，顺着彩壁旁的栈道往山梁上爬，走出一个小森林，眼前豁然开阔，一幅巨大到没有边界的天地画卷就那么突然而霸道地抖落在了眼前：蓝天深邃，白云点缀，雪峰炫目，牛羊成群，山岚起伏，绿茵满目。如果不是亲身所至，谁能想到在天山两千多米高的深处，竟然还能隐藏着这一处平缓、温润、摄人魂魄的草原呢。我们到达的时候已是初秋，如若是五六月草长莺飞之季，那还不得把人美翻得眩晕了过去。我突然就想到了成吉思汗率军至此，突然看到这里时那种惊喜和欢呼雀跃的场景，这已超出了每一个人所能控制的审美能力范围，它能最大程度地调动你的感官和思维，让你迅速调整到一种"到浪子上"的舒适界度。我确实没有笔力能描绘那种壮美而阔大的场景，中华大地上的宏大山河也不是古今几个酸文人寥寥几笔就能写得了的，可能简单粗暴地上几张图片更能反映这种真实而细腻的美。

第二站在空中草原的腹地停留。站在这里环望四周，但见两侧高峰夹峙，草原好像是一个安睡在天山臂弯里的婴儿。南侧群峰植被丰茂，森林如少女梳得干干净净的披肩长发，草地如仙女晾晒在此的一张绿毯，白色的毡房像一个个一丛丛闪着银色光泽的蘑菇散落草地，而远远露出尖峰的两座对称雪山，就像天神两只窥视人间的眼睛，高深莫测，一览众生。而北侧连绵的山峰就要苍凉很多，甚至有一种被人嫌弃的感觉，以至于游客的镜头都不愿向北边转动一下。没有比较就没有伤害，人们素以貌取人，株连到一座山也没有放过，殊不知人不可貌相，高山不语，但它能生云致雨，让狂风掉头，让河流改道，它不在意人类的无礼，因为它有着可以藐视苍生的磅礴力量。游客太多，我也只能随波逐流，终于在一个坐观光直升机的地方找了个阴凉处歇息一下。八百元一张票，游客可以在空中俯瞰那拉提草原全貌。这个贴着现代工业文明标签的钢铁机器,在空中划着自以为优美的弧线,发出巨大的轰鸣,破开蓝天,掠过群峰,我真怕它惊扰了哪位正在打盹而又脾气不好的山神。人类总要为自己的傲慢付出代价,这已经在无数次自然灾害中得到证实,我何尝不是帮凶之一呢。

最后一站叫牧民人家,差不多是草原与森林的接合部。商家叫卖的喇叭声响彻耳边,烤肉的油烟四处弥漫,好在大自然的空间足够大,忍耐力也足够强。我们避开人群,朝雪峰方向沿草地上的栈道向有牛羊群的山坡走去。阳光强烈,温度也不低,紫外线灼得脸上有些发烧,但身上没有一滴汗,感受不到我们江南那种透不过气来的闷热,山风拂过,居然还有一番别样的凉爽感。张主席、峰哥、波哥最兴奋,端着相机四处点射,当看到远处山坡一大片一大片云朵似悠闲的牛羊群时,兴奋地大叫着冲锋陷阵般就压了上去。我坐在草地上,和一个胸前挂着工作牌的景区管理人员聊起了天。这是一个哈萨克族小伙子,属于景区临聘工作人员,一个月工资五千多,一年工作五个月,家里有五十多亩草场,还养了四十多头牛,一头牛可以卖一万多块钱,哇塞!小伙子的工作很简单,就是提醒游客注意安全,不要翻越铁丝栏进入牧民草场,可从五湖四海赶来的游客都被这片美景搞出了幻觉,哪里还听得进小伙子的善意劝阻。

弱水三千只取一瓢饮,那拉提景区还有河谷草原、盘龙谷道等景点,但我们游玩空中草原景点后就出景区返程了。下一站计划到天山天池景点,离那拉提有五百多公里,出景区差不多已下午两点,预计最快可在晚十一点赶到目的地,出景区不远就上了天下闻名的独库公路。独库公路被称为中国最美公路,是从新疆独山子到库车的公路,它穿越险峻的天山,使南北疆通行由原来的一千多公里路程缩短一半。独库公路为部队修筑,在十年筑路过程中，有一百六十八名官兵因天气、地质灾害等原因牺牲，因而这也是一条英雄之路。当途经独库公路乔尔玛烈士陵园旁时，我们在一路欣赏峡谷、河流、云杉、雪峰、草原等美景时，心里也在由衷缅怀那些为修建这条公路做出伟大贡献和付出的英雄。

　　差不多五点左右，车行至乔尔玛一个谷地时开始堵车，车如长蛇阵，龟缩在谷地到两头高山的盘山公路上，越堵越长，前不见头后不见尾，导航图呈一条长长的蛇状红线。按这状况，按时赶到天山天池已不可能，于是我建议修改住宿目的地，到石河子住宿，大家一致同意。车如蚁行，心如火焚，这天山的留客方式就是这般浓烈简单，独库公路成了"堵哭公路"。晚十点多，天黑了下去，车还在龟速前移，赶到石河子看来也指望不上了，大家又商议，决定出独库公路后就地找酒店休息。于是开始网上找酒店，结果一连联系了十多家，全部客满，紧张空气一下子弥漫车内。想想，可能是堵在这条路上的大部分游客都和我们一样，临时改了行程。网上差不多联系了半个小时，才在离出独库公路口不远的奎屯市联系上了一家酒店。就这样百转千回，黑夜随形，赶到奎屯预订的一个叫"山林商务酒店"时已凌晨一点，饥肠辘辘的我们，找了一家牛肉面馆填肚子。不知道是饿的，还是这家面馆味道是真不错，哥几个都说面好汤也正，说第二天吃早餐还来。奎屯，这个属新疆克拉玛依市辖管、蒙古语意思是"寒冷"的城市，就这样在阴差阳错的际遇里，收留和温暖了我们疲惫的肉身。

第九天：访友芳草湖

　　旅行的目的，除了看一些路上的风景，也要见一些有缘分的

月光皎白
YUE GUANG JIAO BAI

人。人生也是一场苦旅，而每个人都是他人眼中的风景。2019年我在毛泽东文学院第十八期中青年作家班学习的时候，同期也开了一个新疆班，大家一起同吃同住同上课，就算不说结下了深厚友谊，但也拥有了一份彼此生命里可遇不可求的难得机缘。与跟团旅游不同，自驾旅行的行程安排和调整就比较自由，还是可以实现一些山不见我我自见山的想法的。

李世军是我毛泽东文学院的同学，小我一岁，毕业五年来，一直保持着联系。这次来新疆，早早地就给他知会了，多次询问我什么时候到。因头一天夜宿奎屯，离世军兄发的导航位置不到两百公里，这在广袤的新疆是一个可以用"附近"来形容的距离。行程轻松，加上头天独库公路堵车都在有限的车空间憋累了，大家睡饱了才陆续起床，队伍收拢集合都快十一点了。跑去昨夜吃过的那个面馆吃早餐，却被告知在这里牛肉面不属于早餐范畴，于是换了一家店，不过与昨天夜半吃的牛肉面相比，面条显然是机器压的，不如手工拉面劲道，面汤也差点意思。大伙品头论足，看来味蕾也存在一个由简入奢易而由奢入简难的问题。

世军兄告诉我，他白天要参加一个由中作协和新疆维吾尔自治区作协联合举办的改稿会，不能陪我们，但给我们推荐了一个叫"马桥故城"的景点，说值得一看，于是就按照地址一路导航过去，下午三点到达。

马桥故城是一个没有游客量的景点，位于古尔班通古特沙漠的边缘，除了路边竖有"省级文物保护单位"和"马桥故城"简介两块牌子，再没有任何设施设备，连硬化的沥青公路也没有通到这里，只有一条简单的黄沙路。打开车门，灼热的气浪一下子就扑了过来，我和峰哥、说话的云、与你相约四人不顾热浪蒸腾，坚持深入故城腹地一览详情，其他几人畏足不往。

下辑 大地有痕

所谓故城，百度有正式的解释，而我认为"故"本身有死亡之意，所以这也是一座已经死亡多年的城市。我顺着垮塌的一角跃上一堵残存的城墙，一眼就看清了这座城市原来周正方直的轮廓。城墙已风化到不过一人来高，但宽度还足以让一个人轻松通行，城墙外护城河已被黄沙填埋成一条浅浅的沟状，城内还有一些土堆样的残垣断壁，通过相连残迹的走向判断，勉强能想象着还原当年在这之上的房子模样。两座毗邻的故城之间，有一条明显存在过的河流，虽然河床已干枯皲裂，但两岸还有茂密的胡杨、红柳等植被。我们几个在灼热难当的沙地上行走，感受这座故城曾经的喧闹和悲壮，想多拍几张照片，手机却发出"过热保护"信号而罢了工。在故城里转悠了大约半个小时，实在酷热难当，只得在车内几个人的催促下离开。不过一百四十多年时间，这座沙漠里的原本水草丰美的城市，就已经被风化成了一堆堆渐渐矮化下去的土，也许再过一百年，就不会再有一点存在的证据。西域广袤之地，历史上有乌孙、月氏、楼兰等太多国家和民族在这里存在过，曾有多少这样的城市，他们或称霸一方，或繁华一时，可到今天却连一丝存在的痕迹也找不到了。大自然的神奇力量让你不得不感叹人类的渺小，而时间毁尸灭迹之残忍，是否也会让你觉得有一种深深的无力感呢？

从马桥故城到世军兄预订的酒店不到四十公里，四点多到达入住。这个地方叫芳草湖，一个很有意境的名字，实际上是一个军垦农场，面积近千平方公里，是全国第二大农场，和我们临澧县面积差不多。世军兄是农场一个叫"官地中学"的教师，前些年因下肢出现健康问题而处于病休状态。办理入住的时候，我问前台美女，说既然这里叫芳草湖，那应该有可以游泳的地方吧，美女哈哈一笑，说这里最缺的就是水，芳草湖是他们美好的

223

希望。

晚上世军兄安排在离住处大约三十公里的一个农庄吃饭，说就一脚油门的距离，我只能笑笑。席上他叫了几个朋友作陪，有发小，有关系最好的同学，有一个也在毛泽东文学院学习过的比我们低一届的文友，还有一个做公益的朋友。菜可不表，酒最重要，推杯换盏，不亦乐乎。席间世军兄问我看了马桥故城有什么感受，我戏说就是一些风化的土堆而已。他叹了一口气，说他是土生土长的新疆汉族人，而他的先祖当年就是在马桥故城四千多避难人群中的一员，现在芳草湖的汉族人都叫马桥故城为"保命城"，他每年都会到那里看几次。这个外表看似粗犷的男人，内心却是如此细腻，或许是他肢残之身，更觉生命来处的不易，就如我们今天能在新疆这块神奇而美丽的土地自由穿行，可有几个人能想到这是多少代人又有多少人用生命换来的呢。

鉴于世军兄的身体情况，我想要他少喝点酒，但他说来新疆，主人怎么可能不喝酒呢？酒入微醺，又怎么可能不唱歌呢？也不知道谁起的头，反正一支歌接一支歌，从《浏阳河》到《新疆是个好地方》，从《沧海一声笑》到《苹果香》，拍桌的敲碗的，一桌清一色的男子汉，个个都进入了忘我的境界，把一桌好好的宴席，嗨成了一个欢乐的演唱会。酒足饭饱，回到酒店已过午夜十二点，借酒入眠，一夜无梦。

第十天：放歌天山天池

早九点多酒醒晨起，吃罢早餐，在酒店对面一个公园看了一会儿当地人的晨练生活，有三个广场舞队在跳舞，放的都是新疆民族乐曲，不像我们那广场舞放的都是那种节奏感极强的劲爆曲,他们跳的都是新疆民族舞,男性参与者有一定比例,舞蹈以手部肩部动作为主,乐曲与舞蹈结合在一起,舒缓而富民族韵味,哪怕就在酒店对面也没有噪声之感,和我们那的广场舞劲爆乐曲配合疯狂扭胯摆手完全两种味道。在一些音乐和舞蹈里,往往藏着一个民族许多过往的秘密。

十点从芳草湖出发,赶往天山天池景区,一百四十公里路程,是一个比较轻松的行程,差不多十二点半到达。这个景区很文艺很友好,对省级以上的文艺家实行门票免费,区间车半价,我们一行七人中,有三个作家三个摄影家,原价一百五十五元,一个人仅花了三十块车费就领略了这个世界闻名的景区。天山天池地处天山博格达峰北侧山腰,属新疆昌吉回族自治州阜康市辖区,是二百余万年以前第四纪大冰川活动中形成的高山冰碛湖,有"天山明珠"盛誉,也是国家AAAAA级旅游景区。而"阜康"之名,为1776年清乾隆帝所赐,意为物阜民康。其实天山天池古称"瑶池",是一个极具中国式神话色彩的名字,"天池"一词来自乾隆年间乌鲁木齐都统明亮的题《灵山天池统凿水渠碑记》,才不过两百多年。传说三千多年前穆天子曾在天池之畔与西王母娘娘欢筵对歌,留下千古佳话,因而得"瑶池"美称。我更认可"瑶池"一名,因为很多高山湖泊都可取名"天池",但敢冒王母娘娘之威名"瑶池"的,还是需要一定文化沉淀的。

天山天池为老牌景区,早在1982年就被列为第一批国家重点风景名胜区,正因为此,在新媒体时代网络曝光度上可能与新疆当下如可可托海、赛里木湖、那拉提等有一定差距,游客量明显比这些网红景区要少一些,即使现在是新疆旅游旺季,但这里停车、购票、进门、坐车等都相对顺畅很多,基本不用排队,因此游玩体验感就要好得多。看来景亦如人,年轻貌美时逐者如云,而年老色衰后便弃如敝屣。区间车沿盘山路一路上行,随着海拔升高,古胡杨林、草地、云杉森林、瀑布、溪流、湖泊、雪峰等天山各种对应海拔的风景也渐次展现。约半小时,车到终点站,顺着一条修建在天山独有雪岭云杉林中的栈道前行,不到一公里路程,一顷碧湖就铺陈在眼前,天山天池——今生终有缘与你相见!

群峰环抱之中,天池静如处子,一只苍鹰空中盘旋,如带刀侍卫守护这块宝玉。而天池所倚仗的最大靠山——博格达峰,就雄伟壮丽地矗立在天池背后,如一尊高可接天的巨佛,俯瞰凡间。博格达峰海拔 5445 米,是天山最高峰,蒙语是"众山之神"的意思,它由三个峰尖并立而成,常年冰雪皑皑,掩映在缥缈的云雾间,当地人敬称为"神山"。博格达峰海拔高度虽然并不惊人,但登山难度绝非寻常,坡度达到八十度,且具备雪峰所有地理特征,中国珠峰登山队就是在这里训练,世界各国登山队也以登上博格达峰为荣,所以很多人来天池名为看水,实则观山。当雪水消融,大地升降,机缘巧合,就有了天池的一湖碧水。西王母巡视人间,见此美景而居为私地,浣头沐浴,容颜不老,遂有天山童姥。因一路行来,大家先后看了乌伦古湖、喀纳斯湖、赛里木湖,天山天池是看的第四处湖景,大家的兴趣就似乎没那么浓厚,心情也没那么激动,打卡一游成了主要目的,拍了几张照片,湖边转了一会儿就打道回府了。

世人观景,只在乎风景优美与否,就如好以貌取人一样,实际上天山天池除了自然风光,我们还应该把它当作一个人文景观来看。天山天池的历史文化十分悠久和丰富,早在汉代,汉武大帝就在此地派将驻兵,西王母瑶池神话也从这个时候开始流传,《穆天子传》《山海经》《汉武故事》等古籍记载的西王母与周穆王在瑶池相会的故事，赋予了天山天池厚重的文化内涵，而唐太宗时曾在博格达峰下设立过"瑶池都护府"，是古丝绸之路的重要通道，历史上许多名人如李白、王维、李商隐等都到过这里，且留下过许多关于天山天池的诗篇。如果说优美的风光是天池漂亮的衣衫裙裾，而深厚的人文历史则是天池别以他地的灵魂。现在很多景区都空有其景，利益驱使仅凭一时炒作而让人们趋之若鹜，至于设施、服务等根本跟不上，更遑论去探究文化底蕴。可惜的是，无论于景于人，人们往往只在乎好看的皮囊，而忽视有趣的灵魂。

而于我，天山天池之旅最大的收获还是人，因为在这里，亦有我的一位故知旧友。刘力坤也是我毛泽东文学院同期新疆班同学，今年上半年加入中国作家协会后，我还给她发了祝贺消息。她原在天山天池管委会负责文宣工作，才退休不久，是阜康市作家协会主席，创有刘力坤西王母文化研究工作室，力在传承本土文化。我们"七贱下天山"之时已过下午四点，匆匆赶到约好的一个叫"碧琳城"地方时，力坤一行早已在宴会厅等着了。"碧琳城"是有来历的，据《穆天子传》记载，西王母居于天山瑶池，宴宾朋于碧琳城，周穆王在此与西王母相约畅饮，传为佳话，力坤设宴于此，可见用心。后在席间才知道，碧琳城这个名字还是力坤同学取的。当时投资商在阜康建这个旅游小镇时，一连取了几个名字都不满意，后有领导向开发商推荐刘力坤，她脱口而出"碧琳城"，在定名会议上一把通过。

菜品丰盛而精致，力坤还请了几个朋友作陪，一当地政协文史委负责人，一电视台美女主播，一摄影家协会主席，让这一桌饭菜尽显文化品位。哥几个昨夜在芳草湖世军兄那喝得有超量之嫌，心想女同学设宴，酒水应可随意，开始还推三阻四，意欲蒙混过关。谁知疆地疆人，地不分南北，人莫辨雌雄，有酒皆为虎狼，杯至酒随，不容半分。男人劝酒疾风骤雨，形式大于内容，跑冒滴漏为常事，而女人劝酒温润无声，颦笑细语之间，一点一滴皆入喉，一人三壶酒，不知不觉就落了肚。我们一行七人，除留一人开车，个个都不知不觉被五迷六道灌了个七荤八素，连平日沉稳持重的谭部长也下座频频敬酒。新疆之行，有酒就有歌，一首《浏阳河》又响彻碧琳城。有意思的是，这首伴随着北疆行酒局的湖南民歌，前几次都是一桌精壮男人在唱，有朋友留言说把一首本来抒情的歌曲硬是唱成了一支激励将士出征的战歌。而这一次有了女性的参与，歌声柔软下来了，节奏也放缓了，还有了前所未有的整齐，全没了前几次雄壮之感。除此之外，我还被赶鸭子上架，生平第一次与美女主播配合唱了一首湖南民歌《刘海砍樵》。人说水可灭火柔能克刚，这世界刚柔相济方为诸事之诀，阴阳平衡才为人间之美。

　　席间交流，亦电光石火，很多信息极具传奇的故事性。力坤同学是世居新疆的本土汉族，而她的丈夫竟然是一百多年前随左宗棠收复新疆的湘军将领后代，祖籍湖南湘乡，与黄公略同乡同村，也姓黄，前些年经查阅族谱寻根成功，力坤随夫回湘几次，多有感慨，所以她对湖南很有认同感，以湖南媳妇自居。另外力坤同学研究天山天池文化颇深，更是西王母文化研究工作室的创办者，是昌吉州和阜康市的文化名人，颇具端庄典雅的传统美人气质。张主席是有心人，席间问其：碧琳城前那座西王母塑像是不是照你所造？力坤同学闻言哈哈一笑，说确有此事。我突然想起，当年在毛泽东文学院一起学习时，力坤同学曾说过天山天池西王母雕像是按她的面相而塑一事，于是在同学间博得了一个"天仙妹妹"之名，只是时日久长，我竟忘记了。席间，"天仙妹妹"还给我们题赠了她的新书《河的方向》，一顿大酒，物质食粮与精神食粮双得，大值大悦。

没有不散的筵席，推杯换盏两个多小时，终酒酣饭饱，宾主皆欢，辞谢返程。今天是北疆之旅实际行程的最后一天，明天飞机返湘，需到乌鲁木齐住宿。好在新疆天黑得晚，阜康离乌市也就一百来公里，到达第一天居住的"柠晚酒店"时天还未黑尽。放了行李，大家意犹未尽，又结伴前往乌市新疆国际大巴扎。"巴扎"维吾尔语是集市的意思，国际大巴扎也就是一个国际集贸市场。新疆国际大巴扎是世界规模最大的大巴扎，集文化、建筑、民族商贸、娱乐、餐饮于一体，是新疆旅游业产品的汇集地和展示中心，号称"新疆之窗""中亚之窗"和"世界之窗"，居然还是一个国家AAAA级景区。

七个大男人，不以消费为目的，在国际大巴扎摩肩接踵的人群里穿行。街道两边是具有独特风格的建筑，西域风音乐在霓虹闪烁中淌进每个人耳中，各种叫卖各种美食，各族人民各色人种，几幢大巴扎标志性如接天灯柱的高塔融贯今古，尽显人间烟火，重现古丝绸之路繁华。既然来了总得消费一下，有买两包红枣的，有买三盒切糕的，每个人还吃了一碗面，象征性为大巴扎拉动了一下消费。

北疆十天，数千里行程，但在新疆大地也不过是转了一个小圈，过沙漠，穿天山，观湖泊，阅草原，见故友，喝酒唱歌，摄影戳字，不亦乐乎，玩到不知有汉，无论魏晋，连我手机的真皮保护套外皮都裂开了，真应了我们临澧一句土话"皮都玩侉了"。其实除却风景，这也是一趟人文之旅、历史之旅。在这里，你能找到那些早已化为黄沙尘土的古西域三十六国存在过的痕迹，能听到许多当年为了民族团结疆土完整，不远万里屈身和亲的公主们的故事，能追怀除了前面提到过的那些历史名人，还有张骞、苏武、班超、岑参、玄奘等一些伟大名字在这片土地上的丰功伟绩。这片热土，苍凉而厚重，辽阔而深沉，人类战争、民族变迁、商旅往来、文化融合、气候演变等，她在久远时光之中所承载的这些史诗般的篇章，不是我们短短十天行程就能穿透的，也不是几篇不痛不痒的文字就可以抵达的。毕竟，在这块高阔神奇的土地，我们过于渺小，也终究只能做一名留不下一点痕迹的过客。直到返程飞机呼啸着腾空而起，我才确信这趟北疆之旅真的画上了圆满的句号。

鲁院随笔

一

"鲁院"是"鲁迅文学院"的简称。对于我,如果说这个冬天有什么值得记录的,我想应该就是这个词了。

这个名词,对于一个草根文学爱好者来说,如一个飘浮而旖旎的梦,我从来不敢奢望把这个梦照进现实。多年来,尽管以文学之名,我一直热烈高亢地追求着那些婉转的文字,想与之结为挚友,或为其座上贵宾,但即便如此,还是一直以一种虔诚的卑微感面对北方,远在京城的这座文学圣殿,只能让我在内心里仰视与敬畏。

机会来得很突然,我成为了一个文学的幸运儿。一个"生态文学"的短训班,让来自三湘四水的四十八名新朋老友,在京城一个叫芍药居的地方共同学习和生活了一个星期。他们和我一样,视此行为朝圣。只一个星期的时间,或许无法改变及收获太多,但生命总需要一些全新的体验。

我生活的湘西北的那座小城,已不屑于或不适合谈论诗和远方了,文学艺术已经像冻土里的萝卜空了心,或者如一阵风般难觅踪影。那里肥沃的泥土,那里水墨画一样的丘陵,那里朴实的人民,也曾孕育过古老的历史,创造过优美的文艺作品,可在今

月光皎白
YUE GUANG JIAO BAI

天现实的叹息中迷茫无助。它们已经逃离最初生长的地方。文学和艺术是一种生态，要素之间也需要和谐与平衡。在中国漫长的农耕年代，田野和山林一直丰茂着我们引以为豪的文艺枝叶，那些远离人群的地方，才是那些年里，诗人、画家以及哲学家们生活的前沿地带。"蒹葭苍苍，白露为霜""沅有芷兮澧有兰"的浪漫，《千里江山图》《富春山居图》的阔远，诸子百家、唐宋文明的灿烂，构成文艺的根须枝叶，形成了几千年里我们最好的文化生态。才不过一百来年的工业时代，诗人进了城，画家进了城，把握文化话语权的人也进了城，越大的城市越有文化主导权，田野和山川成为需要采风或者体验才可得见的地方。在远离城市的乡村原野，文艺的根须越来越浅，枝叶凋零。我杞人忧天般怀古思今，站在武陵山脉与洞庭湖平原交界的太浮山顶，环顾一面群峰耸立、树木葱茏，一面阡陌桑田、平畴千里，多少显得有些格格不入，继而惴惴不安。好在，我还有一剪清梦。这个梦，虽也在琐碎的随波逐流与世俗的冷嘲热讽中，曾被荒芜冷却，但庆幸的是，在岁至半百的生命里，我仍然小心翼翼地把这个脆弱的梦藏在了内心最温润最柔软之隙，让它悄悄生根发芽。

报到那天，恰逢一场大雪掠过北飞的机翼，覆盖了湘楚大地，而万束阳光，却同时洒在了圣殿所在的京城。虽然错过了家乡数年未有的雪景，但我没有感觉一丝遗憾。大雪与阳光的错位，不过是一场圆梦之旅的背景罢了。飞越澧水、湘江、长江和黄河，再转地铁，坐公交，继而拖着行李在京城的街头步行数百米。尽管有着充分的思想准备，但当传说中的那五个金色行书大字在零下八度的寒风中真的出现在眼前，那份千里迢迢追寻的新鲜与兴奋，还是如一个孩子得到了命运赐予的一份不敢相信的礼物，显得惊慌而忐忑。

一个行将冷却的梦，需要有这样一个地方升温和复苏。那个编号为511的房间，将我温柔地装入和保护，在一个陌生之处，悄悄打开一个坚硬的壳，孵化一个陌生人三千里外带来的梦。

二

圣殿之上，诵声如经。一些杳然远去的大师，或化为墙上画像，或成为园中雕塑，接受着后来者的顶礼膜拜。鲁迅先生那尊钢铁焊接而成的方形头像，眉如刀锋，目似剑刃，寥寥几笔看似随意的线条，顿显先生神韵及洞见时光的不语自威。我来自湖南省常德市临澧县，与鲁迅文学院的倡导者和创立者丁玲先生为同乡，虽然先生的故居与我的老家不过一箭之遥，我也常到先生故居凭吊或感怀，但面对掩映在一丛修竹处的先生塑像，我却不敢有丝毫轻狂，只能示以默然。巴金、老舍、曹禺、茅盾、朱自清、艾青、赵树理……这些已化为永恒符号的大师，他们的文字和思想，曾如一支支火把，照亮这个国家和民族的夜空，也点燃过太多如我们一样追梦人头顶的灯塔。因而，每日的起居学习，大家皆在一众先贤哲人的注视和鞭策之下，似头顶有戒尺，不敢懈怠半点。

我学生时代没好好读书，高中读了一年就去当了兵，人到中年后却又想弥补那段再也回不去的少年时光。人总是走不出当下的自我，对过去却有着深刻的认识和自省。学习期间，鲁院聘请的授课老师有中央党校和北京大学的教授、生态环境部的新闻发言人、茅盾文学奖的获得者、著作等身的知名作家学者等，那些以前只在书上看见名字的人，都是偏安乡隅的我难得一见的。端坐书桌前的我，那几天里是惭愧而自卑的。老师们口吐莲花，滔滔不绝，然而他们列举的书目、介绍的作者、阐述的理论，许多我甚至都没有听说过。我如一个来自乡野的文学白痴，张着耳朵，记着笔记，极力想从中得到一些什么点化。阅读的缺乏和肤浅，让平日里装模作样的我，终在这神殿之中现出了不堪一击的原形。阅读与写作，就如老农土地上的劳动与收成，平时你若哄地皮，最终地皮就会哄你的肚皮。

三

　　一个精致到建筑和绿化布局都要用心排列组合的院落，如果没有非凡的气象，是不会引来无数文人墨客心向往之的。水善利万物而不争，因而水是必须有的。我没有问过院中那个不过百十平见方的小池是否有正式的名字，如果没有反倒最好，它会给每个来到此地人的心里都塞进一个不同的名字。这个季节，本该是一池流动荡漾的液体，却以一池坚冰的固态形式呈现给我们。有人将沿池厚厚的冰层边缘敲掉了一圈，倒如一面镶了边的白玉镜，让一众江南男女大呼小叫。文人爱竹，丁玲、郭沫若等大师的雕像就借竹掩映。说老实话，北方的竹，无论色泽、形态还是气质，都比南方逊了一些，特别是在冬天。那些没有一片树叶，但枝头已隐隐可见粒粒花苞的树，有人告诉我是蜡梅，数十棵构成了一片梅林。我们显然是来早了一些，只能在京城的下一场大雪里，在江南某地脑补这一片红梅傲雪的写意。

　　院中还有龙爪槐、白杨树、万年青以及许多我叫不上名字的植物，有落叶乔木，有常绿灌木，高低相间，错落有致，引来各种鸟儿在此游玩打卡。麻雀叽叽喳喳地议论着我们的穿着，灰喜鹊拖着长长的尾巴在林间上蹿下跳，故意炫耀优雅的舞技，斑鸠瞪着滴溜溜的眼珠子,站在窗外白杨枝头监督着我们的课堂纪律。同学中有一个能辨认近千种鸟类的高手,每天清晨都在院子里观鸟拍鸟,短短几天,就发现了十五种鸟。在北方滴水成冰的季节,在层层钢筋水泥的包裹中,能有这么多鸟类朋友过来看望我们,也是人与自然一种独特的缘分吧。还有两只形若小虎的流浪猫,见着来人并不惊慌,肥硕的体态,一副满腹经纶的样子。

人与其他生物互相成就,才能奏出和谐而美妙的乐章。这个已独成生态体系的院子,不知有过多少文学追梦人在这里徜徉和思考,他们和一池秋水说话,和一棵树对视,和一只鸟成为朋友,最终写出一部部不朽的作品。从红色延安到金色北京,从八里庄到芍药居,鲁迅文学院已走过近一个世纪的路。一路上,那些灿若星辰的伟大姓名,曾激励着多少时代儿女,或走向内心宁静的远方,或走向刀光剑影的战场。

四

物以类聚,人以群分。一种生物,如果在某一处形成了一个占绝对数量优势的物种群落,那么对于这种生物来说,那里就是一个良好而和谐的生活圈,当然也是一个良性循环的生态圈。我工作所在的太浮山,有些山峰山谷就有这样的情况,比如万松岭的高山杜鹃、樱花谷的原生樱花、三百蹬的枫香、杨家垭的冬桂,它们在各自的地域都占据着绝对数量优势,因而大小有序,长势茂盛。人也一样,一群兴趣相同的人在一起,自然就可以谈论同一件事情,哪怕这件事情再小众,也会显得理所当然,这当然也是人生的一种幸福。我们这个"生态文学班"共四十八人,年长者早过了知天命之年,最年轻的将将二十岁,从20世纪60

年代到21世纪初的每个年龄段都有，少长相接，参差有致，有业已成名成家的作家，亦有崭露头角的新锐，再辅以一群热血沸腾的中坚力量，都怀以文学之兴趣，自然也形成了一个短暂的文学生活圈和生态圈。这样一群人拢在京城一隅，谈论文学就成了一种常态，电梯里、餐桌上、课间里、散步时，无时无所不在谈，晚上宿舍串门更成了一场场微型的文学沙龙，诗人即兴朗诵新作，评论家热烈探讨，参与其中的每个人都放松而惬意。

很多人和我一样，从文学生态贫瘠的地方走来，突然能品味一场文学的饕餮盛宴，身心感觉自然是美妙的。从《诗经》《楚辞》起步，经汉赋晋风，历唐诗宋词，再到元曲清小说，中国原本是一个从文学长廊里步态优雅走过来的古国，但在今天，人们却不再对文学存有敬畏之心。很多时候，文学是一个可被随意调侃的名词，作家诗人被视为行为乖张不合时宜的一些人。在很多地方，写作者都会闭口不谈文学，有公职身份的人压抑着内心的火苗，只为让人免生不务正业之嫌。文学一旦失去了土壤，当然也就没有了生命，离老百姓的生活自然也越来越远。

五

鲁院的每个房间都有一个留言本，每一个在此逗留过的追梦人都会留下一段文字。很多同学在他们房间的留言本找到了一些已经很有名气了的人物。我不知道我是511房间的第多少任房客，或许在留言本设置之前，已经有很多人成为过这个房间的短暂主人了，或许还有一些人不愿留下居住过的痕迹。留言本的第一个名字叫"黄孝阳"，来自江西，和我同岁但小我十个月，落款日期是2011年1月6日。彼时他来到鲁院时，不过三十五六岁,那是多么热烈而激情的年岁啊。出于好奇,我上网查了一下,得知黄孝阳为江西临川人,中国作协会员,是南京审计学院客座教授及南京师范大学硕士生导师,出版有长篇小说、文学理论等十多部作品,曾获紫金山文学奖、钟山文学奖、金陵文学奖,可谓著作等身。但遗憾的是,网上显示,这样一位才华横溢的隔空前室友,已于 2020 年 12 月 28 日去世。看到那一条消息的一刻,我一时有点恍惚,由此也失去了对之后留言客追溯究源的勇气。

是的,每个人都会离去。对于 511 来说,拥有过它的每个人都只是它的一个匆匆过客。而人世间呢,每个人不也是一个匆匆过客吗?生与死,来与去,万事万物生生息息,这本就是自然规律,就像每个人需要这个世界,而这个世界可以不需要每个人一样。如果结合我们这个班的主题来说,不也是这个世界一种往复不止、良性发展的生态循环系统吗?我们能作为这个生态系统中的一颗微粒分子,何其幸也。

趁着每天晚上无课和返程前空当时间,同学相邀,还在北京剧院看了一场剧名为《正红旗下》的话剧,这是老舍生前一部未完成的作品。冒着零下十二度的温度到三里屯看了一场脱口秀,体验了一把北京年轻人的夜生活方式。完成学业离校后,我们几个常德籍同学还逗留了一天,参观了国家博物馆和中国军事博物馆,两处虽是走马观花,但也算在国家级文化殿堂熏陶了一下。之前数度因工作到北京,总是来去匆匆,没能感受一下京城文化生活,这次终有机会雅俗共赏了一下,也是一次难得的人生收获吧。

一个星期的时间很短,短到一群人还没认全就分别。一个星期的时间又很长,长到今后要用相当一段人生来消化和回想。我不知道几天时间学得了什么，以后又是否能拿出一点像样的作品来回馈这几天的文学际遇。临行那天，京城再一次阳光灿烂。我们在阳光的护送中来到北方，又在阳光的眷顾里返回江南。拉开窗帘，一缕阳光透过窗棂照射在511留言本上，我端坐其前，写下这样一段话："一场大雪落在了江南／万束阳光却照耀在北京／在同一天的南方和北方／其实都闪烁着同一种质感的白／我在这个冬天跨越澧水湘江长江和黄河／只为给自己心里／种下一个和暖的春天……"

（原载《湖南生态文学》总第101期）

下辑 大地有痕

古今归路意难平

一

很多人终其一生，其实都在家乡与异乡之间出发和抵达。在出发与抵达之间，我们往往一直都在寻找最合适最快捷的方式和方法。一个国家或者一个民族，实际和人一样，他们也一直在找寻出发与抵达之间需要的元素。只不过，是把一个人的寻找，变成了一群人的寻找而已。

常德——这座号称桃花源里的城市，自古为湘西北地区的名城重镇。一千七百年前，东晋诗人陶渊明用他的神来之笔，为我们描写了一个鸡犬相闻怡然自乐的桃花源，就给后世每个中国人心里都塞进了一个自给自足、与世无争的梦想家园。东晋时代归隐文化较为盛行，陶郎大致是没有真见过桃花源的，最初那不过是他个人的一个梦。千百年来，我们都在为了回到他描绘的那个梦想之家，一路在风雨里追赶，一路在泥泞中探寻。

当时间来到公元 2022 年，随着一阵悦耳的蜂鸣声，有一种叫高铁的交通工具，突然以高科技的质感和无与伦比的速度，真的就要开进这座桃花源里的城市时，我们发现，这似乎一下子就离所有人心中的那个梦想家园近了许多，甚至就要触手可及。一些期盼，一些欣喜，一些等待，还有一些无以名状的情愫，就装

月光皎白
YUE GUANG JIAO BAI

在那一节节银色的车厢里，它们在时空的隧道中飞一般奔跑，在千年的诗歌里箭一样穿梭。它们靠在角度调到最舒适的座椅上暗自欣喜，心花怒放。它们在三百五十公里的速度显示屏前双拳紧握，无声加油。

二

自古以来，回家的路就不是一帆风顺的，总会充满艰辛和坎坷。这条路既不是屈原"朝发枉渚兮，夕宿辰阳"的洒脱，也不是李白"两岸猿声啼不住，轻舟已过万重山"的豪迈，而是王安石"春风又绿江南岸，明月何时照我还"的无奈，更是贺知章"少小离家老大回，乡音无改鬓毛衰"的辛酸。

在过去几千年封建统治阶级眼中，古称"朗州"的常德为湘西巫傩之地，蛮荒虎狼，是一块能偏远到天际的地方，自然就成为许多失宠官员的贬谪之所。公元805年的唐代中期，有"诗豪"之称的刘禹锡，就因参与"永贞革新"失败而被朝廷贬谪为朗州司马。彼时的朗州远离京城万里，刘禹锡拖家带口，一路跋山涉水，九死一生，用了两个多月才到任此地。好在陶渊明笔下的桃花源距离朗州城不远，希望为纷乱内心寻找一个安宁之家的刘禹锡，于是经常到访桃花源，结友访贤，弄诗作文，愣是把一个别人谈之色变的贬居之所，过成了一个所有人都心向往之的精神家园。

1934年初，在北京大学任教的沈从文回家探母，那是他到北京工作之后的第一次回乡。常德地处湘西大山与洞庭湖的交界处，自古一直属于湘西范畴，在过去水路为主的年代，是湘西地区与其他地方物资人员的集散往来重地。沈从文回湘西凤凰老家，自然也要经常德。他从京城坐火车到长沙后，先要乘汽车到常德城，然后又转车到桃源县，此间就已花去五天。到了桃源后就没有陆路可行了，只能坐船，沿沅江逆水行舟，直到泸溪浦市下船，单在船上就得待七天。浦市离家还远着哩，沈从文只得就地租了一台木轿，又坐了两天的轿子，才终于回到他的老家凤凰县。这样前后掐指一算，沈从文从北京回趟家，就需要半个月时间，备受长途颠沛之苦。不过好在，作为一代文豪的沈从文，还能在这样颠沛煎熬的旅程中用一支笔记下所见所闻，他的《湘行散记》中的大部分散文，就是那次从北京返回凤凰的途中所见所闻。

时代不同，出发与抵达的过程自然不尽相同。从前的车马很慢，一个人一辈子只能够爱一个人。而今天，以高铁、飞机为代表的交通工具，早已实现了朝发夕至。如若真有穿越，刘禹锡、沈从文坐着高铁回到今天的常德，他们的笔下和心里，一定不再是苦难，不再有叹息，也一定不会有遗憾。

三

1958年，十五岁的父亲被株洲的一个国有煤矿招工，从此离开常德，去外地工作，直到三十年后才调回家乡。忆起当年出门的情景，父亲历历在目。他们那批在常德各地新招的学徒工，先是在常德港上船，经过一天到达岳阳，因为晕船，苦胆水都吐了出来。在岳阳等了一天再坐火车，那时京广线通车还不到一年，又经过一天时间在株洲下面的一个小站下车，然后坐了几个小时汽车，终于到达目的地——株洲洗煤厂。父亲是山里长大的伢儿，没出过远门，第一次坐火车就闹了大笑话。火车突然启动时，哐当一声巨响，伴随着一个强烈的前冲顿挺，站在车厢中正在东张西望看稀奇的父亲，猛地一下就摔倒在地，倒下时还不忘

月光皎白
YUE GUANG JIAO BAI

大叫一声"拐哒！屋垮了！"惹得全车厢人一阵哄笑。

父亲在株洲洗煤厂当了一年多学徒后，被分配到涟邵矿务局旗下的娄底双峰洪山殿煤矿。父亲在煤矿井下工作了十四年，经历过透水、坠井、瓦斯爆炸、高压电击等事故，也算是九死一生。连年高强度的井下工作，又远离亲人，想家是他多年异乡生活最切身的感受。父亲工作的那些地方，虽与常德同属湖南，但煤矿一般都远离城市，以当时的交通条件，回家一趟还真不容易，虽不是关山万里，但也称得上千里迢迢。而父亲在外工作的那么多年里，有一件事始终让他在心里搁置不下——那就是爷爷的去世。

1968年，爷爷因为一次意外事故受了重伤，在生命垂危之际，让家里发电报催父亲回家——他要见他认为最有出息的儿子最后一眼。接到电报的父亲，心急如焚，请假连夜出发，先是步行到离煤矿最近的一个小镇，赶最早的班车到双峰县城，然后从县城坐班车，黄昏时分才到省城长沙。那时从省城往常德方向的班车并不多，下午之后就没有车次了，于是只得找了个旅社过一夜，次日清早坐车回常德。归心似箭的父亲，一路与车速和路况做着艰难的心理斗争，沿途还要过资水、沅江几个轮渡口，甚至还经历了一次车辆故障耽搁，最后还要步行十几公里，到家时已到了又一天的凌晨，前后路上花了三天时间。但父亲的紧赶慢赶，终究赶不上阎王爷派的拿命小鬼的耐心消耗速度。就在他到家前几个小时，爷爷永远地闭上了眼睛。这个勤劳善良的老人，最终没能看到他最喜欢的儿子最后一眼。而我的父亲，也没能见到他的父亲最后一面，这成了此后几十年心里永远的疼痛。

多年后，父亲终于有个机会能转回家乡工作。当时其实有几个工作选项，谁也没想到，父亲毫不犹豫地选择了最艰苦的养路工人的工种，并且在养路工班一干就是六年。也许，在他的心里，能有一条让人平安、顺利、快捷回家的路，才是多年来他对父亲最隐秘的告慰。岁月荏苒，今年适逢父亲八十大寿，那天回乡下老家看望他，我将一段常德高铁即将通车的宣传片给他看。在宣传片唯美的动画和激情的讲解中，看到家乡的高铁线路像桃花盛开一样向四面八方延伸，老人家脸上的表情格外生动。末了，他摘下老花眼镜，拿着手帕擦了擦润湿的双眼，叹了一口气对我说："当年要是有这玩意儿，我也不至于让你的爷爷带着遗憾去到另一个世界！"

四

千年的风雨，在岁月长河里不过弹指一挥间，但在人类发展史上，却是漫长的一段旅程。中国的唐代，在世界人类发展史上是一个高峰。之后的中国，开始滑落、衰败，直至跌入谷底，再回升，由此进入一个缓慢、艰难而又痛苦的重建期。我们为了这再一次归来，在黑暗中摸索得太久，在泥泞中跋涉得太累。幸运的是，我们一直不曾停止找寻回家的方向，也一直不曾熄灭在回家路上的信念。当今天的中国进入高铁时代，这个古老而不言放弃的民族，终于再一次有了底气向世界宣布——我们又回来了。

而在这个枝叶葳蕤朝气蓬勃的时代，常德——这颗洞庭之滨的湘西北明珠，也终在岁月沉淀和时代风口的碰撞打磨中，焕发出新的色彩和熠熠的光亮。高铁开进桃花源带来的速度和活力，就是这座城市在漫长的蛰伏之后，又一轮借势腾飞和融入世界的宣言。桃花源里的城市，那其实不只是一个口号。它除了是一个隐喻之外，也是无数人心里都想来的一个具体而实际存在的家。

"晴空一鹤排云上，便引诗情到碧霄。"今天，通了高铁的常德，就像一只插上了翅膀的快乐白鹤，迎风起舞，视野阔远。常德——这座千年历史文化名城，将再一次借力启程，在常德丝弦的旋律中，在常德诗墙的豪情下，在常德钵子菜的乡愁里，从洞庭湖出发，从沅澧大地出发，与五湖四海相通，一路飞跑，一路高歌，一路奔向每个人都心向往之的那个梦中桃花源。

是的——回家！回家！我们已经在"和谐"的氛围中出发，我们就要在一个伟大"复兴"的时刻抵达。

（本文获常德市作协举办的"桃花源里的幸福快车"征文二等奖）

与一条河流的和解

这是一篇由湖南省委宣传部主办,湖南省生态环境厅、水利厅、林业局协办,作家协会、摄影家协会承办的"青山碧水新湖南"征文参赛作品,刊载于《湖南文学》杂志,评审团专家对该文的解读词为:

1. 本文从自然、哲学、历史、人文等角度,全方位解读道水,呈现道水流域在新时代发生的巨大变化,既是一条河流的发展史,也是一部道水流域在新时代的脱贫攻坚史、生态文明史。同时准确把握了时代脉搏,将道水流域脱贫攻坚的伟大战役、生态文明建设的艰难历程娓娓道来,有独到的理论色彩和强烈的现实意义。

2. 作者通过对道水的认知变化和复杂情感,来反映道水流域在新时代所经历的阵痛、蜕变以及所取得的巨大成就,既有报告文学的强烈忧患意识和社会责任感,又有散文的浪漫唯美和真挚动人,做到了文学性与思想性的有机糅合,既是一篇报告文学佳作,又是一篇优秀的长篇散文。

3. 在作者笔下,道水不仅仅是一条河,作者对道水的爱恨交织所折射的,其实是作者对于这条母亲河发自肺腑的热爱和守护,彰显了作者的人文主义情怀,体现了人民对于美好生活的渴望与追求,同时,这也是一曲献给伟大时代的激情赞歌。

——题记

月光皎白
YUE GUANG JIAO BAI

一

　　我想，你应该和我一样，无法想象一个没有河流的地球，就像无法想象一个没有血管的人一样。地球同样是一个生命体，有血有肉有脏腑器官，而河流无疑是地球的血管。生与死，动与静，希望与绝望，皆在这些脉流的涌动之中。

　　"河流"一词，解释就一句话：陆地表面呈线形的自动流动的水体。这种地球上最美的线条，一般是以高山为源头，然后沿地势向下流，多以流入湖泊或海洋为终点。如此一来，高山与河流就是相伴相生了。如果说这世上真要有知音的话，山与河，定然是情定万古不离不弃的知音典范。很多年前，我第一次听到古筝《高山流水》曲目时，对音乐其实不甚了解和涉猎的我，居然没有来由地湿了眼眶。那时，我根本不知道这首曲目的名称，但我知道，从那些大珠小珠落玉盘般的旋律里，在那些动静相宜急缓相生的节奏中，我一定听到了河流的声音。那种心甘情愿，不惧万难，不畏万里，也要把高山的嘱托带到大海的痴情与决然。河流，不仅是水以液体形式的一种自然流淌，也是高山对大海的倾诉，是情感的涌流，是使命的托付。

　　正因为此，在地球的每一座高原或者高山，都会产生孕育文明的伟大河流。尼罗河之于东非高原，亚马孙河之于安第斯山，密西西比河之于落基山，而中国境内的世界屋脊青藏高原，更是长江黄河两条孕育了华夏伟大文明河流的起源。但并不是每一条河流都像这些大江大河一样，有一个响亮而广为人知的名字，就像人的血管，并不是每一条都被认知，都能被命名，细到末梢处，只能统以毛细血管而概之。在人类文明之初的造字时代，水流的源头叫"泉",我相信,在地球每一个以山之名的隆起处,一定都有泉。而每一处泉水,都是生命的发端。是她们,让这个蓝色星球处处生机盎然,让这个多彩世界始终活力迸发。

而我今天要写的这条河流,或许也只能算地球上密布河网中的一条毛细血管。中国是个水资源相对丰富的国家,地势西高东低,很明显分为三个阶梯,青藏高原为第一阶梯,云贵高原为第二阶梯,洞庭湖平原以东为第三阶梯。云贵高原遍布横断山、乌蒙山、哀牢山、武陵山、雪峰山等大山脉,自然也会成为如珠江、乌江、沅江等大江大河的发源地。云贵高原呈扇面分布,边缘地带实际经与贵州接壤的湘西群山,一直延伸到湖南的常德、益阳境内,与洞庭湖平原相遇,从而完成地理过渡使命。或许山水如人,正是高原山的刚烈,遇到洞庭水的柔情,情感表达是炽热的,情绪波动也是强烈的,于是在山水相遇处,就产生了一串心电图般连绵的群山。这些群山虽高不过几百米,但喀斯特地形皱褶的岩缝之中,同样暗藏着如天上星星一样多的泉眼,足以作为一些小型河流起源的温床。当这些山泉从岩缝中冒出,聚成水,形成涧,成为溪,汇成川,继而壮大成河成江。它们从小到大,从短到长,从弱到强,从寡到众,一阶一阶落下,一级一级汇入,一次一次升华。太多这样普通的河流,自有人类以来,甚至都没有一个固定的让世人所辨的名字,只是依形就简地被当地人叫着一些只可音译的名称,就如中国过去很多农村孩子,被呼以"狗娃""丫蛋"一样平凡而普通。

不过,我今天要向读者引荐并介绍的这条河流,虽然也小,虽然也弱,但好歹人家还有一个正式的名字——道水!

道可道,非常道。名可名,非常名。老子出函谷关时,留下五千言文字,从此不知所终,这就是对几千年的华夏文明产生重

月光皎白
YUE GUANG JIAO BAI

要影响的《道德经》。《道德经》虽仅五千言，却是字字珠玑，开篇的这两句话，更是被后人奉为为政处世信条。一个"道"字，占尽千古风流，万事万物，皆可蕴含其中。

水是地球乃至宇宙空间中最重要的物质存在，一切生物都离不开水的影响，作为主宰地球的最高级生物人类而言，说穿了其实也没那么高级，基本上就是一个水的组合体。对于"水"的理解，老子在他的《道德经》第八章言："上善若水。水善利万物而不争，处众人之所恶，故几于道。居善地，心善渊，与善仁，言善信，政善治，事善能，动善时。夫唯不争，故无尤。"意思是人最高的品行，就要像水一样，它使万物得到它的利益，而不与万物发生矛盾和冲突，这就是最大的"道"。如果要说这个世界有万能的物质，那应该只能是"水"。水可载舟，亦能覆舟，这是治国之道。谦逊当如水避高趋下，追求当如水奔流到海，胸怀当如水海纳百川，坚持当如水滴水穿石，这是做人之道。做人处世，能尽其所能帮助别人，不争功名利禄，其道并非与世无争，也非不积极向上，而要"善利万物而不争"。面对名利，要本着如水的态度，欢喜悲乐，胸襟宽大，遵循自然规律行事，不主观妄为，这才是真正的人道。

当"道"和"水"两个简单的字，脱离本身的字面属性和物理特征，在老子脑洞大开的《道德经》中成为一种哲理和思想时，就已经让人叹为观止了。而当这两个字组合在一起，成为一条河流的名字时，我已无法再用字词句的组合去叙述、赞美、歌颂先祖的伟大了。

你看，我说了这么一大堆，却只是为了解释这条河流的名字。或者，我只是试图把中国文化的精髓，用这种繁复冗长的文字形式融化进这条河流。我之所以要如此隆重地介绍这条河流，是因为我一直吝啬以文字表述这条河流，我不愿意，甚至羞于向所有的人介绍她，在曾经很长一段时间里，我对她充满了成见，甚至是憎恨。

也许，我在等待一个时机。我需要有一个人，或者一件事，扣动我对这条河流所有情感的扳机。我需要一颗炙热的子弹射进我的胸腔，完成我对这条河流的所有救赎。

二

《安福县志》载："道水是九澧之一，为澧水的一级支流，旧志称按《水经注》载，澧水支流有茹温溇渫黄涔澹诸水，而无道水，道水之名不知何时起。相传昔有浮邱子者，黄帝时人，种苦荚于浮邱之岗，洗药道水之上，丹成得道，道澧之名始此。"寥寥数语，且语焉不详，给人以敷衍之感。其实也不能怪县志记载者对这条河流的不尊重，因为在中国的河流群体中，甚至是湖南省的河流群中，这条河实在渺小到不值一提，如果要把她放在长江黄河这样孕育了伟大文明的大江大河范畴来对比，无论长度、丰度、广度，还是知名度，这条河不过就是一条溪流而已。

没有无源之水，每条河流的发源地，就是母亲的子宫，那不仅是生命的发端，实际也决定了一个生命体的先天气质。谁也不可否认，每条河流，和人与其他动物一样，都是一个个生命体，甚至比其他生命体更鲜活，更永恒。根据测绘考证，道水有南、北两源。南源出慈利县五雷山东麓之三王峪，自西北向东南流经两河口入石门县境，经冯家坪，注入夏家巷蒙泉水库，泄出后向东流，经磨子坪、夏家巷、梅家河，至尖刀嘴与北源汇合，长约二十七公里，这段又叫龙潭河。北源又分两支，一支源出慈利县苗市桃树垭东麓，从西南流向东北，至桃子溪后转东向，入石门县境后在东泉洞口出流，称为东泉。东泉洞口约三丈，水量甚大，潭影澄碧，溅沫飞注，此处建有东泉水库。另一支源于慈利县苗市五一煤矿洞口东面，此支正处喀斯特发育地区，阴河泉洞很多，水流一度潜入地下，在各洞间迂回出没，入石门县境后在西泉洞口流出。北源两支东泉、西泉在官渡桥东一公里处汇合，东南流经新桥、马塌、中坪、水制，于尖刀嘴汇合南源，合而东流，始称道水。道水流至白洋湖附近，几度迂回转向，再东北流至易家渡，左纳洲浒溪，右合龟溪，至龙口桥入临澧县境，沿途纳阳明溪、沙溪河等支流，最后于澧县澧南垸道河口注入澧水。

道水多系复式河床，下切较浅，一般切深六米至九米。南源水流出石门县夏家巷进入近代冲积盆地平原汇合北源后，下切力量已微，水流改向两岸侵蚀，河岸逐年崩塌，尤以大洪水时，冲刷淤积作用强烈，河湾滩险渐次发展，形成现今道水滩多、水浅、河道弯曲的特点。道水流域属亚热带气候，热量丰富，降水充沛，但分布不均。境内夏家巷、两河口、广福桥一带为暴雨区，平均年降水量很大，向下渐次递减。年内降水时间集中，春末夏初阴雨连绵，入夏至秋前出现历时短、强度大的暴雨，伏秋又常发生干旱。由于河床下切浅，相对河谷断面泄洪能力弱小，枯水季节地下水位低，对河流补给困难，故易形成大雨洪涝、无雨干旱之灾害。

道水虽有南北二源，甚至北源水量更大，但千百年来，当地老百姓皆以南源为宗，甚少有人提及北源。这就不得不提南源的五雷山，虽无正史可查，但我几乎可以肯定，道水之名，就是这座山的特性决定的。

五雷山，位于湖南省张家界市慈利县，最高海拔一千米，主峰金顶分出数脉，呈辐射状伸延，因庙宇出现"雷扫其殿，钟鼓自鸣，尘埃自净"的奇迹，故更名为五雷山。自古以来，五雷山是著名的沅澧四大道教圣地之一，素有"楚南第一胜境"之称，它与湖北武当山齐名，有"北武当，南五雷"之说，其道教殿宇之多被《三湘之最》誉为湖南最大的道教文化群落。据史书记载，五雷山道教"始于唐，盛于明"，相传西域净乐国太子曾选中此地，垒石室苦修，得道高升，这就是著名的真武帝君。后来唐代大将军李靖慕名上山草创道观。元末翰林国史编修张兑辞官，归隐五雷山，在山上扩修殿宇，弘扬道教文化，并亲题"楚南名山推第一"，从此五雷山名声大振，所建殿宇"旁魄百里，列县俱瞻"。到了明代，常德荣定王、澧州华阳王对五雷山进行大规模扩修改建，建筑面积达五千余平方米，有三十六宫，七十二殿。其建筑为石墙铁瓦构筑，随山脊沟壑纵横陈列，绵延十五里，奇险深幽，玄妙超然，独具一格，蜚声南北。明神宗得知后，封五雷山为"洞天福地"，道教信徒遍及鄂西南、湘西北两省十八县。近现代，因战争和政治原因，五雷山殿宇遭到破坏，20世纪90年代初，当地政府为发展旅游，修复了部分古建筑，设立了五雷山风景区，再现了昔日香火鼎盛的景象。

  你可以想象，当最初一股在地下岩缝中每天都听闻着五雷山道场晨钟暮鼓的泉水，按捺不住兴奋，要将它的感受告诉这个阳光世界，于是东奔西突，终于从一个泉眼冒出来，一路和众多从另外泉眼里冒出的泉水汇合，赶集一样，继而成溪，继而成河。这样一条从一开始就浸染着道教文化基因的河流，她如果不叫道水，你又能叫她什么呢？

  几年前，我和一帮搞户外的朋友到过道水的发源地——五雷山东麓的三王峪。三王峪，处湖南慈利、石门、桃源三县交界，西起五雷山脚，东出蒙泉湖，辗转徘徊四十里，自古以来是常德、澧津、洞庭一带人们朝拜五雷山道教圣地的必经通道。明末清初，闯王李自成兵败退至湘北，闻五雷山山险势要，乃是藏龙卧虎之地，即率兵欲抢占五雷山，以作据守进退之计，不想吴三桂捷足先登。冯王兵进长峪，见五雷山已为吴三桂窃据，不敢恋战，只得退出峡谷，边退边望，依依难舍，据说望了三回，故后人称"三望峪"。另说土司覃厚王也曾在此驻军，加之奉天王李自成、平西王吴三桂，故又叫"三王峪"。三王峪奇峰林立，当地人称此地的每一座山峰为"寨"，传说这些山峰在古代曾有兵士安营扎寨把守，因数目众多，素有"四十八寨"之称，有情歌寨、女儿寨，毗邻相视，情意绵绵；顾公寨、城门寨遥相对峙，威武雄壮；金鸡寨、钟鼓寨，峭壁悬崖，松石成趣。这里的每一座山寨皆有一个动听的故事，前些年我与一众骑行爱好者经常前往，曾经徒手攀缘登顶过十来个寨子，每个寨上都发现有比如柱孔、仓库、灯台等人类活动的痕迹，说明这些山峰扎过兵寨并不是空穴来风。更有那撑腰岩、观音岩、墩书岩、打儿岩等圣迹鬼斧神工，趣闻逸事听之令人津津乐道。如在两河口村观音岩下的道水河边，有一块很大的石头叫"擦脚岩"，是千百年来朝拜者歇息的一个地方。在那个只能步行的年代，我能想象得到，我的那些虔诚的先祖百里而来，在这块石头边沿擦掉脚上黄泥，然后蹲在石头上汲水解渴的情形。那天，我站在这块石头边沿，模拟着无数先人在用脚磨出的凹窝里擦脚的样子，心里升腾的是沧海桑田的感叹。

蒙泉湖以上的道水，其实已不能叫河流了，从河床的宽窄和深浅来说，叫溪流可能会恰当一些。万涓成河，一个人，一个民族，一个国家，都如一条河流的成长史，从无到有，从小到大，从弱到强。当然，在《水经注》中，就是把河流叫"溪"的，比如怀化古称"五溪之地"，五溪指的是酉水、辰水、溆水、舞水、渠水五条河流。地形所限，通往三王峪的公路恰好是与溪同行，水与路相伴相生，两边雄山夹峙，群峰相随，一路古木参天，绿意盎然。我们那天去的是三王峪一个叫珠宝湾的地方，传说当年李自成兵败九宫山退守到五雷山后，金银军饷就藏匿此处，这里也是道水的发源地之一。应该说，道水源出多头，五雷山东麓的每一个大小山峪都有可能是道水的源头，只不过三王峪源出最远，视为主源。一众驴友沿溪溯源，时有看似清浅见底，实则深有丈余的溪潭。行约十里，溪水尽于一潭，抬望潭空，一练近三层楼的流瀑挂于眼前，水虽不大，却如银缎泻空，细若飘雾的水汽与从林间缝隙处穿过来的阳光暧昧相接，形成两层朦胧而绚丽的彩虹。这里应该已经无限接近一条河流支流的源头了。因山势过于陡峭，无法继续攀登，只得寻源至此，微憾而归。回来的路上，大家感叹最多的就是多年未见如此让人心动的自然水质了，清澈，灵动，天然去雕饰。

　　其实，水和人一样，一开始都是最朴素最纯洁最简单的模样。人在婴孩时期的童真和善良，会在阅历和岁月的侵蚀中逐渐变得世故而复杂。水也会在后来流经村庄、田野、城市时，身不由己地接收吸纳人类生活污垢和杂质，逐渐变得浑浊和暴躁起来。我们这群一直生活在道水中下游的人，平素看到的其实是她中年或者暮年的样子，当突然见到她孩童时的模样，自然会感叹不已。可是，一条河流，我们尚且还能追根溯源，找到她最初的样子，而我们这些已被尘世浸染的人，却再也无法找到最初的那个自己。

月光皎白
YUE GUANG JIAO BAI

三

当一条河流，决意要以布道者的名义伐山过川，就一定不会满足于一座五雷山的仙风道气。她的发端就已经注入了"道"的内涵，这注定她并不是一条普通的河流，而是一条有思想、有追求、有目标的河流。她并不满足只汲取五雷山的一山之道，她还要取他山之气，吸天地之灵。于是她不舍昼夜，择"道"而行，行数十里，又与另一座沅澧地区的道教名山——观国山相遇。

观国山，位于湖南省石门县境，取《易经》观卦象辞"观国之光，尚宾也"之义，自古为楚南名山，距五雷山约三十里，是澧水流域的道教圣地，逶迤于道水南源龙潭河的南岸，蒙泉湖东侧。观国山平均海拔四百米，由泥盆系砂岩构成，突起壁立，峰屏高耸，云表绝顶，平衍数丈，左右异嶂奇曲，险奇神幽，清溪绕山而过，前则一望无际，极目楚天三百里。自唐代尉迟敬德元帅在此草创圣母祠和二王庙后，道教开始在这里生根发芽。宋元时期，观国山顶峰小仙台已成为道教圣地，山上许多石雕碑刻都记载了仙迹神踪，整个小仙台充满了迷人神奇的色彩，又称"小武当"。这条河流，在这里溜达了一圈，吸纳了一众从观国山同样被道家仙气洗礼过的溪流，继续顺势而去，一路向东，再五十里，又遇到一座道教圣山——太浮山。

巍巍武陵山脉，饱蘸万古苍翠，育奇峰，孕秀水，借着云贵高原余威，向多情的洞庭湖逶迤而来。当他不羁的狂野，遇到洞庭的温柔，一场轰轰烈烈的爱情，已不可避免。于是，太浮山——就成了这场惊天动地爱情的结晶。往西，是苍苍莽莽连绵起伏的湘西大山；朝东，是浩浩荡荡平畴千里的洞庭湖平原。天造地设的姻缘,让太浮山成为武陵山脉与洞庭湖最宠爱的幺儿子,占尽万古风流。

太浮山,号称武陵余峰,位于湖南省常德市临澧县,与石门、桃源、鼎城三县交界,是湖南省风景名胜区和国家AAA级旅游景区,也是武陵山脉与洞庭湖平原的天然分界点。古洞庭湖的水面,是一直到太浮山脚下的,所以太浮山素有"洞庭一点万山东"之说。太浮山的道教起源于汉代中叶,在宋元时期形成了与桃源县桃花源、慈利县五雷山、石门县观国山并称的沅澧四大道教圣地,历代修建寺庙宏观,为当年乾隆皇帝御封的洞庭四十八福地之一,香火鼎盛二千余年。太浮山拥有绚丽多姿的自然风光,文化积淀非常深厚,山上奇峰峻峭,层峦叠翠,谷幽崖险,常年白云缭绕,岚气腾腾。山下水库星罗棋布,松竹掩映,山、水、石、林巧合成景,湖光山色美不胜收。岩、泉、树、藤自然成趣,天作之景异常醉人,古二十四景点缀其间,风光独特,一年四季,鸟语花香,气候宜人。1900年秋天,清代著名诗人、岳麓书院名联"西南云气来衡岳,日夜江声下洞庭"的作者黄道让游历太浮山,在太浮金顶,见道水东流,一时兴起,挥笔写下:"振衣绝顶访浮邱,如此峰峦肯卧游。日出寺先千户晓,月低影压万山秋。更无飞鸟能藏背,时有浮云让出头。远眺须臾高处立,道源一线天自流。"

这首诗中的"道源"就是道水,道水在以前临澧老百姓口中也叫"道源河"。道源——道之源也,更让这条河流充满了神秘而久远的气息,至今当地还有道源桥、道源村、道源学校等地标与之对应。而"道水"之名,就是来自关于太浮山的记载。翻阅清末临澧县志,有载:"昔有浮邱子者,黄帝时人,种苦荬于浮邱之岗,洗药道水之上,丹成得道,道水之名始此。"可见,"道水"在没有遇到太浮山之前,并不叫这个名字,而是在每一段都有一个其他名字,这好比长江,在上游叫金沙江,在下游叫扬子江一样。如果说,五雷山是道水的母亲,给了她最初的一股生命源泉,那么,太浮山就是道水的父亲,赋予了她正式的学名,并定义了她的精神特质。从此,这条河流就以"道"之名,流入典籍文献,流入历史大河。

"无过"是道家的主要思想之一,自古以来,也是许多品德高洁圣人的追求,而人类要做到"无过"基本上是不可能的一件事。但一条不过百公里,甚至几乎没有文人墨客歌咏过的河流,把自己化为一条脐带,三接江南道教名山,成就一方水土,养育一方百姓,自己还能亘古长流,并能洁身自好,真正做到了"无尤"和"无过"。当这条发源于山,流走于山,发源于"道",流走于"道"的河流,带着为人之道、处世之道、治国之道注入澧水,汇入洞庭,融入长江,最后涌入大海,以自己的至善之功、至谦之德、至大之量、至柔之刚演绎着"道水"之道时,不正是生动而形象地诠释了老子在他的《道德经》中所推崇的"上善若水""善利万物而不争""夫唯不争,故无尤"道家思想精髓吗?而这样一条从有正式姓名就注入了哲思的河流,难道不值得我们尊敬和讴歌吗?

四

当地水利部门资料这样描述道水:全长 102 公里,流域面积 1364 平方公里。流域介于东经 111°14′—111°50′,北纬 29°11′—29°37′之间。整个流域形似桑叶,位于武陵山脉南支尾翼与洞庭湖平原交接处,东西长 58 公里,南北平均宽 24 公里，河网密度每平方公里 0.23 公里。你看，就是这样一条将将过百公里，各项数据在专家看来都毫无亮点特色的河流，是不是给人以不起眼儿，或者翻不起风浪的感觉呢？

但是这条河流会对你大声地说一句"不"，我也要大声地反驳你的感觉。在她貌似柔弱的表象之下，其实翻涌着滔天的历史风浪、浓厚的人文风浪，以及不屈的灵魂风浪。水利部门资料中介绍道水的那段话，其中有两句表述河流位置的很值得研究。第一句话是"北纬 29°11′—29°37′之间"，这句话表述的是这条河流在地球上的空间位置。很多人都知道，地球的北纬三十度线是一条很神秘的纬线，上面不仅有许多奇妙的自然景观，还存在着许多令人难解的神秘现象。这条纬线记载着太多的地球文明信息，如世界四大文明古国及远古玛雅文明遗址都贯穿在这条纬线，地球山脉的最高峰在这条纬线上，世界最大的几条河流，比如埃及的尼罗河、伊拉克的幼发拉底河、中国的长江、美国的密西西比河，也都不约而同在这一纬度线入海。第二句话是"位于武陵山脉南支尾翼与洞庭湖平原交接处"，这句话表述的是这条河流在中国版图上的具体位置。道水发源于张家界市慈利县五雷山，在常德市澧县的澧南垸道河口注入澧水。五雷山属武陵山脉，武陵山又是云贵高原的一部分。云贵高原是中国地理版图的第二阶梯，而道水注入澧水的澧县道河口，属于正儿八经的洞庭湖平原，而洞庭湖平原属中国地理版图的第三阶梯。由此可见，走向自西向东的道水，正位于中国地理版图上第二阶梯向第三阶梯的过渡区。从南北方位来看，中国习以长江为界分为南北，而道水属长江流域，距长江主道南不足百里，基本处于中国南北分界上。同时中国版图东西之别，一般习以第二阶梯与第三阶梯交界线来区分，道水流经之地刚好在两个阶梯的交界过渡段。由此

257

可见，无论南来北往，还是东进西出，道水流域自古都是一个前哨地，从军事意义上说，叫兵家必争之地。事实也确实如此，历史上每一次有名的战争纷乱，如战国争雄、秦征南越、三国演义、明初朱元璋大战陈友谅、明末李自成起义、清政府征蛮改土、民国军阀混战，到近现代的抗日战争、解放战争等，这条河流都是在场者，也是见证者。

正是道水处于诞生伟大文明的北纬三十度区间，同时又处于中国版图南北东西十字分界线的独特地理位置，这也形成了道水独具魅力的"文艺范儿"气质。道教文化就不再赘述了，她流经的地域，还是楚文化的重要发祥地。有"屈宋齐名"之称的赋祖宋玉，其封地就在道水中游，即现临澧县望城街道办的看花村境内，道水也在这里接纳了她最大的支流——峪溪河。宋玉是古代四大美男子之一，有"文比宋玉，貌比潘安"之说。宋玉生命的最后三十三年就是在道水河畔度过，去世后，就葬在道水河边，至今墓葬尚在。宋玉经常泛舟道水，道水的婉转、清丽和秀美，滋养着这位先哲的身体和思想，开化着这位文学先祖的智慧和灵感，他的《九辩》《招魂》《神女赋》等诸多传世名篇就是在道水河边的封城完成，由此也在这片土地上播下了思想和文学的种子。

众所周知，中国文学的源头是《诗经》和《楚辞》，《诗经》在公元前6世纪左右流传于黄河流域，而《楚辞》在公元前3世纪前后广泛流传于长江流域，一个代表中原文化，一个代表荆楚文化，两大文化主体双足并立，南北辉映，构成了中国博大精深的民族文化。以《楚辞》收录的作品数量计，屈原居首，宋玉第二，因此说宋玉是中国文学始祖之一，毫不为过。现据考证，还发现宋玉不仅是《楚辞》中作品的主要创作者之一，更是这部中国文学奠基式巨著的第一位主编，西汉刘向后来是在宋玉编撰基础上继续收集整理，完成了这部不朽鸿篇。宋玉活了七十六岁，这在当时已是超级高寿，这与他后半生远离名利、寄情山水、修文养性的生活方式有关。我想，如若不是这条河流优良的水质种出的作物，给了他身体甘饴般的滋养，如若不是这条河流秀丽的自然风光给了他美好而舒畅的心情，如若不是这条河流两岸勤劳人民的风土人情给了他泉涌的文思，他又如何有此生命的高寿和作品的高产呢？

有水就有桥，桥梁除了交通价值，还有丰富的人文内涵。自古以来，中国的桥都是实用与美学的结合体。在道水之上，有一座被评为"湖南十大古桥"之一的石拱桥——佘市桥。这座桥始建于南宋宝庆年间，初建时为石礅木梁桥，南宋咸淳四年时废木梁建成石礅石梁桥，元至顺二年又取当地太浮山红砂石，历时六年，建成一座八墩九孔的连拱石桥，上建风雨廊，因附近佘姓人较多，且在桥头逐兴集市，于是改名佘市桥。新中国成立后，临澧县政府在原石质桥面上加铺钢筋水泥，并在桥南增添两孔，将桥面向南延长二十米，使之成为公路桥，担负着临澧县到石门县的地区主干公路及县内乡际人与物流的过河运输任务。

拐过道水河边的一片居民区，蹚过深秋季节没脚的衰草，古老佘市桥的庐山真面目就落落大方地展现在了我的眼前。全然没有七百多岁的神秘，也没有倚老卖老的矫情，无碑无记，真实自然。九孔大小相同的门形桥眼在道水河上一字展铺，与河中波纹里的倒影合成九个浑然天成的椭圆，如九只历史深处透过来的眼睛，不惊不乍，无喜无忧，淡看朝代替换，星月轮转。根据桥体材料和建筑痕迹，古代建筑与现代部分一目了然，担负主要承重任务的仍然是古体部分的那些红砂岩建筑，越临近水面，砂岩的颜色会更深一些，至水面约一米处已变成黑色，那自然是数百年来河水冲刷浸泡的结果。不知为什么，我脑海里突然自创了一个"桥轮"的词来，应是借鉴了树的"年轮"这个概念，那层层愈低愈深的砂岩颜色，不正是这座桥七百多年来，风涌云起跌宕起伏生命历程的真实印照吗？它的每一个高度都历经了能量不同的洪水，但同时也证明了这座桥骨子里的坚强。

历史上，这座桥曾经三毁三复。第一次是初建后不久毁木梁建石梁，第二次是清乾隆五十六年被洪水冲毁四墩，桥上原有的一些精美建筑亦冲毁无存，乾隆五十九年桥体按原制补修，第三次是清同治元年又水毁几墩，历时一年多修复。1930年，贺龙领导的红二军团曾与国民党激战于此桥，幸好当时双方都没有投入火炮之类的重武器，真可谓历尽坎坷九死一生，是名副其实一座有故事的桥。桥墩被智慧的古人设计成迎水一面为尖刀状的锥形，这样可以缓解水流对桥身的冲击力，简单实用，墩顶已生出许多的藤蔓来，似少女的刘海儿，俏皮而不失端庄。八个古桥墩在流动的水波里，犹如八只随时都能蓄势待发的冲锋艇，似只要谁一声令下，立可浪遏飞舟一样。古桥面上浇筑着加宽了一米多的现代水泥桥面，桥面可见车来车往，时有三四十吨的矿车经过，在心疼之余，却又不能不让你感叹这座历经沧桑古桥的坚固和顽强。

纵观佘市桥身世，发现这不仅是一座实用之桥，更是一座善德之桥。这座桥始建之初，是当地一个名叫广海的僧人见乡邻往来不便，遇洪水时有淹毙者，于是牵头筹款修建，初为石磴木梁桥。南宋咸淳四年，有"里人李元佑、梅兴祖增修石杠"，元至顺二年弃木梁建石梁桥时，又有祖居佘市的学政刘世英捐款二十万，历经六年增修桥墩。清乾隆五十六年第二次水毁四墩，由当地乡民自愿捐资，用银三万两，按原状复修。清同治元年佘市桥又被水毁几墩，"同知蒋明章捐巨资修复，其子蒋锡瑞督工"。民间说善有善报，善始善终，也许正是这些代代相传的善举，感化了那些修桥的工匠，夯实每一寸基础，砌牢每一块砂石，夜以继日，绝不偷工减料。匠人匠心，他们用最尽心的劳动，用最真诚的血汗，传递着做人之本，做人之真，做人之善。正是这些财力与劳力复加的善举，才造就了这座全国至今服役年代最久的桥梁。佘市桥，这个沉默的奇迹，至今仍然岿然屹立负重不毁，每天承载着数百趟车辆往返穿行，保证着国计民生的顺畅。

人文其实也是一种生态。我们讨论一条河流的自然生态时，其实更不应该忽略以这条河流为基础而形成的人文生态，无论是一个人，还是一座桥。中国的古人是最有智慧的，比如"一方水土养一方人"这句话，就已经精辟地论证了自然生态与人文生态的关系。当我探究道水流域的人文基因时，突然发现，几千年来，这里的人们无论是个体，还是群体，都具有眼光高远、胸有丘壑、不拘泥于小家小安的境界。宋玉师承屈原，本身就是一个爱国主义诗人，他在道水河上下求索，游历两岸山川美景，从五雷山到道河口，都留下了他俊朗飘逸的身影和意境高远的诗赋，也在这片土地播下了忧国忧家的思想种子。由这条河流哺育的宋玉，他的作品和思想，实际上后来也变成一条河流，几千年来，这里太多的人，在他的感召和影响下，为了国家和民族大义，或义无反顾地走向兵戎相见的战场，或走向内心宁静的远方。而一座桥梁，其实也可变成一条河流，河中流淌的善良和坚强的基因，这种基因会生根发芽，会成为是一种隐形的力量，而这种力量，可力扛千秋，也可泽及万世。

五

时间和空间有时相对，有时统一。一条河流，既要有奇秀瑰丽的空间感，也要有变化莫测的时间感。比如黄河，从空间来说，只是一条自西向东自然流动的水体。可你把她放在人类几十万年发展史，特别是华夏五千年发展史中，你会发现许多另外的东西，比如文明，比如伟大，比如兴亡，比如传承。同样，当你把道水这条自然的河流看成一条在人类发展历史上流淌的河流，特别是放在近百年的历史脉络中，你会发现，她不仅是一条绿色的河流，也是一条红色的河流。

在道水北源河畔，也就是现在的石门县夹山镇西周村崇秀寺遗址，矗立着一座纪念碑，上书"湘鄂边苏区南乡起义策源地纪念碑"十五个红色大字。而在临澧县太浮山上也有一座相仿的丰碑，同样书有"湘鄂西苏区太浮山武装割据纪念碑"十五个鲜红的大字。这两座丰碑，分别矗立在道水河的南北两岸，如两名伟岸坚毅的钢铁战士隔河相望，守护着脚下这片丰饶而血性的土地。这两座丰碑，实际上记载着发生在 20 世纪 20 年代的同一个历史事件：南乡起义。

南乡起义与毛泽东领导的秋收起义、彭德怀领导的平江起义、朱德王尔琢领导的湘南起义、贺龙领导的桑植起义，并称为中国共产党土地革命时期湖南省五大农民起义，在中国共产党领导的全部八十六次农民起义中，排名第四十一位。道水源出五雷山东麓后，自西北向东南流经两河口，进入石门县境，经冯家坪、磨子坪，流经一个叫夏家巷的地方。就是这个名不见经传的弹丸之地，记忆着九十多年前一段无法忘却的历史。道水河，就是这个历史事件的直接见证者。

1927年，国共正式决裂，当时全中国的共产党人处于腥风血雨之中。1928年春，石门反动派勾结国民党军阀，镇压石门北乡和中乡的年关暴动，制造"石中惨案"，疯狂剿共。面对这种白色恐怖局面，在当年湖南省委及贺龙的指示下，时任中共石门县委委员的袁任远，决定以摧毁南乡夏家巷反革命机关和军事势力为号角，发动起义。5月15日黄昏，袁任远亲率七十多名游击队员，兵分两路悄悄潜入夏家巷团防局，占领夏家巷，夺取了南乡起义的胜利，很快形成了以临澧县太浮山为中心，东到临澧县佘市桥，西至桃源县界溪河、慈利县的老棚，纵横一百余公里的武装割据局面，成为湘鄂西和湘鄂川黔两大革命根据地的重要组成部分和连接部分。但是，根据地随即遭到了国民党当局的疯狂围剿，几个月时间里，敌人烧毁了两千多间房子，杀害共产党员、进步人士、乡民七百多人，一百多户家庭被残忍杀绝，道水河的水都被染红。当今天，中国共产党走过百年历程，回首九十多年前这条河流两岸的那段峥嵘岁月，青山依旧在，而山亦动容，绿水依然流，只是水也呜咽。

电影《建国大业》中，有一场三河坝阻击战，这场在中国共产党党史和军史上都具重要意义的战斗，主角叫蔡晴川。蔡晴川又名蔡代柳，1903年出生于石门县蒙泉镇两河口蔡家老屋，1925年考入黄埔军校第三期步科学习，不久加入中国共产党，参加过北伐战争，任国民革命军第四军叶挺独立团排长、连长，后参加南昌起义，1927年10月初在广东大埔三河坝战役中壮烈牺牲。

南昌起义失败后，起义部队南下广东，拟到潮汕及海陆丰地区建立革命根据地，但在广东大埔县梅江、梅潭河、汀江三河交汇处与国民党两万余人部队遭遇。起义军前委根据形势发展作出了分兵部署，周恩来、贺龙等率领主力向潮州、汕头进发，第九军副军长朱德率领第十一军二十五师和第九军教导团共三千多人，据守三河坝阻击敌人，掩护主力南下。阻击战打了三天，战况十分惨烈，最后只剩下不足千人。第三天任务完成，朱德下令撤退，但为阻止敌人追击，需留两百人断后。谁都知道，这场阻击战中的阻击是什么结局，在决定谁完成断后任务时，时任副军长朱德说："留下的人活着的机会很小，父子同军的儿子离开，兄弟同军的兄长留下……"朱德话刚落音，二十五师第七十五团三营营长蔡晴川第一个站出来，主动要求留下来掩护主力部队突围，带领两百勇士死战笔枝尾山。朱德接受了蔡晴川的请战，并将自己的一把手枪交给他。这场断尾战斗从头天下午打到第二天凌晨，最后弹尽粮绝，蔡晴川率兵刺刀上阵，全营二百名官兵只剩下两个负伤先撤的人，其中一个就是十一连的连长、后来的开国大将许光达。蔡晴川在身中数枪后，仍然挣扎着按下了引爆器，壮烈牺牲在笔枝尾山头。三河坝战役对中国建军史具有非凡的意义。参加南昌起义的萧克将军评价说："三河坝战役，如果没有蔡晴川的三营断后掩护，就没有后来湘南起义的队伍，就没有后来的井冈山会师，红军的命运就会改写，中国人民解放军的历史将会重写，中国的命运也会是另外一个走向。两万多人的南昌起义队伍，最后真正保存下来的就是这八百名精英。"参加井冈山早期革命斗争的谭震林说过："留在三河坝的那部分力量如不能保存下来，并且上了井冈山，而井冈山只有秋收暴动那么一点力量，很难存在下去，这点家底后来成为中国人民解放军建军的基础、战斗力的核心。"毫无疑问，是蔡晴川和他的两百名死士用生命保住了中国革命的火种，他们是新中国最初的奠基者。

2021年9月16日，我沿着道水一路向西，来到蔡晴川的出生之地——石门县蒙泉镇两河口村的蔡家老屋，寻找一个英雄从"两河口"到"三河坝"的秘密。蔡晴川的出生老宅已不复存在，现在已成为一片柑橘园，一棵棵柑橘树硕果累累，半个月就该丰收了。这里离道水不过五十来米，是道水河干净而甘甜的乳汁孕育了蔡晴川刚毅的魂胆。我站在这片柑橘园里，想象着我站在一座百年的老屋子檐下，听河水淙淙，眼放四围，但见山水相依，堆绿耸翠，云蒸雾绕，宛若仙境。老屋场山坡上一排四棵已有数百年树龄的古枫郁郁葱葱，高可接云，犹如这里的人们，对英烈百年的守望。在两河口村口，还立着一块烈士纪念碑，纪念这块弹丸之地在大革命时期牺牲的另外五名蔡姓英烈。这里当年是贺龙元帅扩红的兵源地，现在还流传着贺龙在蔡晴川家以吃饭之名借兵的故事。当年从这里跟着贺龙红军长征的几十人，后来都不知所终，就像脚下这条河流的水，谁也不知道最终流向了哪里。这是一片藏在湘西大山深处苍绿的山水啊，却也藏着鲜为人知的、滚烫的、鲜红的基因。这种基因，至今仍然体现在这里人们不屈不挠的精神中。

　　这条河流从蔡家老屋前流过，再经五十余公里，又用她接天地精华的乳汁孕育了另一位伟大的人物——丁玲。丁玲是中国近代红色革命文学史上的一个传奇，是道水流域古今以来最杰出的代表之一。没有无源之水，没有无本之木，我们关注丁玲，就一定离不开她生命开始的地方。这块诞生丁玲的热土，一定有着与众不同的密码。

　　丁玲出生于临澧县佘市桥镇蒋家村一个叫黑胡子冲的地方，离道水不过两里地，站在黑胡子冲的山岗上，就可看到道水自西向东蜿蜒流过。这里的山水，不仅孕育了丁玲的骨血，也启迪了丁玲的智慧，更成了一段传奇的发端之地。

月光皎白
YUE GUANG JIAO BAI

与丁玲出生地只相隔一道山岭的临澧县修梅镇，有一个小地名叫凉水井，这里也诞生过一个伟大的人物——林伯渠。熟悉中国近代史的人都知道，林伯渠是中国民主革命先驱，伟大的无产阶级革命家，著名的"长征五老"之一，新中国首任中央人民政府秘书长。尤其值得一提的是，在新中国开国大典上，林伯渠担任开国大典主持人，是天安门城楼上除毛主席的"湘音"之外，另一个为世人所熟悉的"湘音"。如今的林老故居，是国家AAAA级旅游景区，也是全国爱国主义教育基地之一。当你来到这里，春观菜花如毯，夏看荷塘十里，秋品稻浪起伏，冬赏雪映山水，心里一定会油然发出人杰地灵的赞叹。

一条小小的河流，演绎过如此波澜壮阔的红色历史，诞生过如此灿若繁星的红色英雄人物，这绝不是偶然。探究这条河流的文化基因，就必须拨开历史的迷雾。道水流域独特的地理位置，导致长期的战争，战争造成的人口流动，也必然会给这片土地带来各种不同思想碰撞和融合，加上这条河流从高山到平原的阶梯式流向，水流由急变缓，河道由窄变宽，形成可通江达海的畅通水系，自古商旅贸易频繁，东南西北的人在这里聚散。千百年来，中原地区的诗文化、土苗地区的巫傩文化和排帮文化、历代统治者的道儒释文化、洞庭水乡的鱼米文化等，都可以毫无障碍地进入道水流域，各种新旧势力、土洋流派，不同的语言和习俗，还有坚守与创新、宁静和喧嚣这些元素，不管是主动还是被动，都融入了道水流经的这片土地，然后和本土文化相互振荡融合，形成一个发酵场，构成了这条河流兼容并蓄的文化基础。正是在一个接一个的文化名人影响下，在一代又一代的文化氛围浸染中，由此而培育了道水流经地的人们敢破敢立、敢为人先的人文基因，久而久之，就形成了道水流域这片丰饶的文化沃土。

六

说出来不怕你们笑话,我十三岁才第一次看见河流,在之前看见的都是溪流。我第一次感受到这条河流的宽度时,才知道以前抓螃蟹摸鱼虾的溪沟是多么不值一提,以至于突然就对那些此前一直乐此不疲的活动失去了兴趣。人生的某一段,我把见到这条河流,当成了我长大,或者有了见识的标志,甚至是回到村子里,向没有考上初中的伙伴们炫耀的资本。很多年后,我才知道,那些我曾耻于提及的溪沟,其实最后也汇进了这条河流。

我之所以至今都还很清楚地记得和这条河流初次相遇的情景,是因为现在回想起来,那简直就像是一个童话。十三岁的孩子,生活与读书一直都在方圆不过十来里的小山村,考上初中后,突然就要到离家几十里地的乡中学念书寄读,这无论如何都是一件特别值得记载的历史性时刻。那个年代还没有实行九年制义务教育,小学上中学得考。一个乡有几十个村小学,但只有一所中学。中学一个年级只开两个班,所以能考上乡中学的学生比例很低,我大部分小伙伴的学业都止步于村小学。那时农村乡镇面积广阔,山高水长,上了乡中学的孩子,除却学校附近一两个村的学生可以走读,其余的基本上都在学校寄读。我家所处的那个村子,是当时全乡最为偏远的一个村子,与其余两个乡交界,属"三不管"地带,路况基本上是天晴一把刀,下雨一团糟,所以寄读是必选项。

开学的日子在刚交秋不久,还正是秋老虎逞强的时候。第一次要到离家几十里的地方读书,且以后一个星期才能回家一次,那种人生体验,是无以言表的。鸡公车一路吱吱呀呀,像一个饶舌的孩子，上面堆着三只鼓囊囊的蛇皮袋，两只装着母亲好不容易从田里收割上来晒干的稻谷，一只装着黄豆。这是入学通知书上的要求，母亲安排得妥妥当当，过秤时秤砣都翘得高高的，生怕成为一个中学生的儿子被学校老师和同学看轻了去。暂且放下了辈分做了随行书童的爷爷倒是寡言的，粮仓里一下子少去两百斤谷子和六十斤黄豆，对于这个在新旧社会都经历过真正缺吃少穿，几次都差点成为路边饿殍的老人来说，心里无疑是矛盾而痛苦的。方才在秤砣翘与平的问题上，与母亲的意见就显得很不一致。而我无疑是兴奋的。渴望长大的孩子，总以为离开父母，才是长大的必经途径。我们太多的人，当初轻易地就离开了父母和家乡，不曾有一丝留恋，甚至没有一次回头。而若干年后，我们即使再花百倍千倍的心力，却发现再也回不去了。

乡中学就建在道水河畔，学校食堂取水码头的台阶，直接延伸到河里。寄宿生每天早中晚在食堂吃饭，吃完后都要从码头台阶下到河里洗饭盆。这时，很多习惯了吃剩饭剩菜的鲷子鲫鱼就会游过来，有时还有很大的草鱼鲤鱼从水底冒出头来，一点都不怯人。每次饭后的码头都热闹非凡，推推搡搡，那也是我们快乐的时光。然而好景不长，不久就有一个高年级的学生，在那种热闹而快乐的场景中被推挤掉进了河里，传言是被淹死了。我没有见到事故现场，但第二天码头就砌了一道墙，应该是印证了传言。此前学生被推挤掉下河的情况也发生过，只不过掉下去的人要不很快就爬了起来，要不就被拉了起来。那时大家的安全意识都很淡薄。学校在饭堂外砌了一长排带水龙头的水泥水槽，洗饭盆这件原本快乐的事情，一下子就失去了灵魂。

也就是那次，十多岁的我，第一次对这条河流产生了隔阂。隔阂也许来自那个一直没有被证实的传言，或是来自那堵让我们失去了一种快乐的石墙。原来这条看似柔弱平静的河流，还有另外一副让人惊恐的嘴脸。

不久，这种惊恐就被我自己亲身体验了。那次是转年临放暑假时，天很热，知了甚是聒噪，午睡时和两个同学偷偷溜出校门，跑到离学校约一里地的河边柳林，在同学的怂恿下，脱了衣服下河游泳。我是识一点水性的，但我那点游泳技能是在水塘沟渠里学来的，我们老家那儿没有河流。哪晓得一下河，情况和水塘沟渠完全不同，看似平静的河面，底下其实是暗流，裹挟着我身不由己往下冲去，想往岸边游，却怎么也使不上劲，反而随着水流往下越来越快，一连呛了几口水，晕头转向，大喊救命。另两个同学毕竟是在河边长大的，水性不错，见势不妙，随着水流加大划水频率，追了差不多两里地，才在一个缓水处追上已经绝望的我，七手八脚把我拖到岸边。我们从荆棘丛生的河坎爬上岸后，身上被剐出一道道血痕。三个一丝不挂的少年，在劫后余生的惊恐中，边跑边号啕大哭。待我们找了衣服平复心情回到学校时，等待我们的，是气急败坏的班主任和每人三记响亮的耳刮子。

那次历险之后，我就有了一种恐水症，对江河湖海莫名害怕，甚至对影视中深海大湖的镜头都有心悸感，这种状况一直持续至今。前些年，我曾试图克服这种心理，跟着几个玩冬泳的朋友玩了一阵，尽管每次都和他们一起，但还是没有安全感。对水的恐惧，已深入我的血脉。于是玩了一阵后，我退出了那个圈子。

我与这条河流，就是在这样一种糟糕的状况下相遇相交。很多年里，我甚至都不愿正眼打量她一下，哪怕她的两岸，春有百花，夏有垂柳，秋有牧歌，冬有雪线，我也无法生出对她的好感来。她姣好的面容不过是一种假象,曼妙的身姿其实是一种诱惑。我要远离她,越远越好,最好永生不再相见。

那时的我,对这条河流,就是这种想法。

十八岁那年,我投笔从戎,走出了临澧县城。血气方刚又自负自傲的我,立志要在外面的世界干出一番事业。现在想来,当年的那些意气风发和义无反顾,隐隐里,竟是一条河流给我的反向动力。

七

然而,我还是无法摆脱这条河流对我的纠缠。三年兵役期满后,退役的我依然回到了当初的出发地——临澧县这个小县城——被安置在一个行政单位,成了一名拿国家薪水的公务员。自此以后,我的吃穿住行娶妻育子,我的事业我的生活,包括我的社交圈子,基本被压缩在这个面积不过十多平方公里的湘西北小城。

临澧县中心城区毗邻道水,这条河流,也就理所当然地成为了县城唯一的饮用水源。临澧县过去叫安福县,民国时期全国县级行政区划调整确名时,因与江西省安福县同名,而改为临澧县。21世纪后,临澧县政府把中心城区"城关镇"改为"安福镇",也算是一种历史和文化的回归吧。透迤的河水,扭着婀娜的身段,从县城的南边侧身而过,千百年来,悄无声息地滋养着两岸的人民、牛羊、庄稼和树木,见证着这片土地的兴与衰,哭与笑。于这条河流,我不过是她生命里,一个微如尘埃的过客。可是她于我,却是我的全部。我必须借以她的汁液,来滋养我的脏腑,来孕育我的智慧,来支撑我的生命,来繁衍我的后代。

可是这条河流，实在太瘦小了，以至于在时代的进程中，渐渐力不从心。在过去的农耕时代，她只需给两岸人民提供生活用水和灌溉用水，无论人类还是动物，无论庄稼还是树木，他们都按需取量，绝不贪婪无度。那时她的乳房尚算饱满，乳汁尚且甘甜而丰沛。她和两岸的一切生物彼此惺惺相惜，彼此依存尊重，和谐共处。然而，时代的车轮走到20世纪90年代之后，工业作为时代的宠儿，进入高速发展阶段。临澧的县城区，也不可阻挡地在现代工业文明发展建设中，以前所未有的速度长高长胖。一千年前，当这条河流来到这里时，只需供养此地的几百人。一百年前，她只需供养几千人。二十年前，她需供养几万人了。而今天，她需要供养这里的几十万人了。在她历经三个行政区划县，途经数十个乡镇村庄，到达我所居住的临澧县城的旅程中，她已承担了两岸无数百姓子民、无数牲畜庄稼、无数厂矿企业的掠夺和伤害。她要给一路的需要者提供养分、物质和能量，却又不得不接受这些需要者带给她的污染和痛苦。她只能默默承受，她无法左右自己的命运。

人类逐水而居，依水筑城。当人类已跨越农耕时代进入工业化进程后，对水的需求早已上升到了战略高度，特别是现代化的城市，除却生活用水，更需要大量的工业用水。放眼世界，城市一般都会与大江大河为邻，如果没有丰沛盈足的水量支撑，一个城市根本无法发展。姑且不说那些人口以千百万计的一、二线大城市，单就现在的县级城市来说，动辄都是二三十万人口和数以百千计的工厂企业，这样的体量，对水的需求量可想而知。放远了不说，就说我们常德市九个区县市中，八个区县市的中心城区都毗邻大江大河的主河道，如武陵区、鼎城区、桃源县、汉寿县用的是沅江主河道的水，而石门县、澧县、津市、安乡县用的澧水主河道的水。众所周知，沅江、澧水属湖南省四大水系，这可都是上了地理教材，随便一个读了书的人都会脱口而出的名江大川。而在湖南四大水系中，澧水本来从长度、流量、流域覆盖面积来说，就已经是最小的了，而我们临澧县的中心城区，偏偏自古以来还与澧水一条短短的支流相依为命，说出来，多少让人有上苍不公，或者爷爷不疼姥姥不爱的感觉。

那些年，这条河流不堪重负，而且病疴缠身。河床先天的窄和浅，让她无法承受人类的各种破坏行径。无序捕捞，沙石滥采，拦河电站，养殖排放，水土流失，矿石尾水，工业污染，随便哪一样人类贪婪的行为，都是她无可承受的痛。即使千万年来大雨洪涝、无雨干旱的灾害非她所愿所为，她也只能不争不辩地背负着那些千古骂名。那些年，这条河流经常断流，河床每年有好几个月裸露在外面，被挖沙机械开膛破肚过的河床呈现着凄厉的惨白色，散发着各种水草和死亡动物尸体的腐臭味，在河边经过需掩鼻而行。遇到旱季，有时水量小到连自来水厂的取水口都喂不饱，用我们临澧县城老百姓聊以自嘲的话说就是"撒泡尿都比河里的水大""谁在道水上游撒一泡尿，临澧的自来水里就有股尿臊味"。而一遇到大雨，由于河道窄浅，又造成洪水泛滥。那些年，临澧县级财政薄弱，政府拿不出钱来改造自来水厂的设施和管网，流到千家万户的自来水，发黄发臭是常事，还掺杂着泥沙和虫子，打开水龙头，流出来的都是愤怒和心酸。甚至有一年，在离自来水厂取水口不远的一个因挖沙形成的死水坑中，还发现了一具腐尸，当时整个县城充满着恶心和恐惧的气氛。那些年，相当一部分临澧人以能离开临澧县城为荣，有的选择卖掉县城的房子，或移居到常德市区，或住回乡下老家，还有一些家庭条件较好注重孩子培养的市民，干脆把孩子转学他处。那些年，桶装水和净水器进入了临澧县城的寻常百姓家，几乎每家每户都有净水设备。一个全常德市人口最少、区域最小的县城，桶装水和净水器市场份额远超其他县市区。临澧市民自嘲起来的样子，不知道是无奈，还是悲哀。

是的，那些年，我恨透了这条河流。而恨透这条河流的人，何止成千上万。我们谈及这条河流时，眼神满是鄙夷和不屑，话满是挖苦和攻击。我相信，如果这条河流能够搬得动拆得掉，她早就被生活在这里的人们大卸八块，不知道抛弃到哪个犄角旮旯里去了。大家不知道，过去这个叫"安福"的县城，今天的"安"在哪里？而"福"又在何方呢？

而这一切，最痛苦的是谁呢？是牲畜庄稼吗？是野草树木吗？是鱼虾水鸟吗？或者，是这条河流两岸的人类吗？不！都不是！最痛苦的，恰恰是这条河流！她不是不爱工业文明给她带来的繁华和缤纷，她也喜欢高楼倒映在水中的画面，她也喜欢霓虹闪烁在半空的惊艳，她也喜欢大桥飞跨如虹的壮观，她也喜欢电能照亮黑暗的成就感。可是那些年，在物质利益面前迷失了的人们，只知道无休止掠夺她的资源，毫不怜悯伤害她的身体，却甚少有人关心她、疼爱她，甚至，连一句温暖的话都不曾有过。一个再强壮再丰硕的母亲，也禁不住如此多没有良心孩子的获取和掠夺啊！她的面庞需要保养，她的皮肤需要疗伤，她的肌理需要补充，她的身体需要保护，她的心灵需要抚慰。她有心无力，她无可奈何，她迷茫无助，她一次次陷入深深的自责，她一次次在半夜的星空下呜咽哭泣！

八

时间回溯到七年前。2014年2月8日（农历正月初九），除却一部分党政机关事业单位人员开始上班，绝大部分人还沉浸在春节的气氛之中，而一场迟到的大雪，让节日的氛围更加浓厚。但是，从一大早起，临澧县政府的县长热线电话就一个接一个，临澧县环境保护局办公室电话也同样响个不停。值班人员拿起电话，话筒里传来的都是充满火药味的语气，所有的电话反映都指向同一个问题：道水河水起泡发臭，自来水有明显异味。临澧环保局执法人员及监测专业技术人员迅速赶往道水河现场，只见河水有大量黄色泡沫，并有刺鼻气味。工作人员冒着严寒开始沿河往上游排查，最终确定污染源为石门县广福桥镇境内的新源合作煤矿违规排放含硫化物尾矿废水导致。这次污染事件持续了半个多月，后来通过市领导两县协调，以上游蒙泉水库和高桥水库开闸放水，进行物理稀释加快水体流速的方法进行整治，直到2月25日，道水的水体才恢复正常。

这次长时间的道水河污染事件，打破了临澧市民对饮用水的最后一点幻想和耐心，也将临澧市民对这条河流的厌恶和憎恨推到了顶点。那一段时间，很多市民到县政府群访，网络上也出现了很多激愤的言论。道水河是临澧人民的母亲河，每年的全县两会，都有代表、委员要求加快道水河综合治理的建议和呼声。改善道水水环境，喝上真正的放心水，临澧人梦寐以求。那段日子，临澧县委、县政府压力骤增，这条流域内人口占了全县人口百分之六十的河流到底是清是浊，到底何去何从，是到了考验一个人民基层政权真正执政能力的时候了。

污染事件后，临澧县政府邀请相关专家进行饮用水源分析论证，专题研究县城饮水安全问题。大家都知道，老百姓对饮用水不满意，除了自来水厂设备落后、管网老化、供水能力不足问题，主要是道水河由于长期缺乏系统的保护和治理，水体自净能力下降。河道沿线农业污染、畜禽养殖污染、工业及生活污水排放污染，使水质日益恶化，局部河段甚至出现了劣V类水质。水环境面临的污染威胁，易诱发饮水安全突发事件，严重影响县城区及沿河两岸三十万群众饮水及生产生活安全。这次污染事件，不过是把问题集中放大了而已。临澧是一个小县，资源不足，县财力保工资和运转尚且困难，很难在短时间内筹集资金来根本性解决老百姓安全饮水问题，大家的意见只能集中在新修自来水厂、对老化管网进行更新换代等方面。就当时县财政而言，其实只要能完成这个目标，就已经是癞蛤蟆吃上天鹅肉的事情了，老百姓也是可以接受的。但要让老百姓喝上放心水，仅仅新修一个自来水厂并进行管网改造是肯定不行的，必须从系统性保护道水河角度出发，针对道水现有情况，从水安全、水生态、水景观、水利用、水管理等各方面进行综合治理，全面地解决问题。

人民的呼声就是工作的出发点和落脚点。临澧县紧跟国家政策导向，从解决最基本的民生问题出发，创新思路，立意策划，量身打造以道水河治理、保护、开发等为主要内容的"临澧县城区安全饮水工程"PPP项目。PPP模式是经济发展过程中的一种创新模式，在临澧尚属首次。面对一张"白纸"，临澧县积极探索，反复论证，大胆实践，此项目也被庄重地列入了政府重要工作目标。穷则思变，说干就干，没有丝毫的拖泥带水。项目星夜起航。大家知道，国家出台这种政策是有窗口期的，机会一旦失去，可能就是临澧县几代人的遗憾和损失。对于一个以财政吃饭为主的县政府而言，这可能也是快速有效改善道水河水质污染，恢复水体自净能力，最终彻底解决县城居民及临澧南部地区群众饮水安全问题的唯一机会。

为确保县城区安全饮水工程PPP项目能进入国家笼子，县政府主要领导身体力行，先后十数次带队到省财政厅和国家财政部进行工作汇报，陈情争取。项目成功立项后，为吸引社会投资方参与到这个项目中来，在北京和香港进行的项目推介会上，由县长亲自担当主讲人进行项目路演，先后吸引了一百多家企业来临澧进行考察。鲜为人知的是，为确保项目路演成功，在每次推介会之前，临澧这位生于70年代的女县长都要在县融媒体中心七楼演播厅中，对着大屏项目PPT，一遍又一遍进行模拟演讲，从台上站位、说话节奏、面部表情等各方面抠细节，找不足，认真的样子，像极了一个马上要参加重大考试的中学生。

临澧县城区安全饮水项目获批国家第三批PPP示范项目，重点实施城乡安全供水、防洪治涝、城乡污水处理、生态功能修复、滨河景观改造、智慧管理六项重点工程，全力构建水资源配置、水安全保障、水环境改善、水生态修复、水景观提升、水管理创新六大体系。主要建设内容包括自来水厂、污水处理厂新建及配套管网；生态湿地、公园、道水河风光带及特色小镇建设；治污工程；水生态、水环境及河道水利工程等。重要子项包括新建一座近期日处理水五万吨，远期日处理水十二万吨，实行双水源取水供水的县自来水厂，取水点除了道水河水源，另通过青山灌渠引澧水到修梅镇沃沙水库，在沃沙水库设取水口，解决道水河在枯水季节供水不足的问题；同时改造城区老旧管网，彻底解决县城居民及澧南地区部分群众饮水不安全的问题；围绕道水、沃沙两处取水点实施水源地保护工程，同时在道水河两岸实施排污口整治、截污控源、黑臭哑河连通、河底清淤和岸线整治等水体综合整治和水环境治理工程；在道水河北岸新建堤防七公里，排涝泵站四座，维修加固闸坝两座，解决防洪排涝安全问题；在县城东侧道水河城区下游，按照给排水专项规划，提标新建一座近期日处理三万吨、远期日处理七万吨的污水处理厂，同时修建截污干管，彻底解决县城区污水排放不达标、处理能力不够的问题；在县城西边恢复重建面积约为一千六百八十亩的生态湿地公园；在县城道水河南岸新建打造集堤防、绿化、人行步道、慢行系统、特色小镇、城市道路于一体，南北横向宽幅两百米，东西纵向连接金宝滩湿地至柳林公园的长度约为六千米的道水风光带；在县城中心区的道河南岸，利用柳林现有地域新建用地约为六百亩的城市公园，给居民提供一个新的运动休闲场所。

2017年8月18日，伴随着拂面而来的田野芳香，临澧县城区安全饮水项目破土动工。2020年9月1日，当新建超国家标准制水的天露泽水厂通水的那一刻，决策者眼含向老百姓交卷的热泪，享受着这条河流甘泽的人们额手称庆，而这条河流的每一朵浪花，也都发出了咯咯的笑声。

九

大家好，我是一条河，名叫道水河。我流经临澧县城，临澧人民都说我是他们的母亲河。我的身旁，除了城市，还有大大小小的村庄，有无数良田，有很多树木。每到秋天，各种各样的候鸟都会在我这里停留歇息，补充能量，我成了它们飞向南方的中转站。

你不知道从前的我有多美，两岸树木葱绿，鲜花遍地。我的

月光皎白
YUE GUANG JIAO BAI

"血液"是水,那时可清澈了,阳光照在我身上,水面上泛起粼粼波光,你都可以看见水中的水草在扭着腰肢跳舞,鱼儿在水中欢快地游来游去,水鸟在水面上自由地觅食……我,就是一个自然的生态博物馆。

可是后来有一段时间,工业飞速发展,人类开始不在乎我,在我旁边建了大大小小的工厂,将未经处理的污水直接排放进了我的身体里,还随意用钢铁机械在河床挖沙,让我遍体鳞伤,患上了皮肤炎。各种生活垃圾也向我袭来,令我失去了美丽的容貌。我的"血液"变得浑浊,漂浮物、腐烂物散发着股股恶臭,鱼儿死了,鸟儿也不理我了,我变得痛苦不堪。我只能无奈地叹息,每天都祈祷着这样的日子快快结束。

经过漫长的等待,终于等来了我的春天。不知道是哪一天早上,我睁开眼睛,发现岸边突然挂起了"绿水青山就是金山银山""像保护眼睛一样保护生态环境"的标语。不久,那些给我身体排放污水的工厂被关了,挖沙船开走了,打捞垃圾的船开来了,生活污水也不直接排进我的身体里了。人类开始在我的旁边植树铺草。啊!这一天终于来了!才几年时间,我的呼吸就畅快了,皮肤炎也好了,我的好伙伴鱼儿和鸟儿都回来了。

如今的我,两岸绿树成荫,繁花似锦,鸟儿在我头上飞翔,鱼儿和水草在水里做着游戏,还有穿红马甲的人类志愿者经常来给我清理皮肤。看着水中的倒影,连我自己都不知道自己什么时候变得这么漂亮了!我又恢复了往日的快乐,每天都唱着动听的歌儿,欢快地向东流去。

这是一篇五年级学生的作文,题目叫《道水河的诉说》,出自临澧城关第一完小1601班的徐梓杰,这篇习作获得了2021年

"道水河湿地公园杯"征文赛一等奖,评委会给的评语是:"诉说的是苦水,展示的是新颜。拟人手法,由此及彼,耳目一新。朝代变迁,娓娓道来。主题突出,正能十足。创意是加分项。"

孩子的眼睛是最清澈的,他们看到的都是这个世界上最直观的呈现。大自然的美丽,不只是一种视觉上的美感,还是一种对身心的愉悦和陶冶。孩子们能写出这样一篇习作,当然是出于最朴实的情感。可有谁知道,孩子一篇短短数百字习作的背后,曾经有一场怎样艰辛的创新与守旧、希望与现实、民间与官方、美丽与丑陋的战争?

"年年四月菜花黄,黄花鱼儿朝宋王。花开鱼儿来,花谢鱼儿去。只知朝宋王,谁知朝宋玉。"这是一首已知中国最早的渔歌,大约在南北六朝年间传唱于道水河流域。道水像一个绅士,不紧不慢溜达九十公里后,在临澧县望城街道的看花村处,流向从自西向东转为自南向北,并在大拐弯处纳峪溪河与沙溪河,形成三河交汇景观。这里常年水量充沛,水草鲜美,河中洲岛散布,连绵的河滩上,几头老牛在一群白鹤的簇拥下悠闲地吃草。道水河此处两岸有将军山、担粮山、驰马山、看花山等,名字一听就长满了传说和故事,山影倒映在河水中,把水变成了靛蓝色,伫立岸边,看一河靛蓝的河水向北蜿蜒而去,宛若一条神龙拖着灵活的尾巴左右摆动,这就是明清时代著名安福外八景之一的"道水拖蓝"。每年春天油菜花开时,道水流域特有的一种书名叫"黄花鱼"俗名叫"黄板鲷"的鱼类,就会洄游至此产卵,繁衍生息。因为这里离"赋祖"宋玉的陵墓不过百米,当时在此驾舟捕鱼的渔民,就根据这个场景创作并传唱了这首最早的渔歌。你能想象,千百年来,道水河两岸的人民在这里生养休憩,忙时农桑,闲时打鱼,那种岸芷汀兰渔歌互答的场景,是一幅怎样和谐而愉悦的画面啊！可是，在历史进程中，有那么一段时间，工业文明的发展造成了河流的污染和水道的断裂，那些心性高洁的黄花鱼啊，再难找到它们千万年来的家。

道水进入临澧境内后，河道变宽了许多，水流开始变得平缓，滩多、水浅、蜿蜒的湿地特点比较明显，几条支流均为永久性河流，洲滩形式分布为发育完整的洪泛平原湿地，这些洲滩环境类型多样，生态状况良好，湿地植被类型丰富多样，演替系列完整，是众多水禽及候鸟重要的栖息场所。为彻底修复被破坏的道水河湿地生态环境，临澧县在紧锣密鼓进行城区安全饮水工程的同时，根据道水的自然生态特点，站在国家生态文明建设大理念层面，同期提出创建"道水河国家湿地公园"自然保护地的目标，旨在通过创建湿地公园的形式，更好地保护、治理、利用道水河。

创建湿地公园，兑现对人民承诺的第一场战斗，是解决道水河沿岸养殖业退养问题。临澧是一个农业县，是全省生猪大县，畜禽养殖业是农村农民的主要传统产业之一。由于千百年的养殖陋习，养殖产生的污水一般都是直接排放。当时道水河沿岸数十家规模养殖企业，不少还是省市挂名的养殖大户。要想还道水之清流，养殖业退养是一个很现实的问题。在一个研究道水沿岸养殖业退养的会议上，鉴于临澧县财政收入，大部分与会者都只建议局部退养，如果全部退养，大家担心将影响临澧县生猪养殖大县的地位，况且拮据的县财政也难以一下子拿出数百万元来补偿养殖户。但临澧县再一次站在生态战略高度，高瞻远瞩，作出坚决实现道水在临澧境内沿线养殖业全部退养决策，一年时间，道水临澧段就实现了畜禽养殖业全面退养。

不积跬步，无以至千里。综合治理，除养殖业退养之外，还有湿地修复、农业面源污染防治工程，开展畜禽养殖污染整治、河道采沙及洗沙整治、工业污染整治、打击"非法捕捞"专项行动、组织河道漂浮物打捞及沿岸垃圾清理，推进河湖"清四乱"、拆除违章建筑物等无数工作。如果说道水河综合治理工作是一场战争的话，那么每一项具体工作的推进就是一场艰难的战斗，需要一个堡垒一个堡垒地攻克。而每一个目标的完成，都离兑现对人民的承诺更近一步。几年来，道水河沿线乡镇和街道河道内的网箱、矮围、网围被全部清除，两岸四十三家规模养殖场全部退养；实施农业面源污染治理，完成了洞庭湖化肥农药农业废弃物污染整治示范区和长江经济带农业面源污染治理两个项目目标，实现了道水河两岸化肥农药零增长；新建压缩式垃圾转运站十五座，改造农村厕所一万两千余座；新建工业污水处理厂一座，乡镇污水处理厂三座；全面推行县乡村三级河长制度，实施涉水问题专项治理，组织开展"治理僵尸船""河湖清四乱""河道采沙"等专项整治行动，共清理僵尸船十艘、清四乱六十七处，立案查处涉水违规问题二十二起，关停洗沙场三家；因地制宜开展生态修复，实施垭河退化湿地修复工程，专项清理水葫芦、水花生、福寿螺等外来有害生物，对江家坡、殷家溪、六方洲等洲滩实行封洲育草，使其重现了水草丰茂、鸟鱼成群的勃勃生机。2021年10月13日，国家林草局专家组对道水河国家湿地公园进行现场评估验收，对临澧县关于道水河的保护和治理工作给予了高度认可和肯定。

十

越是努力的人，越会有意想不到的回报。2020年11月18日下午，道水湿地公园管理处工作人员按例巡河，当他们巡护到清水村境内的洪家河河段时，惊奇地发现了一群从来没有见过的客人——小天鹅。它们欢快地在河中结队嬉戏，有的在撩水梳羽，有的在快乐唱歌，有的在水上跳芭蕾，有的在水中倒立，数一数，居然有十六只之多，这可是一个大家庭啊。小天鹅是国家二级保护动物，为鸭科天鹅属的大型水禽，栖息地对生态环境的要求较高，冬季主要栖息在多芦苇、蒲草和其他水生植物的大型湖泊、水库、水塘与河湾等地方，在临澧境内已有四十年未被发现。大家见状，一度激动得不知所措，内心欣喜若狂，却又不敢过于发出声响，生恐惊扰了这些高贵的精灵。是啊，也许旁人看到的只是十六只鸟而已，而对于他们这些为保护道水生态建设道水湿地公园的人来说，却分明是卷面被打了一百分满分，因为这是几年来他们心血付出的成果，也是大自然对他们的最大褒奖，更是道水湿地公园生态效益的直接呈现啊。面对此情此景，他们怎能不激动，又怎能不备感欣慰呢！

　　通过五年的试点建设，道水湿地保护成效显著，经过持续推进的综合治理，湿地生态系统基本恢复，道水整体水质得到有效提升，常年保持在二类水质以上。湿地生物栖息环境得到显著改善，动植物种类和数量明显增加，湿地公园野生脊椎动物增加了二十九种，新发现白颈鸦、小天鹅、白琵鹭、褐翅鸦鹃、豹猫等国家一二级保护动物五种，新发现维管束植物十二种，成了一个名副其实的生物基因库。在湿地公园的创建带动下，临澧县城也建设了柳林公园、金宝滩湿地公园、道水风光带"两园一带"，彻底解决了县城居民运动、休闲无载体问题，临澧县城终于告别了无城市公园的历史，实现了道水河南北两岸协调发展。除此以外，县城还打造了群英大渡槽观赏区、宋玉楚城旅游区等，在提升道水湿地自我修复能力的同时，挖掘具有临澧特色的文化资源，营造集生态涵养、科普教育、文化休闲、旅游度假于一体的城市生态湿地休闲区，不仅生态环境大为改善，城市档次也猛提几档，老百姓安全感、幸福感、获得感越来越强。一些离家多年的临澧人回到家乡，由衷感叹家乡士别三日当刮目相看，变化之大简直不敢相信。人居环境的改变，也引发了"凤还巢"现象，许多在外闯荡的游子纷纷返乡创业，反哺家乡。

晚归的夕阳还没有完全掉到西边太浮山的山后，艳丽而热情的晚霞烧红了一河妖娆的道水，仿若王母娘娘遗落人间的一匹锦缎。落日余晖拉长了身形，在细若鱼鳞的波纹中化为点点碎金，为这匹锦缎贴上了一串串晶亮的亮片，那座新落成的、被众多市民呼以"情人桥"之称的"道安桥"，造型优美，通身洁白，恰如一根系在道水腰肢上的白色系带。湘西北的深秋，如一个硕大无边的调色盘，这是一个色彩层次感非常清晰的季节，就连醉人的风中，好像都飘荡着浅黄色清香。香樟、罗汉松、修竹等一些长青常绿的植物就不消说了，是它们奠定了江南四季的基调，总予人以无穷的活力与希望。而远远一片褐红色的水杉林，类似于油画中一团团打底色，让整幅秋景图稳重而厚实，不至于让这片景致在秋风中轻飘了去。金黄色的银杏最应了此季的景致和心情，单棵也好，成林也罢，总透着儒雅的君子气质。那些高且直的落了叶的枯灰色杨柳，倒似素描高手寥寥数笔就勾勒出来的，俏皮中透着艺术的美感。最有意境的是，整个公园只要是稍高大一些的树上，俱垒有一个黝黑的喜鹊窝，哪怕一棵新种不久的树上，也搭建着一个尚未成形入住的鸟居。鸟儿也是对环境有着很高要求的，想必它们是把这里当成了一个环境优雅的新建小区，都赶到这里储地建房了，这倒和道水北岸县城区鳞次栉比的

月光皎白

人居楼盘相映成趣。人与鸟儿以河为界，各居一侧，互不侵扰，生态之和谐，也莫过于此景此情了。我最钟情于这样的季节，能让人联想到远古的诗歌和那些在秋风茅庐中对酌的诗人。公园的东端，居然不知道什么时候建起了一座"九辩书院"，当年的宋玉以名篇《九辩》惊艳朝野，后归隐云梦道水，遂以"九辩"之名开馆讲学，后世谓以"九辩书院"之称，再后来就演变为"道水书院"，培养了一大批经天纬地的饱学之士。宋玉本是"悲秋文学"的始祖，他在道水之岸不只种上了秋天的寂寥、秋天的伤怀，当然还有秋天的高远、秋天的壮阔。此季此景，漫步在柳林公园，我也好像一步一步将自己走成了徜徉在两千多年后道水岸畔的宋玉。

很多年前，道水河边就有了这片杨柳林，经年月久约定俗成，"柳林"就成了这片土地的地标称呼。那时，柳林周围堆满了建筑垃圾，散布着一些臭水坑，还有一些如洗沙厂、预制板厂、沙发厂、小化工厂、废品收购站等习惯寄生于城市边缘的企业。二十多年前，这里还发生过一起被冠以"柳林白骨案"的恶性杀人案，一度让人谈之色变。谁能想到，当年一处藏污纳垢之地，而今却成了临澧县城最大的亮点。几年前公园初建时，仍然保留了这片柳林，后来相关部门曾广泛征集公园名称，百分之九十以上临澧市民都投以"柳林公园"。一座城市的记忆和文化，往往就在这些耳熟能详的地标之中。今非昔比的柳林公园，现已成临澧的网红打卡之地，也成了道水泛清波旧貌换新颜的见证之地。

于二彩先生是一名资深摄影师，以风光、人文拍摄为主，水与城的关系是他一直关注的一个主题。每年的四季，他都会在固定的一个高地拍摄一张县城全景图。我看到他近五年来拍摄的照片，每一张都有明显的变化，这种变化，不只是县城变大了，重要的是变绿了，变美了，内涵也丰富了，特别是道水河沿岸。而这种变化带来的感官愉悦，也许就是人们常说的幸福感吧。您如果不相信，临澧人民热烈欢迎您来做客，酒足饭饱之后，我一定要带您到道水河边散散步。您会发现，这里河湾如虹，河岛似月，花木繁茂，碧波白鹭，沐彩流霞。隐形防洪堤防和景观，实现了水与人的深层接触，通过生态护岸、植物间植等形成内部自净系统，优化了水环境，让您一点都不觉得坚硬和突兀。湿地公园里，山水围合，农田与河流相依，浮岛和平桥相连，游客凭栏听泉饮茶，香草铺地成画。林间花下，爱侣流连。湖畔溪边，欢歌笑语。道水河重新成为了一条水清、水净、水流、水安、岸绿、宜居的生态之河，临澧县城再现河湖连通、水绿相融、人水相亲的生态美景，临澧县城居民终于实现了推窗见水、出门见绿的"安福"之梦。

十一

追溯道水的源头，实际也是在追溯自己的生命起源。三王峪既是千百年来访道者的朝圣要冲，也是一条沿着道水两岸向五雷山渐次铺陈的诗画长廊。这条山水相依连绵四十里的狭长山峪，却分属两市两县两镇两村，西段是张家界市慈利县广福桥镇的三王村，东段是常德市石门县蒙泉镇的两河口村。这两个村的地形地貌基本一样，两侧群峰夹峙，中间一河东流，房屋沿线左右。车行长廊，一路峪谷曲径回肠，河水潺潺，古木参天。两岸的奇山险峰，是众多户外运动爱好者的天堂。车至位于五雷山半腰的三王村九组时，河床终于与公路剥离开来，弃车步行，不过三五百米，就到了一座叫"澧阳宫"的老庙处。秋天是枯水季，久未下雨，干涸的河床，堆满或大或小的鹅卵石，但能听到流水在河床之下流动的淙淙之声。临时给我们做向导的两河口村村委会计舒兆福告诉我们，人只能走到这里了，水的源头还在前面数百米一个叫"天鹅抱蛋"的地方，但山高林密，再也无法上行，于是只好沿路返回。回程的路上，我脑海一直在想那个神秘的"天鹅抱蛋"。一个能让美丽天鹅栖息且还下蛋孵化的地方，该是一个怎样美丽的所在呢？

从两河口村一路溯水向西，跨过一座小桥，迎面一块大石头，上书"三王村"，这就是从常德市进入张家界市了。路面一下宽了一个车道，一溜太阳能路灯如腰杆笔挺的哨兵，公路沿线有漂亮的景观墙，有精致的廊桥凉亭，有外观雅致的生态餐厅，有环境优美的民宿，连公厕和停车场都与周围的山水搭配得和谐自然，鸟鸣山涧，蝶落溪边，水清见底，和风生香。这哪是人们常说的穷山恶水，分明就是一只山里金凤凰，是人间仙境的模样嘛！

我们在三王村书记邱令荣的邀请下，中午在他们的村委会吃工作餐，刚好与湘煤集团驻该村乡村振兴帮扶工作队同桌。湘煤集团是大型省属国企，联点对接帮扶慈利县乡村振兴工作。湘煤集团驻三王村乡村振兴帮扶工作队队长叫黄勇，一个看上去非常干练的郴州汉子。他原是湘煤集团组织部副部长，2020年4月被集团公司派驻到这里任村党支部第一书记，和他一起驻村的干部有三名。驻村一年多来，他们就只在中秋和春节回家过两次，其余时间都全心全力扑在村里的脱贫工作上。三王村原为国家级贫困村，以前村民的主要经济收入来源为种养和外出务工。湘煤集团联点结对帮扶三王村后，两地经过认真分析，认为三王村最重要的资源就是生态资源,在做好基础建设的同时,重点投入和定点帮扶乡村旅游和中药材种植加工两大产业。一年多的帮扶成果颇丰,今天的三王村,主干道太阳能路灯全部亮化,十个村民小组道路全部实现硬化通户,全村有高标准的五星级民宿四栋,村民自建民宿九栋,配套旅游产业的旅游公厕、生态停车场、生态餐厅、多功能会议室、商务会客厅、研学基地、烧烤基地等一应俱全。中药材种植加工产业方面,除了利用村里原有的千亩野生茶及优质杜仲林,还大力发展了黄柏、厚朴、玉竹、桂皮等中药材种植及加工产业。三王村——这只过去养在深闺无人识的金凤凰,终于张开翅膀飞出了大山,这两年前来旅游观光的游客越来越多,村民收入也水涨船高,还被省文旅厅确定为湖南省精品旅游示范村,三王村也一举摘掉了千百年来压在头上的贫困帽子,实现了历史性的跨越。

深秋时节,霜白露重,正是柑橘成熟的季节。而此时,在湖南省常德市的石门县,正在进行一场丰收的全民狂欢——石门柑橘节。在万亩橘园的背景下,央视《乡村大舞台》节目组搬到了这里,一大批明星前来助阵,数不清的挂着外省牌照来这里拉柑橘的大型货车络绎不绝,直播带货网红们的笑声洋溢在金果飘香的田间地头。从2001年到2021年,石门柑橘节已连续举办了二十一届,一届比一届规模大,一届比一届影响大。石门县原属武陵山区集中连片贫困县之一,山多田少,其气候、土壤非常适合柑橘生长。近些年,石门县大力发展柑橘产业,将其作为绿色生态产业、脱贫主导产业和乡村振兴产业,实现了规模、质量和效益"三量齐升",石门柑橘和石门县也先后荣获"中华名果""国家地理标志证明商标""中国柑橘之乡""中国早熟蜜橘第一县"等美誉。

而在石门县所有柑橘种植区中，要论柑橘品质最好、产值最高、综合效益最好的，恰恰就是道水北源流经的南部夹山镇、蒙泉镇和秀坪园艺场几个地方。特别是秀坪园艺场所产的早熟蜜橘，具有果皮细薄、果肉鲜嫩、入口即化、回味甘甜的特点，丰收季节供不应求，一果难求。秀坪园艺场柑橘种植面积有一万多亩，是全国最大的早熟蜜橘生产与出口基地，不仅是石门橘海的中心，也是石门柑橘产业和生态农业的一块金字招牌。我总在想，为什么全国柑橘种植区如繁星之多，如天空之广，独独在这方小小的山水之中，生长出来的金果与众不同，宛若灿烂朝霞簇拥托举出来的一枚鲜艳朝阳。这不正是这条饱含道之灵性的河流，汲以天地精髓，接以日月精华，委以这片灵秀的土地，奉与世人最具美味、最具念想的珍品馈赠吗？

　　道水南北二源合流十多公里入临澧县境。临澧为丘陵地形，是武陵山与洞庭湖平原的过渡地带，相较道水上游的慈利、石门两县山区，地势平缓，落差不大，河道在这里变宽，流水性情也由急躁变得温柔了起来。如果说道水在上游地带更像溪流的话，到了临澧，她的河流特征才明显了许多，身形曼妙，滩洲连绵。千万年来，这条河流以其温情和包容，孕育着独特的地域文化，滋养着两岸的所有生命，春天菜花成海，铺陈天地，秋天稻浪翻飞，硕果遍地。而道水河在临澧境内良好的水质、适宜的水流、优美的湿地环境，使这里生长着一种特有的鱼类——临澧黄花鱼，为国家地理标志产品，具有肉质细嫩，味道鲜美，富含硒、牛磺酸、钙等特点，自古以来为当地人民桌上珍肴、馈赠佳品。这种鱼在临澧当地叫"黄板鲷"，对水质要求较高，近几年随着道水河综合治理，道水河的生态环境越来越好，这种鱼类也越来越多。为让这个"水中瑰宝"助推地方经济发展，临澧县近几年大力扶持发展生态黄花鱼产业，这条从远古的歌谣和故事里走出来的小小银鱼，今天却化为了致富天使，为当地百姓增产增收发挥了积极作用。

　　油菜产业是临澧县农业支柱性产业之一，全县共有四十多万亩油菜种植地，围绕澧水、道水沿线和刻木山、太浮山脚，设置了四个生态修复区和八个产业园。其中，道水油菜产业园的领军人物叫沈昌健，是临澧县四新岗镇白云村的一名农民，家就在道水河畔。他和他的父亲两代人前后四十多年，执着追求高产杂交油菜梦，自主培育的油菜品种"沈杂油一号"新型杂交油菜，具有农艺性状良好、高产、抗病、抗倒伏特点，获得了国家专利，沈昌健父子也成为家喻户晓的农民科学家，事迹被各级媒体报道，感动了无数中国人。2014年2月10日，在央视《感动中国》颁奖典礼上，沈昌健和他已过世的父亲沈克泉被评为2013年度感动中国十大人物，当时央视的颁奖词是："父亲留恋那片油菜花开的芬芳，儿子就把他葬在不远的山上。三十年花开花谢，两代人春来秋往，一家人不分昼夜，守护最微弱的希望。一粒种子，蕴含着世代相传的梦想。"2018年，沈昌健当选为全国人大代表。现在，沈昌健每年向周边农户免费提供自己研究的高产油菜种子，成立了油菜产业合作社，流转了两千两百多亩土地，一百三十五户农民成为合作社股东，每年为附近农民提供就业机会两千多人次，年兑付农民工工资一百多万元，年户均增收一万多元。道水河，不只是用她甘甜的乳汁浇灌了这里成片成片金黄的油菜花，更是以其独特的文化底蕴，孕育了这块热烈的土地上，千千万万如沈昌健一样自强不息、坚忍奋进、不屈不挠的优秀子民。

　　道水在澧县澧南镇道河口注入澧水，从而完成使命的升华。

澧南镇为澧县重要粮油豆产区，这里有一道被《舌尖上的中国》称为"三湘一绝"的千年名菜——道河千张。"千张"是一种豆制品，压片层叠而成，食用时切成细蒜叶般宽的丝条，一般以下火锅为主。千张的制作方法并不神秘，全国各地只要能做豆制品的地方都可生产，但"道河千张"质地细嫩鲜美，豆片薄如蝉翼，筋丝好，口感正，炖火锅不煳汤，吃过者均称与其他地方千张确有不同。有人做过实验，同样的师傅同样的做法，只要不取道水此段上到牛头山、下到茄子山的水，制作出来的千张成品，色、香、味就有很明显的区别。在民间传说中，打豆腐的祖师爷为太上老君，在当地，也尊太上老君为"道河千张"始祖，而太上老君被后世尊为道教元宗。你看，道水之"道"，在一道当地普通的家常菜肴上都能找到原生密码，这条从头到尾都充满着"道"元素的河流，是不是给了我们太多惊喜。如今，"道河千张"为非物质文化遗产项目，当地政府也借势而为，把以"道河千张"为名片的豆制品作为农民增产增收的产业发展，积极引导，大力宣传，销售模式从过去的走街串乡走上了电子卖场，成立了合作社，家家户户参与，产销一条龙，一批销售网红应运而生，产品远销国内外。一盘小小的豆制品，做成了当地乡村振兴的大产业。

一条河流，就是一根生命的脐带，在连接和哺育两市四县数以百万计子民的同时，两岸的人民也会用勤劳的汗水和智慧的头脑，给以她时代的回应。哪怕是一片茶叶，一枚金果，一尾银鱼，抑或是一粒种子，一块豆制品，它们都摆脱了传统单打独斗、自给自足的生产经营模式，在前无古人的伟大脱贫攻坚战引领下，形成产业，形成合力，带给人民群众实实在在的收入，也带给这片土地真真切切的改变。在这一切改变的背后，你会发现两个字：帮扶。我国的脱贫攻坚战，大部分地区都采取了结对帮扶政策，或企业结对，或单位联点。中华民族能一脉相传，无数次在危难险阻关头站起来，互帮互助文化起到了关键的作用。一方有难，八方支援；亲帮亲，邻帮邻；一个篱笆三个桩，一个好汉三个帮……这些带着帮扶色彩的词句，不只是一种文化，还是一种精神，更是一种传承，就像这条和我一直如影随形的河流一样，源远流长，润物无声。这是刻入民族骨子里的东西，是融入每一个中国人血液中的基因。在历史长河里的战争面前、灾难面前，人们始终携手相依。道水两岸的变化，不过是中国九百六十万平方公里的土地上，人们自强自立、互相帮扶的成果之一。而黄勇队长和他的工作队队员、沈昌健代表，以及无数工作在脱贫攻坚一线的共产党员，不过是中华民族伟大复兴路上，无数甘愿付出帮助他人的抱薪者代表。

十二

四十多年来，我不知道有多少次提笔想写这条河流，却最终，要么就开了个头，驻笔不前，要么就只是一种冲动，想想而已。作为一个写作者，十多岁读书的年纪没有写，是因为对这条河流认识过于肤浅，无从下笔。二十多岁青春勃发的时候没有落笔，是因为心性高傲，对眼前所见不屑一顾。而立之年后又没有完成，可以用为事业和家庭打拼，无暇顾及来作托词。一晃已逾不惑，却仍然没能为这条河流留下只言片语，于情于理都有些说不过去了。甚至，有时自己都有点鄙视自己。

毕竟，这条河流，是我的母亲河。她是我另外一种意义的母亲。而我母亲的姓名中，也恰好嵌有一个"道"字。一个母亲，

月光皎白
YUE GUANG JIAO BAI

一条母亲河，一个赋予我肉身的生命，一个赋予我灵魂的生命。她本来应该和我的母亲一样，是我生命的一部分，应得到同样的赞美、讴歌，但我发现，我从来没有像爱我的母亲一样，真正地爱过她。这一定就是我一直无法写下去的原因。我就像一个青春叛逆期的孩子，对母亲的每言每行，都潜意识地排斥，甚至反感。而这个叛逆期，过于漫长了一些。

月亮岛是沅水河中类似于微缩版橘子洲的小岛，三年前，我把房子买在月亮岛小区，位于靠南河一栋的最高层，亲眼看着这条河流在这几年里的变化。这条河流需要千千万万如我这样的见证者。当我每天下班回家，看到周围的人们在杨柳依依的河堤上散步，在绿树成荫的柳林公园跳舞，他们脸上都洋溢着由内而外散发出来的自然的笑，他们在享受着人生的美妙，我知道，他们已和这条河流和解。而每天清晨，当我推开窗户，便可看到一河清波，如一幅画，似一首诗，于是一天的愉悦就塞进了我的胸膛。我知道，其实我早已和这条河流达成了和解。只是具体什么时候和解的，我也不知道。

（原载《湖南文学》2021年"青山碧水新湖南"专刊，获第八届常德市原创文艺奖）

后记：月光漫过纸页时

深夜，整理完最后一篇文稿，透过三十楼的落地玻璃望向窗外，看见大约一半的月亮挂在半空。案头茶盏已凉，茶汤里浮着一层月影，如我此时精神上的放松感。远处有夜鸟的鸣叫传来，穿破数十年前的月光，恍惚又看见母亲握着蒲扇的手，在湘北夏夜里划出温柔的弧线。

《月光皎白》这册散文集的诞生，是无数个月色漫漶的夜晚堆叠而成的。有人问我，为何总绕不开月亮这个意象，我就会想起多年前曾有一个少年，在无数月照如昼的山湾田野跑过的身影。我所住的这个小区三十楼，能完全看到我十八岁之前生活的那个小山村，只是现在已被一大片或蓝或白的钢构厂房覆盖，而当年觉得无比广阔的天地，如今在视线范围内居然只如簸箕大的一块。后来当兵、打工、创业，走南闯北，在许昌见过被钢筋切割的残月，在长安古城墙抚摸过盛唐的月痕，在广州出租屋的防盗网里打捞过碎银似的月光。原来每片月光都暗藏密码，需用半生颠沛才能破译其中一二。

总忘不掉老屋旁边的那棵高大的泡桐树。年少时总爱透过那些虬曲的枝干看月亮，看它从青涩的毛月亮长成浑圆的玉盘，看云彩如何把月光纺成纱又撕成絮。那些被露水浸湿的夜晚，替我窖藏了足够酿制文字的月光陈酿。也要感谢异乡那些密如蛛网的

月光皎白
YUE GUANG JIAO BAI

公路铁路，它们编织的网兜住过多少坠落的星星，让我在无数个失眠的夜，得以借几缕微光修补记忆的裂痕。

校对书稿时常生出恍惚，那些在月光里浮沉的人物，究竟是纸上墨痕还是往事的倒影？母亲的银发是否真与月光有关？童年一起在山湾里长大的伙伴，是否也会如我一样经常想起那些月下打闹的场景？就连那个每次遇见都还能认出我的老家守村人，也会在某个满月之夜悄然走进我的字里行间，成了生命里值得书写的溯往。

太浮山的映山红正娇艳，白鹭在山边耕耘的水田里觅食。时光缓缓里，忽然明白，写作不过是把年轮刻进月光的过程——那些明亮的、昏昧的、圆满的、残缺的片段，最终都会在某个夜晚达成和解。就像此刻，几十年前被父母责打时咬碎的月光，正从我的文字间渗出温润的光泽。

童年时常常玩耍的那个曾以为很大的水库还在，不过此时从高楼望去，光影里的它，像极了一只接住了半碗月色的白瓷碗，那就权当给这本集子封坛的酒曲吧。来年春夜启封时，愿它能醉倒一两个望月之人，便不枉这些年在月光里的泅渡。

合上笔记本电脑，月光正透过玻璃窗望向我。远处的公路上，夜驰的车辆南来北往，载着满车月光驶向黎明。那些尚未写完的故事，且留给下一个满月继续述说吧。

作者

2025 年春于弄月斋